永远的战士朱彦夫

曹庆文 著

山东文艺出版社

目　录

第一章　冲锋陷阵的硬汉子

艰辛的童年……………………………… 3
战场上的宣誓…………………………… 13
坚持就是胜利…………………………… 24
为烈士点名……………………………… 33
血染的风采……………………………… 41
雪地上的黑点儿………………………… 50
活着的烈士……………………………… 56

第二章　顶天立地的好男儿

梦回山村………………………………… 63
母亲吓坏了……………………………… 68
沉重的琴声……………………………… 72
不屈的蜗牛……………………………… 76
从吃饭学起……………………………… 81
四个字写了半小时……………………… 85
再度失踪………………………………… 89
突然降临的爱情………………………… 96

第三章　造福一方的带头人

深夜里的黑影…………………… 105

润物细无声……………………… 109

特殊的图书室…………………… 114

外甥街头奇遇记………………… 118

犟牛钻进了赶牛沟……………… 123

梭背岭翻车……………………… 128

用生命换来的水井……………… 134

奇怪的拜年队伍………………… 144

"老子打的是联合国军"………… 149

他一次罚站四个小时…………… 155

第四章　感天动地的记录者

为了战友的临终嘱托…………… 163

三张稿纸的风波………………… 168

最难也难不过写书……………… 173

用心将笔藏起来………………… 177

被吓哭的外孙女………………… 182

小兵的标准军礼………………… 185

老兵的眼泪……………………… 189

第五章　言传身教的好父亲

"不要啥事都麻烦组织"……………… 195
又一次欺骗孩子们……………………… 200
晒了一万多斤地瓜干…………………… 205
"你收下钱，咱就烧"…………………… 209
四个青玉米……………………………… 213
捡到的芥菜苗…………………………… 216
学雷锋能要报酬吗……………………… 221
爸爸妈妈的两件宝……………………… 225
儿子的食言……………………………… 229

第六章　义薄云天的传道者

上千场报告的报酬……………………… 237
他在讲台上休克了……………………… 243
"你也是红嫂啊"………………………… 249
给女儿补上的嫁妆……………………… 259
登上了泰山极顶………………………… 265
想和妻子说句"对不起"………………… 270
永远的钢铁战士………………………… 275

第一章　冲锋陷阵的硬汉子

艰辛的童年

沂蒙山，层峦叠嶂，峰回路转。

在这大山深处的沂源县南部，有个叫张家泉的小山村。一百来户人家，分散在六座山头，过去是个名副其实的乱石窝子。世世代代生活在这里的乡亲们，进不来、出不去，吃不饱、穿不暖。村里不管识字的还是不识字的，压在头顶的只有一个字——"穷"。1933年7月6日，朱彦夫就出生在这个乱石窝子的一间石屋子里。

那是一个湿热的雨季。山区的夏天怪异得很，晴天，脚下的石头仿佛要被烈日烤裂一般，偶尔一场小雨，地面不等湿漉，那点雨水转眼就蒸腾掉了，又露出了白花花的石头。倘若一下大雨就会形成山洪，辛辛苦苦种植的庄稼常常被一场大雨冲得无影无踪。朱彦夫至今记得，小时候父亲经常给他讲起他出生时的情景。

"我是伴着一场大雨来到这个世界上的。"那场大雨断断续续下了三天，就在他出生的前一天晚上，突然暴雨倾泻而下，接着就是震耳的轰鸣声，这不是风声也不是雷声，而是山洪奔腾的巨响。

"这下可完了，种的那点花生、地瓜，怕是连影子也找不到了。"就在父亲为一家生计发愁时，躺在床上的老婆也痛苦地叫起来，让她痛苦的还不是这冲走庄稼的洪水，她在迎接一个生命的降生。

一声啼哭，伴着外面的一道闪电，在这个石屋子里显得格外洪亮，一个小男孩来到这个世界上，这就是几十年广为人知的朱彦夫。他的降生，让父亲忧愁的眉头更加紧缩了。父亲撩了撩被雨水打湿的头发，拉着老婆的手，看了一眼面前这个小家伙，脸上掠过一丝喜悦，紧接着竟抽泣起来。

"孩子，你真是苦命啊，你不该这个时候来，爹娘没啥给你吃。"又是一声雷响，紧接着吹过一阵风，石屋子上的茅草掀起了一个角，露天了，雨水嗖嗖打在炕上，母亲顾不上刚才的疼痛，一骨碌翻身坐起来，背对着漏雨的屋角趴了下去，把这个刚刚来到人间的生命严严实实裹在了怀里。

天亮了，雨停了。到处冲刷得干干净净，山沟里碗口粗的大树都被冲走了，用石头垒起、红土填平的一块块巴掌大的小梯田，只剩一堆凌乱的石块，连点土渣都不剩，更不用说种在里面的花生了。

没了庄稼，一下子断了全村人生存的希望。朱家更是揭不开锅，好心的邻居送来了一瓢地瓜面，朱彦夫的父亲每天早晨捏上一把，做两碗稀粥，坐月子的老婆每天就是指望这两碗稀粥。由于缺乏营养，母亲干瘪的乳房挤不出一点乳汁给朱彦夫。

看着嗷嗷待哺的幼子，一家人不能这样饿死。朱彦夫的父亲含着泪看了一眼炕上的娘俩，一咬牙迈出了那间石头屋子。

"我至今都在想象看着父亲走出时母亲的眼神，她唯一的希望就是我父亲能带回点吃的，别眼睁睁饿死眼前这个小生命。"讲起苦难的童年，想起苦命的爹娘，朱彦夫还时常落泪。

父亲外出打工，朱彦夫八岁的姐姐艳花就成了家里的顶梁柱。每天早晨天还不亮，她就挎上小篮子，挨村乞讨，养活多病体弱的娘和弟弟。山路崎岖，她稚嫩的脚板经常被扎得鲜血淋漓。每次回家，母亲看到女儿的脚，心疼得掉泪。娘对她说："别出去要了，就在近处挖点野菜吧。"懂事的艳花每次都安慰娘说："没事，俺脚不疼，都磨出茧子了，你光吃野菜，哪有奶水喂弟弟啊。"

寒来暑往，没过几个月，冬天来了，野菜也没处挖了。冬天，对这个一贫如洗的家庭来说，比夏天要难过得多。朱彦夫的母亲用一件破夹袄把他紧紧抱在怀里，又找来一些碎布条，把女儿的脚缠起来当鞋穿。娘仨一起外出讨饭。

要来的有时是一块地瓜干，有时是一团菜窝窝。有一次要了四指长的一块地瓜干，母亲把它撕成两条，稍软一点的那块塞到女儿嘴里，硬得难嚼的那块填到自己嘴里，一点点嚼碎，和着唾液，形成一个小团团，再把这个小团团含在嘴唇上，轻轻塞到怀里的孩子嘴里。尽管自己的嘴里只剩下地瓜的香味，但看着孩子的小嘴在蠕动着吞咽带着自己体温的小团团，母亲心里还是喜滋滋的。她忘记了自己的饥饿。

有一次运气不错，要来半块窝头。看着眼前两个孩子，母亲又犯难了，她几次掰下一小角，想给女儿，但几次又缩回了手。艳花很懂事，她看出了母亲的心意，就说："娘，这块窝头我不吃，留着给弟弟吧。"看着瘦弱的女儿，又看一眼怀里的儿子，母亲一把把女儿也拉到怀里，"好孩子，娘对不起你，让你跟着受罪。"

为了能多要一点，朱彦夫的母亲和姐姐分成两路。在离村八里远的刘庄，姐姐讨来半块地瓜，那是刚刚煮熟的半块地瓜，还带着温度。姐姐双手捧着，央求娘快点吃下去。母亲接过地瓜，看着女儿冻得青紫的脸蛋和皲裂的小手，眼泪在眼眶里直打转转。

"孩子，趁热吃了吧，娘不饿。"

"还是娘吃了吧，娘吃了，弟弟才能不饿。"

"好孩子，听娘的话，你吃饱了，才能给娘要饭。"

怀里的孩子一声啼哭，打断了母女俩的推让。母亲把那块地瓜掰成两段，看着女儿吃下半块后，才含着泪把另一半填进嘴里，嚼细了再喂给儿子。

冬天天短，但对穷苦人家却格外漫长。从早晨出来，苦挨上一天，挨家挨户央求，还是填不饱肚子。每晚回到家，睡在冰凉的炕上，母亲的心啊，就像猫爪一样。没有棉被、棉褥，母亲就用草铺在炕上，每天夜里都是仰面睡觉，因为只有这样，才能让只有五六个月的儿子睡在自己的怀里，她用自己的身体给孩子取暖。

婴儿尿床是常有的事。母亲累得实在支撑不住就睡着了，突然觉得一阵温暖，儿子又尿了，接着就是长久的冰凉，直到天亮。母亲的腿都冻紫了，皲裂了，两个孩子夜里都紧紧靠着她。

好不容易熬到过年。这是朱彦夫人生的第一个春节，屋外没有鞭炮声，屋内没有水饺的香味，但总算还是有了些温暖，因为打工的父亲回来了。

那是年三十下午，天都要擦黑了，父亲迈着大步，一低头，进了那间低矮的石屋子。放下肩上的布包，一把抱起半年没见的儿子。这个没被生活压倒的汉子，久久说不出一句话。他心里是高兴的，娘仨都在。他在外做工，几次梦见儿子那让他撕心裂肺的哭声，醒来他想，儿子可能熬不过这个冬天。

放下儿子，他从布包里拿出几斤地瓜面，还有两捧花生，一块冻得梆硬的豆腐。布包的最底下,是几块破旧的麻袋片子。他知道,家里没有被褥,更没有孩子的棉衣,给大户人家打工时,就要了人家的这几块麻袋片子。

坐在炕头上的老婆,看见那几块麻袋片子,眼里突然有了光泽,她最清楚丈夫把这拿回家的用意。就在那昏黄如豆的油灯下,这个除夕夜里,她用麻袋片缝了一个棉袄套,里面塞上茅草,小家伙的第一个春节终于有了一件"新衣"。

都说除夕夜不喝粥,但除了做粥,还能做什么呢?"不管那么多了,穷了哪有那么多讲究?"朱彦夫的父亲做了一锅粥,狠狠心抓上了两把地瓜面,舀在碗里总算照不出人影了。又炖上半斤豆腐,等快天亮时,放在碗里,端到灶台后面供奉老天爷。

艳花瞪着眼睛,闻着香喷喷的豆腐,"娘,那豆腐啥时候能吃?"躺在炕上的娘说:"好孩子,别大声说话。老天爷保佑咱有个好年景。"

一人一碗粥,围着一锅豆腐,听着远处不时传来的鞭炮声,这个春节就这么过了。

人勤春来早。没等正月十五,朱彦夫的父亲就到山坡上去了,去年一场洪水庄稼绝收,今年要早动手垒堰造田。

日子就这样艰难地过着。花开花谢,春去春回,转眼朱彦夫三岁了。就在他两岁时,他的一个弟弟出生了,可还没满月,就饿死在娘的怀里。父亲号啕大哭,把弟弟幼小的身躯埋在一片小松林里。这片小松林里还埋着朱彦夫的两个哥哥和一个姐姐,他们都没能熬得过风霜雨雪。朱彦夫的母亲生下的七个孩子中,只有艳花、朱彦夫和他的弟弟彦坤顽强地活了下来。一家五口人相依为命。父亲除了耕种着三亩多山岭薄地外,依旧去南乡打工。娘在家照看弟弟彦坤,姐姐和他天天上山挖野菜,去邻村讨饭。朱彦夫从此走遍了家乡的山山水水，每一处荒凉贫瘠的土地上，几乎都留下了他年幼的足迹。

1942年的春风翻过层层深山，早早地吹进了张家泉村，土崖上生长着的几株迎春花，用力地抖抖枝条上的积雪，顽强地把身子再伸长一点，在谁也不注意的时候，悄悄吐出一串串嫩黄的花蕾，在乍暖还寒的风中傲视着尚未苏醒的大地。

这一年，朱彦夫刚刚九岁，渐渐长成一个充满活力的少年。个头虽然不高，可有的是力气，已能帮助父亲干一些简单的农活了。

那时正是抗日战争最艰苦的阶段，土匪、鬼子、伪军四处为非作歹。那时大土匪刘黑七就常常窜来周围村庄烧杀掳掠。朱彦夫曾听他父亲说，刘黑七领着土匪一路杀到张家泉村西二十里地的张家旁峪村，一夜杀了一百多口人。刘黑七原名叫刘桂堂，从1918年起拉起了土匪队伍，无恶不作，祸害乡里，许多村庄的人被他杀光。1943年11月，八路军鲁南部队一举将刘黑七剿灭，乡亲们拍手称快，并抬着刘黑七的尸首游行。费县一位老人拿刀从刘黑七腿上割下一块肉，非要尝尝这个害人精还有没有人味。

日本鬼子的部队是1938年底越过鲁山进入沂源县的。当时国民党山东省政府主席沈鸿烈带领省府机关驻扎在鲁村，听到鬼子进驻入沂源，吓得慌忙迁到了离张家泉四十里地的东里店。1939年6月7日，鬼子出动飞机，疯狂轰炸了东里店。一时间省政府驻地火海滚滚、尸横遍野，沈鸿烈仓皇逃到临朐县。三天后，鬼子在东里店建起了炮楼，设立了据点，频频扫荡周围村庄，百姓吃尽了苦头。

国民党的部队除了吴化文新四师以外，还有秦启荣的第五纵队，还有五十一军。他们不但不抗日，反而处处和八路军作对，制造摩擦，屠杀抗日队伍。乡亲们渐渐都看明白了，只有共产党领导的八路军才是穷人的队伍。老百姓不顾鬼子兵和国民党的层层堵查，偷偷给八路军送信、送饭，掩护伤员。

虽然只有九岁，可朱彦夫早就听说八路军了，打鬼子，个个像天兵天将，会飞檐走壁，手里的枪百发百中。八路军对老百姓最好，走到哪里，就帮哪里的老百姓干活。他还听说，离这八十里地的黄庄有的是八路军，他早就想见见八路军了。

朱彦夫的父亲叫朱青祥，朱家祖辈一直住在蒙阴县，因贫寒而迁到了沂源。朱彦夫的母亲叫郑学英，也是蒙阴县人，有一年讨饭讨到村里，朱彦夫的爷爷可怜她孤苦一人，就收留了她，后来嫁给了朱彦夫的父亲。朱青祥一辈子正直刚毅，不畏艰难，疾恶如仇。乡亲们谁家有灾有难，他总是倾其所有给予帮助，在村里很有人缘。

朱青祥常年在外打短工，早就接触了八路军和共产党。由于他忠诚谨慎，助人为乐，八路军的部队很信任他，曾安排侦察员住进他家，利用朱家作掩护，四处侦探敌情。

一天晚上，朱青祥和那位侦察员又悄悄出去了，到了早上，俩人谁也没回来。一连几天过去了，俩人还是不见踪影。朱彦夫的母亲有些着急了，就叫他出去找找。朱彦夫挎上篮子，一溜烟就蹿上了村东的山路。远处有一伙人，影影绰绰看不清。再往前走了一会儿，他猛然发现人群中有高头大马正晃晃悠悠走过来。不好！是鬼子来了！鬼子常来周围村庄扫荡，都是骑着大马，举着明晃晃的刺刀。他不及细想，赶紧猫着身子跑回了村里。娘见朱彦夫上气不接下气的样子，忙问是怎么回事。朱彦夫喘着粗气，半天才说清楚是鬼子来扫荡了。朱彦夫和母亲刚把侦察员的茶缸、皮带、衣物等藏进屋后的树林里，鬼子就进村了，直奔朱家的院子!

朱彦夫心里一惊,莫非是爹和侦察员的事让他们知道了?朱彦夫担心娘有不测,又从树林里跑了出来。这时,鬼子已进了院子。

朱彦夫一眼就看见鬼子身后的几个汉奸抬着一个人。鬼子一挥手,几个汉奸向前紧走几步,"扑通"一声把人扔在了朱彦夫和他母亲眼前。

"啊!爹!"朱彦夫只见爹血头血脸,身上褂子早就撕成条了,裤子也只有半截,赤着脚,血顺着腿一直流到脚上,黑乎乎的,早就干结了。胸膛上一片一片的血渍,也都干结成黑乎乎的颜色。

朱彦夫的母亲脸都吓白了,她扑到丈夫的尸体上大哭起来。朱彦夫的脑子像炸开一般,那黑乎乎的血渍片片在他眼前旋转起来。

"爹死了?爹死了?爹叫鬼子杀了?这怎么可能?这是怎么一回事?爹让鬼子发现了?"朱彦夫感到天旋地转,"扑通"一声趴在娘身上。这时几个汉奸走过来,一把扯起了朱彦夫的母亲,连拖带拽扔在了鬼子的脚下。从马上跳下来的那个鬼子对旁边的汉奸叽里咕噜地说了几句,那汉奸走上前,朝着朱彦夫的母亲的头凶狠地踢了一脚,然后又一把她扯起来,恶狠狠地问道:"他就是你男人?他敢领八路去侦察皇军的据点,就该杀!快说!八路是不是住在你家?还有什么东西在你家?快说!小孩,你也过来!"

"他是俺亲戚,他爹领他出去打工,俺啥也不知道。"朱彦夫的母亲挣开汉奸的手,抹了一把头上淌下来的血,把朱彦夫拉到身后,眼睛里没有了悲伤和恐惧,平静地回答道。

"八格!"为首的鬼子大吼一声,一下抽出指挥刀,架在朱彦夫母亲的脖子上。悲伤和愤怒涌上了朱彦夫的心头,九岁的他,不知哪来那么大的勇气,一下挣开娘的手,一步跨到娘的前面,挡住了娘,涨红的双眼狠狠地盯着跟前这个狰狞的面孔。鬼子"嗖"的一下抽回刀,又高高地举了起来,"唰"的一声劈了下来,朱彦夫觉得右肩膀一阵钻心剧痛,一下就瘫倒在娘的脚下,什么也不知道了。

朱彦夫醒来的时候,见自己还躺在院子里,娘正坐在他身旁大哭。朱彦夫一扭头,肩膀上一阵剧痛,眼前的情景让他震惊。鬼子把房子点着了,干透了的茅草顺风向"呼呼"地燃烧着,东边的小屋已烧完了,只剩下残垣断壁。

"娘,快救火!"朱彦夫边喊着,一侧身想爬起来,可撕心的疼痛一下又使他晕了过去。

当朱彦夫第二次醒来的时候,发现自己躺在炕上,姐姐坐在旁边。

"这是咱张婶子家,咱家的房子让鬼子烧了,张婶说要找几人帮咱再盖一间!你肩膀还疼吗?咱娘给你捂上灰,都包起来了。"

"咱爹呢?"朱彦夫咬着牙,朝上起了起身子。

"咱爹死了。"朱彦夫的姐姐艳花没忍住,眼泪涌了出来。

朱彦夫的右肩膀被鬼子砍去了巴掌大的一片肉,骨头碴子白森森地露在外头。母亲用草烧成的灰捂在上面,用破布条子缠了起来。天渐渐热了,伤口化脓,母亲用剪子剪开皮肉,挤干净了脓血后,又抹上灰,再包起来。九岁的孩子,哪能承受这种创伤!

有好几天不见姐姐了,朱彦夫就问娘,"姐姐上哪了?要饭去了?"

"你姐姐,她……"母亲吞吞吐吐。

"我姐姐怎么了?娘你快说呀!"朱彦夫忍着痛,一骨碌爬了起来。

"你姐姐,苦命的孩……子……哟……"母亲像是被戳着了痛处,拉长了音,两手揉搓着头发,放声大哭起来。

原来,朱彦夫的父亲牺牲后,家里一下子塌了天。朱彦夫的弟弟又小,家人要吃的没吃的,要住又没住的地方,母亲狠狠心,把女儿卖了!一个鲜活的大姑娘,仅仅换来了两斗谷子!朱彦夫的弟弟饿得又哭又叫,母亲去碾上碾了些谷子回来,又去山上挖了些野菜,捋了些树叶和在一起,烧了两碗糊糊端给两个儿子。看着兄弟两个狼吞虎咽,朱彦夫的母亲悲从心起,"彦坤啊,你这是吃你姐姐的肉啊。我可怜的闺女啊,娘对不住你,你可别怨娘啊,娘也是没办法呀……"

母亲的哭声悲悲切切,时断时续,朱彦夫再也忍不住了,和娘抱头哭在了一起。拿姐姐换来的这两斗谷子,弟弟也没能喝上几碗。一天傍晚趁母亲不在家,朱彦夫的一位大伯把弟弟骗出院外,塞在一个挎篓里,架在驴背上,连夜翻山越岭,卖到蒙阴县去了。朱彦夫的这位大伯叫朱青山,一辈子游手好闲,偷鸡摸狗,嗜赌成性,因欠下巨额赌债,就把朱彦夫弟弟卖了还债。大伯的结局也很惨。1947年,国民党重点进攻山东时,他偷割"国军"的电线,被抓住后一顿暴打,抛尸荒野。

可当时谁也不知道朱彦夫的弟弟哪里去了,母亲经不住这一连串的打击,精神彻底崩溃了,成天疯疯癫癫,一会儿号啕大哭,一会儿大笑不止,看着那谷子就抓起来塞进嘴里,大喊着:"闺女你回来了?你的肉真香!"一会儿看着朱彦夫就叫彦坤,一会儿又坐在院子里,低头喊着朱彦夫父亲的名字。

父亲死了,母亲几乎疯了,姐姐、弟弟也不知去了哪里。

少年朱彦夫,擦干眼泪,握起了拳头:"我要报仇!我要参军!我要打敌人!"

战场上的宣誓

这是一个普通的山村的普通的黑夜。

三星偏西了,窗纸也有点发白。大山还在沉睡着,张家泉村也在黎明前沉睡着……

朱彦夫悄悄地起了床,轻轻地穿上衣服之后,看看被病痛折磨了一夜刚刚入睡的母亲,便背上一个草筐,蹑手蹑脚地出了门。

今天,他要做一件有生以来最重大的事情,而且这件事情肯定会使全村老少目瞪口呆!

他从村北的红崮山下来时,浓重的晨露早已打湿了他的裤脚,两手也因挖草药而沾满了泥水,这些他全然不顾。他双手拨拉了几下山下的野草,借草叶上的露珠洗净了双手,然后胡乱在身上擦了擦,又抖抖空空的草筐,弯腰向村东的油篓崮山上爬去。

当他爬上油篓崮山顶的时候,太阳将要出来了。满天的彩霞映红了山,映红了树,也映红了这个十四岁少年那稚气未褪的脸蛋。

这时,他又想起了三年前那个同样是彩霞满天的早晨……

那个早晨,贪睡的朱彦夫还赖在被窝里,树上的麻雀叽叽喳喳地叫着，早起的母亲已经烧得锅里冒出了缕缕香味儿。

忽然，街上传来一阵阵歌声：

解放区的天是明朗的天，

解放区的人民好喜欢，

人民政府爱人民，

共产党的恩情说不完……

在那年月的山村里，极少有歌声，朱彦夫更是从小第一次听见这么好听的歌。他从炕上一骨碌爬起来，蹬上裤子，拖着褂子便跑了出去。

村口上，坐着一小队解放军，一个人打着拍子，大家都起劲地唱着。边上有个年纪稍大的人，拿着一块闪光的铁片（口琴）在嘴上边吹边拉动，竟能发出和歌一样的调子来。

朱彦夫迷上了，像个小尾巴似的跟在他们后边。他亲眼看见他们为老百姓挑水，看见他们将袋子里的粮食倒给穷人，看见他们给生病的乡亲们打针吃药，看见他们把棉衣送给村里的孤寡老人。他提出来要参加他们的队伍，那个吹口琴的老兵拽了拽他的裤子说：

"小伙子，实话告诉你说，我们是打敌人的，你怕是还穿着开裆裤吧？"

一句话说得解放军们哈哈大笑起来。可朱彦夫却拗上了：人家上街他上街，人家串巷他串巷，母亲叫他回家吃饭都拉不回去。有人开玩笑地叫他一声"小兵"，他脸一红，然后乐得直蹦高，并从心里对人家有一股感激之情……

忽然，他发现太阳升高了，早起收庄稼的人，有的挑着火红的高粱，有的挑着金黄的谷子，有的挑着粉红的地瓜，开始颤颤悠悠下山了。他马上背起草筐，在坡地里和堰边上寻找起各种各样的中草药来。

太阳正午时,朱彦夫已采了半草筐中草药了。看看时间已不早,他便快步下山回家。

母亲早已做好了饭等着他。秋天山里活紧,这几天收庄稼把朱彦夫累得够呛,三亩山地里的庄稼,全是他一个人割好又挑下山来的。今天母亲特意给他碗里放上两个剥了皮的煮鸡蛋让他补补身子,他毕竟还是个十四岁的孩子啊!

朱彦夫夹起一个鸡蛋,放进母亲的碗里。母亲一边往回夹,一边半是心疼半是生气地说:"这孩子,咱们还要打场、晒粮、种麦子呢!你累坏了身子咋办?"

朱彦夫躲闪着说:"没事。娘,你看我有的是劲!"说着他使劲将胳膊弯起来,上面鼓起一个大肉疙瘩。

饭后,朱彦夫扒光脊梁,在院子里拉起一个碌碡,打起谷子来。

他拉着碌碡转着转着,一下子想起令他心惊肉跳的那个晚上来。

有一天,谁也没发现是怎么回事,那队唱歌的解放军突然从村里消失了,谁也不知道他们到哪里去了。

当天夜里,村里突然乱起来,鸡飞狗叫的声音,伤心的大哭和狰狞的狂笑,在夜间显得格外瘆人。原来,这是国民党重点进攻山东解放区,他们的先头部队——还乡团耀武扬威地回来了。他们有的拿着手电筒,有的举着火把,挨家挨户地砸门,翻箱倒柜地查,看见可疑的人就抓走,找到值钱的东西就抢走。朱彦夫母亲结婚时的一床绣花被面,多少年来没舍得用,被一个还乡团一把塞进腰里,母亲刚要说话,被他劈头打了一枪托子。

然后,他们在大街上咋呼:"谁家里住过解放军,谁家里藏着解放军的伤病员,要是不早说出来,知道了一律枪毙!"

第二天早上朱彦夫才知道，还乡团们打伤了十几个人，还烧了三户人家的房子。当时，他真想去参加解放军，可吹口琴的解放军们哪里去了呢？

打完谷子，朱彦夫又把没切完的地瓜切好，晾在了墙外的山坡上，又将一捆捆的高粱穗子摆在了院子的墙头上。

母亲多次喊他吃饭，他假装听不见。最后，母亲走到他身旁说："你这孩子咋回事？今天非要把活都干完不行？明天又不是没有时间。在村里，咱的活还是最快的呢！"

朱彦夫朝母亲"嘿嘿"笑了笑，又拿起扫帚，将院里院外扫了个干干净净。那扇掉下来的院门许久不用了，大门也好长时间不关了。朱彦夫又用斧子将门装上，并且开关一下试了试。

吃晚饭的时候，天已经很黑了。母亲看见儿子呆呆地望着她，不吃也不动。母亲放下筷子问道："彦夫啊，今天你好像有什么心事？"

"没……没有……"他突然清醒过来，动作夸张地扒着饭，以掩饰刚才的失态。

最知道孩子的莫过于母亲。她边给朱彦夫盛饭边仔细地询问："彦夫，尽管你早已撑门过日子了，但你还是个孩子，年龄摆在这里嘛！你有啥事，娘帮你拿个主意，可千万别瞒着娘啊！"

"娘，真的没有啥事，真的。"

自信的母亲第一次没猜出儿子的心思，朱彦夫也为将要第一次瞒着母亲做事而心里愧疚。

夜已经很深了。病中的母亲已经睡熟。

朱彦夫将熬好的中草药汤放在母亲的床前，将盛满了凉水的泥罐也放在了床前，然后，他轻轻地给娘跪下了。

马上就要离开还在生病的母亲了，朱彦夫的心里特别难受，简直像要撕裂似的。

朱彦夫跪在地上，默默地说：

"娘，不孝之子今天要离开你了，要打敌人去了。等胜利之后，我回来伺候你一辈子，什么活也不让你干，还要带着你出去逛逛大城市，让你享一辈子清福……"

他重重地给母亲磕了个头，一咬牙，跑向村头解放军的新兵集合点去了。

那时候当兵，根本没有什么训练、演习，往往是发上枪弹就上战场，遇到敌人就参加战斗，可真是毛泽东主席所说的在战争中学习战争了。

朱彦夫也是这样，边行军边学会了步枪的用法，没去多远就和敌人接上火了。好在他聪明伶俐，初出茅庐便崭露头角，成了年纪最小的战斗英雄。

那是一场激烈的战斗刚刚结束的时候，战士们在满怀喜悦地打扫战场，硝烟还在袅袅消散着……

庄严的党旗下，朱彦夫缓缓地举起了右手，用他的赤胆忠心，用他两次立功的自豪，用他一个班活捉敌人一个营的战绩，用他一口气炸毁敌人三个碉堡的大无畏精神，向党保证着：

"我自愿加入中国共产党……"

多年的夙愿实现了，朱彦夫激动万分，随着他高举着的右手，他的眼泪也涌了出来。

朱彦夫参军后，打的第一个大仗是打兖州。当时，敌人经营了几个月的城防，不但工事坚固，而且武器配备齐全，火力网交叉纵横，不留任何一个死点。这是一场攻坚战。

战前，部队领导反复进行了多次的研究，并多次做了战前动员，部队发起总攻后，一直进展很顺利，眼看部队马上要攻到城头了。

突然，大家没有防备的城墙上喷出一道火舌，封锁了进攻的道路。敌人的火力特别猛，像刮风一样扫来扫去，而且呈扇形扫射，阵地上的树枝被打得"咔吧咔吧"落到了地上。我军战士一批批冲上去，又像秫秸一样一批批倒下去…

时间一分一秒地过去，如不迅速攻下城来，等敌人大部队一到，后果将不堪设想。没有战斗经验的朱彦夫，看见战友们一个个倒下去，早就被敌人的这挺机枪气炸了肺，他连招呼也没打，跃起身子就想往前冲，一步还没迈出就被班长拖了回来：

"你不要命了？"

"我冲锋还不行？"

"冲锋也得听命令！"

这时，冲锋号响了，战士们纷纷跃起来，冒着敌人刮风般的扫射，不顾一切地向敌人扑去，正在双方胶着进攻受阻时，不知是谁喊了声：

"共产党员，跟我上！"

这一声大喝，威力竟不亚于刚才的冲锋号！趴在地上、掩在树后、卧在坎下的战士们，好像忘记了这是战场，前仆后继地向前推进着。朱彦夫当时并不十分清楚这句话的含义，但他却实实在在地感到了这句话的威力！他也边冲锋边喊着这句话："共产党员，跟我上！"他叫喊着，端着刺刀冲进街巷，与敌人拼刺起来。被他刺倒的那个敌人也许这样想，一个乳臭未干的毛孩子，哪里来的这么大的力气？

战斗胜利结束了，可年仅十五岁的朱彦夫却天天在琢磨：这句话怎么这么厉害？它到底是什么意思呢？一种前所未有的神秘感，促使他下

决心去搞清楚。当他带着这个疑问向老班长请教时,老班长先是摸了摸他的头大笑了一阵,然后告诉他:

"共产党员就是最好的人!是专门为穷人着想的人。为了老百姓,他们就是拼上性命也在所不辞!"

朱彦夫懵懵懂懂地知道了一点。从此,他便向往起共产党员来,只要战斗中冲在前边的,他就猜想这人肯定是共产党员。事后一问,果然八九不离十。

他战斗更勇敢了,枪林弹雨,刀山火海,他一如既往,从来没有皱眉头的时候。他想,我也要做共产党员!

决定中国命运的渡江战役打响了!

百十里的江面上千帆竞发,百舸争流,解放军以排山倒海之势,向蒋家王朝的老窝捣去,朱彦夫所在的部队,也参加了这场具有历史意义的渡江战役。

朱彦夫为自己能参加这样的大战役兴奋不已,他把枪擦了又擦,子弹袋装了又装,直到实在装不下了才作罢。

一个月明星稀的夜晚,朱彦夫所在的班奉令去袭击敌人阵地。一个班去打人家一个营,听起来是笑话,可是首长就这样命令了:"让你们班去进攻一个营,是有点吃力,可是由于战线太长,我们只好这样了。只要你们发挥共产党员的先锋模范作用,敢打硬仗,敢啃硬骨头,就一定会取得胜利。"

队伍出发了,大家都知道这是一场硬仗,一场恶仗,几十里的奇袭征途上,大家心情都有点紧张,可是,当他们悄悄接近敌人阵地的时候,战斗却发生了戏剧性的变化:

在他们通过敌人的铁丝网时,挂在网上的罐头盒"丁零当啷"响了起来。这时，一个夜起小便的敌人大叫起来：

"不好了，共军来了！"

这下可把班长急坏了，过早地暴露了目标，让敌人有了准备，这场战斗就难打了。

于是，他向战士们命令道：

"不惜一切代价，冲进敌营，炸他个人仰马翻！"

战士们喊着"缴枪不杀，优待俘虏"的口号冲锋了。

当战士们冲进敌人营房时，里面乱成一锅粥，有的敌人往外扔着枪，有的敌人浑身抖成一团，有的敌人不知所措地来回窜动着，更可笑的是有的敌人跪在地上，一个劲地磕头，边磕边说着：

"共军老爷饶命……"

他们轻而易举地取得了这次奇袭的胜利。

这次，朱彦夫又进一步体会到了共产党员的厉害。他知道，敌人所说的"共军"就是共产党的军队。敌人为什么这么怕共产党呢？看来，他们早已被共产党吓破了胆。这次，上级给朱彦夫所在的班记了集体三等功。

从此以后，在朱彦夫的心目中，共产党员不再神秘了，却逐渐神圣起来。在战斗的空隙里，在行军途中，班长给他讲了许许多多共产党员的故事，党的知识和成为一个共产党员的条件，朱彦夫心里那种强烈的要求又开始萌动了。

不久，朱彦夫所在的部队，经受了一次血与火、生与死的严峻考验。

在解放上海的战役中，朱彦夫所在的连队作为几股先头部队之一，接受了扫除敌人碉堡、为后续部队开路的艰巨任务。在敌人号称固若金汤的上海城防中，碉堡是异常坚固的。因此，碉堡的攻破与否，成为攻城的关键。

三个爆破敌人碉堡的战士,都牺牲在了敌人的机枪下,可碉堡却依然喷吐着罪恶的火舌。

"排长,让我去吧!"

排长回头一看,朱彦夫已经匍匐着过来了。排长的心里一阵犹豫,因为朱彦夫只是一个十五岁的小兵,尽管他敢打敢冲,还立过战功,但他毕竟太年轻了。朱彦夫似乎看出了排长的担心:

"排长,我不能看着战友们就这样死在阵地上,死在敌人的枪口下,时间就是生命啊!"

排长刚一点头,朱彦夫便一个胳肢窝里夹上了一个炸药包。排长问他带两个炸药包干什么,还没等排长问完,朱彦夫早已跃出了战壕。

"机枪掩护!"

随着排长一声令下,我们的两挺机枪炒豆似的叫了起来。排长清楚地看到,朱彦夫巧妙地利用地形地物,时而翻滚,时而腾挪,一会儿便接近了敌人的碉堡。

随着一道耀眼的火光,一声震天的轰响,碉堡被炸飞了,机枪也哑了。当大家冲到碉堡附近敌人的阵地上时,炸碉堡的朱彦夫不见了,战友们的心情十分沉重。

忽然,随着"哒哒哒……"一阵机枪声,左前方的敌人碉堡开始射击了。战友们马上卧倒。子弹打到他们周围的地上,随着一阵阵"扑扑"的响声,腾起一朵朵土花,战士们连头也抬不起来,进攻又受阻了。

正当排长准备再派人炸碉堡时,突然,又是一声轰响,敌人的碉堡又飞上了天。战士们抓住时机,又前进到这座碉堡的残垣旁。这时,只见朱彦夫满脸是土,躺在一块凹地里嘻嘻地笑呢!

原来，朱彦夫早就料到，这两个互成犄角的碉堡，当一个爆炸时，另一个碉堡里的敌人必然受到影响，因此，在第一个碉堡炸响时，朱彦夫趁另一碉堡的敌人正在慌乱中，早已跃到碉堡下面了。

排长高兴得发狂，当他扑倒在地抱住朱彦夫时，见朱彦夫脸上一阵痛苦，他仔细一看，见朱彦夫的腿上挨了一颗子弹，血正在汩汩地流着。

"卫生员，把朱彦夫背下去！"

"不！前面还有一个碉堡……"

"你的腿不行了，先下去再说！"

"这点小伤不碍事，炸这种碉堡我有经验了，换别的同志会牺牲的……"

"你……"

"万一我牺牲了，你要答应我一个条件……"

"什么条件？"

"同意我加入中国共产党……"

排长还能说什么呢？在机枪的掩护下，朱彦夫又夹着炸药包，拖着一条伤腿出发了。这次，朱彦夫前进的速度慢多了，是那条伤腿拖住了他。但因为有上两次的经验，他知道怎样躲避敌人的火力了，在离碉堡不到五十米时，战友们从弥漫的硝烟中，模模糊糊地看见朱彦夫突然一跃而起。这时，敌人的火力一下子集中起来，疯狂地朝他扫射过去，他一下子仆倒在地，连挣扎的动作也没有……

"轰隆"一声，随着一个一闪而逝的人影，敌人的碉堡坍塌了，那挺罪恶的机枪散落在几十米之外，敌人的破衣片、弹箱板子、头盔等稀里哗啦地落了下来。

怎么回事？心中的疑问并没有迟滞进攻的脚步。

"为战友报仇哇——"战士们愤怒地喊着口号，旋风般地冲了过来。这时，他们惊奇地发现，朱彦夫躲在一个土堆的后面，正往枪里压着子弹呢！

原来，在接近敌人碉堡时，朱彦夫看看敌人火力太猛，实在难以靠近，便躺在地上脱下褂子，用根树枝撑在里面，猛地向远处掷去，趁敌人火力集中过去的片刻，他早爬到碉堡跟前了，这里恰恰是敌人射击的死角！

战斗胜利结束了。朱彦夫被荣记三等功。当他在党旗下郑重地举起右手宣誓时，腿上的绷带还渗着血呢！

面对着尚未散尽的硝烟，面对着空气中的硝烟味和焦煳味，面对着因在怀里揣的太久而皱皱巴巴的党旗，朱彦夫的思绪像山风中的硝烟，飘浮得很高，飘浮得很远……

坚持就是胜利

入了党的朱彦夫,更是猛虎添翼了。因此,心中的责任感常常像一条鞭子一样在抽打着地,让他做一个真正的共产党员。在坚守250高地的那场战斗中,朱彦夫又一次展现了他超人的魂魄。

250高地,是朝鲜长津湖以南一座普通的山峰。在这个奇冷的冬天里,这里发生了一场空前惨烈的激战。

一个大雪纷飞的黎明,二连全体官兵经过一夜的急行军,到达了离250高地不远的一条山谷里。尽管天气寒冷,官兵们衣着单薄,但他们都浑身冒着汗。他们毕竟是全副武装,一夜跑了一百五十里山路啊!雪花落到身上,马上消失了,变成一个个小水珠,然后集中起来往下滴。他们的军装从里到外全部湿透了。随着寒风的吹打,他们又一个个冻得牙齿"咯咯"直响。

连长压低了他那坚定有力的声音,作着简短的战前动员:

"同志们!上级首长命令我们抢占250高地,意义是重大的。只有占据了250高地,才能保障大部队的战略运动,保证我们志愿军将要进行的下一个战役的胜利,才能保证我们大批的冻伤人员尽快返队,才能保证我们的棉衣、粮食尽早地送到前线上来……总之，这次战斗十分重要……"

连长一手捂住差点被大风掀掉的帽子，划拉了一把正在眉毛和胡子上结冰的冰碴子，换了更加严厉的口吻：

"上级首长为什么选定我们连来打这个硬仗？因为入朝以来，我们打了一个个胜仗，首长信得过我们，上级首长指示，只许胜利，不许失败。同志们，有没有信心？"

"有！"全体人员同样压低了声音坚定地回答着，有的人还使劲拍了拍枪托。

随着一声枪响，战斗打响了。

250高地周围，枪炮声、手榴弹的爆炸声、冲锋的呐喊声和受伤后的哭叫声连成一片，十几里之外的人听了都害怕。美国鬼子和李承晚的部队，凭借着经营了几个月的工事，顽强地抵抗着。二连的战士们利用山坡上的石头、沟凹等有利的地形地物，跳过来跳过去，一步步向敌人的阵地逼近。但是，敌人的炮火太猛烈了，子弹简直比天上的雪花还密集，战士们被封锁得趴在地上起不来。有急躁的战士忍不住跳起来冲锋，一起身就被击倒在阵地上。

"朱彦夫！"

"到！"

朱彦夫听到连长喊他的名字，马上从雪地上扒出一道沟，一步步爬向连长身边。

连长两只眼睛红得吓人，大口大口地喘着粗气。他用手枪往帽檐上一顶，单耳朵棉帽骨碌碌滚到了雪地上：

"你去通知三排，迂回到敌人阵地后面去，咱们两面夹攻，报销了这些龟孙子！"

朱彦夫爬走了。过了不长的时间，山后突然传来密集的枪声，连长刚要命令全体进攻时，山后的枪声突然停下了。过了一会儿，山后又响了一阵枪声，但这次比上次更短暂，几分钟的时间后又没动静了。

"怎么回事？"连长的心头闪过一丝不祥的预感。

这时，朱彦夫像个雪人似的爬了回来。

"连长，敌人山后的工事也很坚固，三排两次冲锋都被敌人压下来了！"

突然，随着几声枪响，敌人发射了三颗照明弹，山坡上一片明亮，加上雪地的白光，一时间如同白昼。敌人躲在工事后面，但二连的官兵却全部暴露在山坡上。这时，敌人的步枪、机枪一齐响了起来，向二连发起了猛烈的反冲锋，眼看着二连要吃大亏了。

"撤！"

连长一声令下，战士们趁照明弹刚刚熄灭敌人尚未第二次发射的间隙，迅速撤到了指定地点隐蔽起来，等待新的命令。

天已经大亮了，漫山遍野一片白色，只是大雪还像昨天夜里一样下着。战士们远远地向250高地望去，夜里那场激战的痕迹，早已被大雪掩盖得无影无踪。敌人的阵地上冒起阵阵炊烟，他们扔罐头盒子的声音都能听得见。

大家正吃一口炒面再吃一口雪的时候，上级首长派人送信来了，说大部队的行动已经开始，运粮食和伤兵的车队也已出发了，为保证这些大动作的顺利，二连要不惜任何代价，必须在中午十二点之前强占250高地。

送走了通讯员之后，连长和指导员表情都非常严肃，他俩一边在雪地上画着道道，一边在小声商量着什么，有时还争执起来。

朱彦夫吃完饭后，在一块大石头后面跺着脚取暖。忽然，他发现敌人的阵地上，有一个军官模样的人，耀武扬威地晃来晃去，全然不把山谷里的二连放在眼里。朱彦夫气急了：你的武器好，你的罐头好，也不能这么猖狂！他把枪搁在石头上，悄悄瞄起准来。"叭勾——"一声枪响，那家伙应声倒下了。事后才知道，那家伙竟然真是阵地上的一个小头目。

这时，连长发话了："时间已经很紧了，战斗的重要性我也不必再啰唆。现在，大家要扔掉除武器弹药和卫生员的急救箱以外的所有东西！什么背包、挎包和敌人的鸭绒被，要统统扔掉……"

"炒面和水壶呢？"有个战士悄悄问道。

连长和指导员交换了个眼色后说："统统不要。我们要轻装前进，就是只剩下一个人，也要冲上250高地！"

这次冲锋，打得更令人惊心动魄。

敌人似乎看出二连这次决死的阵势，火力比上次更加密集了，多种武器一齐开动，山坡上的小树霎时便全部被打断了，化了雪的石头也被打得伤痕累累，二连又被压在了半山腰上。尤其令人痛恨的是敌人阵地两头的那两挺重机枪，它们一齐开动，火力交叉，成扇形扫射，在阵地面前构成一道死网，连小鸟也别想活着从这里经过。

朱彦夫的性格有两个特点，一是心软，二是天不怕地不怕。他看见有的战友趴在地上，鲜红的血液将身边的雪化出一个大洞，难受极了，那股猛劲一下子被激发了出来。

他就地一滚，在一道雪梁的掩护下，滚到了敌人阵地的最边沿，正好，这里是敌人火力网的死角，朱彦夫心里一阵高兴，提着枪，猫着腰，迅速向敌人阵地跑去。在离敌人阵地不到二十米时，正在架着机枪疯狂扫射的机枪手突然发现了他。敌人惊愕得正要张大嘴喊起来时，朱彦夫连着几枪，机枪周围的三四个人都躺倒了。

"冲啊！"

趁着敌人机枪哑巴的瞬间，连长指挥发起了第二次冲锋，二连迅速占领了敌人阵地的一端。这样敌人开始在前方和侧面同时挨打。他们顽抗了一阵之后，留下几十具尸体，屁滚尿流地下了山。

250高地攻克了。连长马上命令修整工事，准备弹药，随时打击敌人的反扑。

阵地上安静了，人们谁也不说话，也没什么话可说。连长清点人数后得知，这场攻克250高地的战斗，全连伤亡三十多人。目前，全连包括能作战的伤员在内，只有五十二人了。

等待他们的，将是美一师的两个主力营、二三十辆坦克和几十门火炮的进攻！

敌人的第九次冲锋又被打退了。

250高地上，翻滚了一天一夜的硝烟，在大风的驱赶下，向很远很远的地方飘去……阵地上到处是被炮弹耕地似的炸过几百遍的冻土碎石。被炸飞炸碎的躯体、衣物、弹箱、枪械和树根等，随便地散落在山头，有的已化为灰烬，有的正在冒着青烟。浅而且薄的掩体，被炸得面目全非，交通壕早被坍塌的碎石填平了，没被摧毁的轻重机枪，依然挺立在掩体的前沿……

朱彦夫眼前还闪动着今天的战斗场面：

今天的阻击战，是用尸骨堆起来的胜利。志愿军官兵们在寒冷的冬天里穿着单薄的衣服，三天粒米未进的肚子里像火烧一样的难受，工事早已炸得难以修复，敌人炮火打过来，战士们没处躲藏，只有挨炸的份儿。

特别是敌人飞机的一次次扫射，战士们气得眼里冒火星……

连长将一条腿从一堆冻土碎石里拖出来，大声吩咐着身边的朱彦夫："你去清点一下阵地上的人数和弹药，然后向我报告，千万要注意敌人的飞机！"

朱彦夫在阵地上转了起来。250高地的顶峰不足七十平方米，这时早已面目全非了。当他爬到二排的掩体时，禁不住一阵欣喜：

他们还都活着？

朱彦夫看到，几位战友有的坐在跪射的交通掩体里，有的趴在交通壕的边沿，他们都把枪托顶在肩窝，手扣扳机，两眼虎视前方，随时准备痛击进犯的敌人。在这饥寒交迫、血雨腥风的战斗间隙里，他们还保持着高度的警惕。

"伙计们，天快黑了，天下又快是咱们的了！"

朱彦夫喊完，见战友们毫无动静，心里禁不住笑了起来：这帮家伙太累了，竟然睡得这么死！这可不行，一旦敌机又来扫射，不就全完了！他又喊了几声，还是没有动静，他便跑过去，一一叫着名字，摇晃他们的肩膀。

这时，朱彦夫不禁大吃一惊：

他们早就牺牲了，一个个浑身冰凉，身子冻在地上，成了一敲当当响的冰人！

一会儿，朱彦夫哽咽着向连长报告：

"现在全连还有十九个人，而且全都负伤！"

连长和指导员招呼大家来到阵地西侧坐下。连长看看一张张蜡黄的脸，慢慢地说：

"现在全连除去牺牲的和重伤不能参战的外，只有十九个人了，枪支损失也早已过半,不过按人数推算,枪还够用的。我们要精心保护它们,这是我们的第二生命,没了它们,第一条生命也得完蛋!"

看着衣着单薄和四天没吃饭的战士们,连长心里在一阵难受:"同志们,现在威胁我们的,不光是饥饿、寒冷和伤亡,还有缺衣、缺药、缺指挥。战前补齐的干部几乎打光了。在最危急的时刻,必须健全指挥,坚持到底!在同上级完全失掉联系的情况下,要做最坏的准备……"

这时,连长看见一个战士坐在那里发呆,对他的讲话也似听非听,他发火了:"战场最忌纪律松懈,你是怎么回事?想老婆?"

那战士还是没有反应,朱彦夫过去一推他,浑身已经冻得硬邦邦了。刚才还自己跑过来坐下,转眼竟冻死了。饥饿负伤的身体更难抵御寒冷了。连长心里一阵翻腾,眼泪"哗"地流了下来。

然后,连长高声说:

"现在,我宣布:朱彦夫为二排排长……除我和指导员外,你们三个排长作连级干部候补,按照伤亡先后的顺序,死一补一,生死为令,自行接替,谁活到最后,谁指挥到底。这是最坏的安排,可能都死,但轻伤指挥重伤,只要还有口气就得打下去,要用最后一口气完成任务……"

朱彦夫推辞。指导员认真地说:"这不是好官,这是死官,你当临时指挥也行,不过担子必须担起来。"指导员用枪敲了敲冻得当当作响的裤子继续说:

"这几天我们是要拼命的,我们面对的是,美一师的两个主力营,二三十辆坦克,几十门火炮,还有上百架次的飞机。而我们,只有十个头破血流的伤兵。我们已经四天粒米未进,没有棉衣,没有药物,陪伴我们的是零下三十多度的严寒,十倍于我们的敌人,三十多位烈士和成吨的钢铁……"

连长说:"这样吧!今晚上所有活着的人分成三个组,一个组下山寻找食物,一个组修复工事,另一个组掩埋烈士。"

连长说完,大家分头行动了。

为了给大家弄口吃的,连长给下山寻找食物的小组配备了最好的武器,出发时还和他们每人握了握手,以示重视。两三个小时之后,山下响起了激烈的枪声。待枪声稀疏后,寻找食物的战友们垂头丧气地回来了。他们说,敌人封锁得太严,凡是能走人的地方都扔满了铁皮罐头盒子,不小心绊一下,便会发出"当啷啷"的声音,接着就是一梭子扫射。

到凌晨三点时,寻找食物的小组也加入了抢修工事的行列,而掩埋烈士的工作却受到了严重阻碍。

冻土太硬了,一镐刨下去只留一个淡淡的白印儿,而饥饿的战士们又没多大的力气,干了大半宿,还是一事无成。

眼看天快亮了,连长下了最严厉的指示:"天亮前埋不完,纪律处分!"因为天亮以后,敌人又要开始进攻了,谁也不想让烈士的躯体再遭敌人炸弹的摧残。

这时,朱彦夫发明了一个不是办法的办法。他们将烈士的遗体放在一个个弹坑里,然后将炮弹爆炸时炸起来的冻土填进去,就是"革命烈士陵墓"了。这样,终于加快了进度。

朱彦夫一边埋一边自言自语:"战友们,委屈一下吧!咱们实在没有条件,等将来胜利后,我自己拿钱,为你们修墓,为你们立碑……"

烈士的遗体掩埋完了,连长的心情十分沉重,他坐在一个被炮弹炸坏的弹箱上,一字一句地问一排长:

"一共掩埋了多少烈士?"

"十五个……"

"给我数出十五粒子弹,一粒不多,一粒也不能少!"

一排长将子弹数好递上以后,连长叫过朱彦夫:

"朱彦夫,我说一个名字,你对天开一枪!"

"陈永烈……"

"啪——"子弹打到空中,声音格外清脆,并在大山中久久回响……

连长说完了十五个人的名字,朱彦夫也打完了十五粒子弹,然后谁也没有说话,谁也没有眼泪,谁也没有动作,只有每个人心肌梗死般的沉重和令人窒息一样的悲哀……

北风卷着硝烟和尘土扑面而来,但是再也听不见树梢的声音了,因为山上的树木早被敌人的炮火炸得干干净净了。光秃秃的山上,像被犁过了一样。同样,由于悲哀过度,朱彦夫他们已经没有泪水了。

为烈士点名

但是，敌人并不甘心失败。以他们精良的装备，以他们几倍于我们的数量，无论如何他们也咽不下这口气。更激烈的战斗，更血腥的肉搏，正在可怕地酝酿着……

在静悄悄的黎明时分，敌人重新调集兵力和炮火，向250高地发起了最猛烈的冲锋。

震耳欲聋的炮击开始了。大家刚刚跑进还没完全修复的掩体里，炮弹就乖戾地尖啸着，成批成批地在阵地前沿和交通壕内爆炸起来。炮击的声音稍一稀疏，朱彦夫提着枪就要向外跑，被连长一把拉了回来，一个跟头摔倒在连长的身上。

几乎是在这同时，几十架飞机隆隆飞来，旋转了一圈之后，便降低高度，贴着阵地掠过，成吨的重磅炸弹接连扔下。飞机炸弹、炮弹、燃烧弹等轮番倾泻，像雷鸣交加掀起的气浪，令掩体内的战友们几近窒息。

狭长的250高地，霎时变成了铁血海洋，像一口沸腾的大锅，山石四射，弹片横飞，把枪支、冻土抛向空中，落到地面，又抛向空中，再落到地面……

不到十五分钟时间，大多数修复的掩体和交通壕便被摧毁、炸坍、夷平，不少人被埋在冻土碎石里挣扎不出来，又有两名战友牺牲了。连长左腿被弹片击断，但仍在爬着指挥。

朱彦夫刚从土里挣扎着爬出来，一见此景，抱着连长就往下拖。不料，连长一拳抡过来，把他打了个趔趄：

"你给我滚开，完不成任务，我决不离开这里一步！快，准备战斗！"

"哒……哒……"三排阵地响起了密集的轻重机枪的声音，紧接着是冲锋枪和手榴弹的速射轰响。敌人大规模的冲锋开始了。他们两人爬到前面的悬崖上一看，大批大批的敌人已经拥到了悬崖下面，距悬崖不足十米了。

"我快不行了，你替我担任指挥！"连长对朱彦夫说完这句话，"噌"地将炸药包的导火索拉着了，然后抱起炸药包就要跳下悬崖。朱彦夫一把拉住他说：

"连长，你比我重要……"

一句话没说完，又一颗炸弹落在交通壕里，朱彦夫将炸药包一抱甩下悬崖去，一跃抱住连长滚到一边。好险，炸弹在他俩刚才趴的地方爆炸了。

敌人的进攻更疯狂了！

各种火器刮风般地扫射，可是，因为隔着隆起的石崖，杀伤力不太大。但是，敌人距我阵地的距离在缩短，一部分敌人已经开始攀登悬崖，朱彦夫独自跳跃着应战。

这时，指导员满脸是血地爬过来叫道：

"朱彦夫，把连长背下去！执行命令！"

朱彦夫走近连长时，又挨了一拳，不过这一拳已经没有多少力气了。

朱彦夫再也顾不得挨拳头了，他一手扯起连长的一条胳膊，一把将他抱起来，旋风般地向山后崖奔去，沿着陡峭的山崖一下滑到沟底。他把连长放在一块蘑菇石上，看见连长伤口仍在不停地流血，就将自己的单军衣脱下来撕成布条，把伤口又包缠了一遍。

连长因失血过多和四五天没吃东西，脸色苍白，双目深深地陷在眼窝里，样子十分吓人。他一改往日那暴跳如雷的脾气，瘫软无力地伸出沾满了血的手，摸了摸朱彦夫的头说：

"小朱，快上阵地打敌人吧！我不行了，不要再为我操心。等战争胜利回国后，别忘了去我母亲坟上烧张纸，她老人家这一辈子太不幸了……没过一天好日子……"

"连长，你等等，那边躺着个死鬼子，我去扒下他的棉衣给你……"朱彦夫刚刚走出不到百步，一颗重磅炮弹凌空落下，"轰隆"一声巨响，尘雾把连长吞没了。巨大的气浪，将朱彦夫掀翻到一个炸弹坑里，"哗啦啦——"从天而降的泥土，把他下身盖了起来。当他扒开泥土回到原来的位置时，已经找不到连长了。他焦急地环顾四周，周围一片死寂。他看看眼前还冒着烟的弹坑，弹坑里也空空荡荡，弹坑边上，有几块烧焦的碎布片和一只烧焦的鞋……

朱彦夫这个极少流泪的铁汉子，用尽全身力气，撕肝裂肺地喊道：

"连长——"

长长的喊声和着枪炮声，在山谷里回荡着……

朱彦夫跑回阵地时，指导员也身负重伤，已经奄奄一息了。朱彦夫抱着他，两人在弹火中说了几句话之后，指导员便牺牲了。

这时，阵地上沉静下来。敌人在山下"哇啦哇啦"地说着什么，一边吃着罐头，一边打开了睡袋。山上的战士们，互相包扎着伤口，悄悄地聚敛着枪支和子弹。有一个战士,趁敌人不注意,一下子滚出阵地,滚到敌人的尸体堆里。敌人一梭子扫过来,他立刻不动了。然后,慢慢搜集着敌人的枪支弹药,待浑身披挂得满满的之后,他摘下一个死尸上的钢盔向远处扔去,趁敌人的火力集中到钢盔上的一刹那,他又一跃钻进了战壕。

这时,敌人突然在山腰上出现了。

这次与平常不一样的是,没有传来枪炮声,而是传来了喇叭声:

"中国的将士们,官兵们,我们已经完全包围了你们的山头,你们已经走投无路了,就是不用子弹也能困死你们,快向'联合国军'投降吧!我们保证你们平安无事……"

突然,阵地上响起一阵"哒哒哒"的机枪声,敌人的喇叭一下子没声了。

"是谁这么混账?"朱彦夫这个刚刚到位的临时指挥员转过身来,大声地呵斥着。

"朱指挥……"那个战士显然不知道称呼他什么职务好,"我是看准了才打的,声音是从山下西南角那块石头后面喊出来的,这回被我揍哑了!"

"你还有没有纪律?这样会暴露目标!"

"还讲什么暴露不暴露呢?反正是打也得死,不打也得死!趁早拼了算了!"

这时,又一个战士大声喊着:"美国佬,你们别做美梦了!赶快投降吧!我们的弹头没有眼,根本不认识你什么'联合国军',碰到你头上,就会戳个大窟窿的!看,我们的大部队马上就要到了!"

敌人恼羞成怒,掷弹筒、迫击炮弹呼啸着砸向阵地。朱彦夫还没来得及回工事，肩膀上就重重地挨了一枪。

战士们愤怒了。他们拿起各种武器，面对着蜂拥而上的敌人，狠狠打了起来。

战斗不知道打了多长时间，冲锋和反冲锋不知道进行了多少次，战士们似乎什么也不知道了，但是，战斗的激情却是充沛的。

一场大雪，将被炮弹耕翻了十八遍的山头盖了起来。山头上一片平静，柔和的雪地被阳光一照，不时地反射出五颜六色的光斑。更远处的山上，墨绿的松枝上落满了白雪，给人一种生机勃勃的感觉。

"世界要是这么平静该多好啊！"朱彦夫一边用从敌人死尸身上扒来的衣服缠着腿，一边惬意地想着。想着想着，想起了前天批评新兵张培文的事来。

张培文是个新兵，在强占250高地的前两天，他就把第二套新军装也套在了身上。班长问他为啥打扮得那么漂亮，他说，250高地肯定是场恶战，我不打扮得漂亮点，到阎王爷那里去落户，他不要我怎么办？班长说，你这个笨蛋，不在阴间在阳间，阎王爷不要你不更好吗？张培文说，别看我是个新兵，可我已负过两次伤，够个二等甲级残废了，要是再炸掉一条腿或两只眼，失去作战能力时，我就主动爬出掩体，让敌人的炮火给我送葬，穿上新衣赴黄泉。班长恍然大悟地说，你这小子肚里有小算盘，我看你是怕冷才这样……

一听说有人怕冷，朱彦夫就火了："怕冷来朝鲜干啥？鬼子的睡袋里热乎，你怎么不钻进去？"张培文听后，一句话也没说，流着泪走到一边去了。

现在想起这句话来，朱彦夫有点后悔了。天实在是够冷的。由于出国时行动仓促，棉衣和给养都不到位，他们穿着一身单衣，扛着一支枪就"雄赳赳、气昂昂"地跨过鸭绿江了。因此，许多战士没有死在敌人的炮火下，而是被冻死、冻残了。张培文把所有的衣服全穿上是对的，自己的脾气太暴躁了。

这时，趁着敌人两次冲锋的间隙，战友们凑到一块搞起"精神会餐"来。几天没吃东西了，一闲下来胃里就空得难受，若有个大家感兴趣的话题吸引了注意力，饥饿感就会减轻些。因此，大家把拉呱改名为"精神会餐"。

新战士万中祥说："我出国时，妻子已经怀孕三个月了，现在孩子也快生了。回国后，不知能不能给我一个月的假，我好好陪陪她。"

"嗨，啥时候回国说不准，但胜利了肯定是要回国的。等到回到祖国的那一天，我到饭店里，一顿吃上十斤馒头，喝上两碗香油！"

"我只有一个要求，回国后，让我娘给我缝上十身棉衣，一天换一身，把在这里没有棉衣穿的日子全部补回来！"，

"小朱，你呢？"

"你是不是想把门窗堵死，一觉睡上二十天？"

朱彦夫笑笑说："我参军时，娘还长着病，现在也不知道情况怎么样了。我回国后，娘要是还活着，我要陪她逛逛我们的沂源县城，逛逛我们的省府济南。然后，每天陪着母亲种地做饭，再也不出来了。"

大家说笑完了，肚子又不依不饶地叫开了。没办法，大家只好抓着雪一把把往嘴里塞。这下，肚子倒是不叫了，可是浑身上下从里到外全部冷透了，并且几分钟就要撒一次尿。

阵地上还有没有能吃的东西？大家已经寻找了十几遍了。愤怒的肚子促使大家再次进行着寻找食物的努力。

突然，有人在炸落的冻土里发现了一条背包带，顺手一拉，拉不动；

几个人使劲一拉，拉出了一床捆绑得整整齐齐的军被。人们想起来了，强占250高地之前，连长让大家扔掉除武器以外的所有的东西，有个战士不知出于什么想法，硬是把自己的被子背上来了。那位战士在第一天的阻击战中就牺牲了。

大家解开被子，准备每人撕一块包在脚上。朱彦夫拿着自己分得的一块被套，呆呆地看着出神。过了好大一会儿，他撕下很小一块被套，填到嘴里嚼了起来，嚼归嚼，可就是咽不下去。最后，在恶心了好几口之后，他又抓起一把雪填到嘴里，连同被套一下子咽了下去，胃里的疼痛感顿时减轻了一点。

"哎，有好东西了！这是国内带来的高级点心，完全能吃下去的。全连只剩下咱们这几个人了，好好地吃点吧！好歹也是会餐，肚子里有了点东西顶着，打仗时腰就壮了。"

于是，大家学着朱彦夫的样子，吃被套，就上雪，一口口硬往下咽，一个个噎得脖子一伸一伸的，好像打不出鸣来的鸡。

大家吃饱了之后，有的坐在壕沟的边上，有的昏昏欲睡，有的在用各种办法修补着遮不住身子的破军装，都在忍受着冻得牙齿"咯咯"作响的冰冷。

突然，一个战士问："快两个小时没有动静了，敌人是要困死咱，还是想活捉咱？"

朱彦夫说："这两个可能都有。但是，敌人不会长困不攻的，咱们要做好战斗的准备。"

战友们首先将自己分得的被套小心地藏在身上，随时准备"享用"，然后把武器放在身边，随时准备打退敌人的进攻。

朱彦夫与大家不一样，在准备这些的同时，他还在自言自语着：

"陈永烈、鲁配根、李志成、萧秉坤……"

"小朱，你在嘟囔什么呢？"

"我想，咱又不会写字，也记不下烈士们的名字，万一咱们能活着出去，好向首长汇报这里的战况，好向上级报告烈士们的名单啊！"

大家感动极了，都纷纷凑过来，将死去的战友的名字一一查对着。特别是几个刚补充进来的新兵，他们好长时间才想起了名字。大家你一言，我一语，终于把烈士名字凑齐了。最后，朱彦夫说："谁命大活着出去，在向领导汇报时，要是掉下一个烈士的名字，我们便全体集合，从阴间回来找他！"

几双染着血、散发着焦煳味儿的手，在前沿阵地上，在敌人即将发起进攻的时刻，重重地压在了一起……

他们在坚守，坚守前沿的阵地，更是坚守山灵的阵地；他们在渴望、渴望战斗的到来，更渴望战争的结束；他们在憧憬，憧憬战争的胜利，更憧憬和平的日子……

血染的风采

这是一个可怕的夜晚，天地间一片死寂，好像没有任何生物存在了。对于听惯了枪炮声的朱彦夫来说，都有些不习惯了，不适应了。

凌晨，又一场激战过去了。

阵地完全被硝烟笼罩着。呛人的硝烟味，刺鼻的皮肤被烧焦的煳味，弹箱、衣物等被烧毁发出的气味混合起来，令人窒息。

朱彦夫抖掉身上的泥土，开始在阵地上爬行起来。在往东南方向拐的掩体边上，他发现了杜玉民和两个受了重伤的战士。虽然他们还活着，但身上多处中弹，双腿已经冻僵，完全失去了活动能力。

在西面的掩体旁，还有一个躺着的战士，他的一只手已经被炮弹皮炸飞了，但是两眼还能动，嘴还能说话。

现在，250高地上只剩下残缺不全的五个人了。他们在难熬的饥寒下，在伤痛的陪伴下，在随时被冻死的威胁下，尽管死神就在眼前，但都没有任何的恐惧感，他们非常平静地等待着最后时刻的到来……

朱彦夫连拖带拉地把四个受伤的战友弄到一块，又把阵地上所有能用的武器搜集起来，召开了250高地上最后一次会议。

他说:"能不能坚持到最后一分钟,考验我们的时候到了。大部队的首长和战友们在看着我们,朝鲜人民在看着我们,祖国亲人也在看着我们。今天,就是我们为祖国为人民流尽最后一滴血的日子了。"

说完,他们五个人分成两组,拉开一定距离摆在阵地上。他分别把重伤员们背到指定位置,把搜集到的枪弹配好,每人一挺轻机枪、一支冲锋枪和部分手榴弹。杜玉民的伤势最重,他将五颗手榴弹揭开盖,抽出弦,放在伸手就能够得着的地方,把另一颗放在自己的前怀里,说这是准备自己享受的"自留弹"。

这时,几架敌机又窜到了阵地上空。照明弹将阵地照得清清楚楚。敌机再也不盘旋,不试探,只是擦着地似的一个劲地猛扫,汽油弹一个劲地往下扔。阵地再次变成了火海,三个战士相继中弹死亡,阵地上只剩下两个人了。

突然,朱彦夫被汽油弹击中,风卷着火舌扑向他的衣服、头发、脸庞,皮肤被烧得"吱吱"作响。朱彦夫不顾剧痛,快速地在泥里、土里、雪里、碎石里打滚……

身上的火灭了,朱彦夫活下来了。但是,他的面部、头部、胸膛和脊梁都被严重地烧伤了,烧得面目全非。

狂轰滥炸过去之后,敌人开始冲锋了。

刚才朱彦夫全部精力集中在灭火上,当他抹一把脸上的血水观察敌情时,才发现冲在最前面的敌人离阵地前沿已不足一百米了。

"杜玉民,阻击左翼!"

"朱指挥,我的眼睛看不见了!"

"来,我来给你包扎!"

"别过来,我不行了,让敌人的炮火给我送葬吧!我不用埋……"

"杜……"

"轰！"

朱彦夫一声"杜玉民"还没出口，一枚炸弹在他俩之间爆炸了，他的声音被淹没在烟雾中。这枚炸弹离敌人也太近了，吓得他们趴在阵地前的山坡上，一动不敢动，嘴里还大声地骂他们的炮兵是饭桶，是天生的笨蛋。

当朱彦夫再次抬头看杜玉民时，除了一个弹坑以外，人已经无影无踪了。朱彦夫心如刀绞：整整一连人，像亲兄弟一样的战友们，包括连长和指导员，似乎是一刹那之间，全都牺牲了。他们的音容笑貌，永远留在自己脑子里，而他们的血肉之躯，却永远留在了异国的土地上……

"他妈的，欺负我们没有飞机大炮，没吃的，没穿的，没有你们那暖烘烘的睡袋。哼，这铁把子黑枣可不是棉球做的！"

朱彦夫狠狠捋了一把流在脸上的血水，呼地端起一挺机枪，对准已经攀上悬崖的敌人，狠狠地扫了一梭子。

正在冲锋的敌人，听到阵地上没有动静了，原以为志愿军战士都死光了，便争先恐后地向阵地上拥去。谁都想第一个冲上去，争夺攻克250高地的头功，得到上司的奖赏。可是谁也没想到，阵地上又跃起一个浑身是血的人来。在他们被惊呆的时候，一梭子子弹已经扫过来了，他们像大风中的稻草人一样，忽地倒了下去，跟头骨碌地滚下了悬崖，未被击中的也潜伏起来看不见了……

不一会儿，敌人又改变了战略，远远地躲在大石头后边，向阵地上喊起话来。

在整个250高地上，只剩下朱彦夫一个人了。他没有眼泪，没有悲伤，只有一股誓与敌人血战到底的战斗豪情。因为他知道,在不长时间里，他自己将"光荣"在这座无名的山头上。

　　想到这里，朱彦夫反倒泰然了：现在，我自己又是首长，又是士兵，官兵高度一致了，指挥起来也是高度统一了，反应快，动作也快了。想到这里，朱彦夫一阵轻松。

　　敌人吃了一次亏之后，变得谨慎多了，小心多了。他们搞不清阵地上的人数和火力情况，只是躲在远处，有时候打冷枪试探，有时候反复地喊着那几句劝降的陈词滥调……

　　趁着这个时机，朱彦夫压满三挺机枪上的弹夹，分别将机枪摆在阵地的不同位置上，准备与敌人最后决战了。

　　敌人试探了好长时间，见阵地上没有动静，胆子又渐渐大起来，又开始战战兢兢地拥了上来，只是动作比刚才进攻时慢多了。

　　当他们离阵地前沿还有一百米时，便胡乱向阵地上放了几枪，一是为自己壮胆，二是试探阵地上的火力情况。

　　但是，久经战火考验的朱彦夫，早已抱定了与阵地共存亡的决心。他躲在几块不显眼的石头后边，从缝隙中盯着进攻的敌人，近些，再近些……

　　当敌人离阵地只有二十多米时，"哒哒哒……"阵地上的机枪又狂叫起来，被吓破了胆的敌人在撤退途中，被当官的一枪打回来了。当他们回头一看时，才知道整个阵地上只有一挺机枪，便一边向机枪附近打枪，一边涌向阵地的另一端。

　　突然，阵地上的机枪不响了，敌人狂喜起来，他们认为机枪手已被击毙，便大摇大摆地从阵地的另一端上来。

　　这时，敌人做梦也没想到，离他们仅有几米的机枪突然又刮风般地扫射起来。毫无准备的敌人，死的死，伤的伤，没伤的抱头鼠窜。

就这样，朱彦夫在阵地前沿的泥土碎石里，不时地滚动变换着位置，在这边打一梭子，又到那边扫一梭子，一下子把敌人打懵了。

朱彦夫清楚地知道，他每坚持一分一秒，都会对整个战局的转机创造有利的条件。

枪炮声渐渐稀落下来，敌人清醒过来以后判断，山上可能没有多少抵抗力了，因为他们发现了阵地上几处机枪间隔扫射的秘密。

敌人又开始进攻了。他们散成羊群队形，漫山遍野地向主阵地压来……

朱彦夫换上梭子等敌人接近以后，将枪托顶到肩窝，刚要射击，突然，三四颗手榴弹"扑通、扑通"落到他身边。他迅速抓起一颗扔给了敌人。当他又抓起一颗举臂要扔时，却"轰隆"一声爆炸了。

朱彦夫眼前闪过一道火光后，就什么也不知道了……

250高地永远地静下来了。

午后的一场大雪，在250高地上空飘了起来。先是又碎又硬的霰子，继而变成了鹅毛大雪。不长时间，积雪覆盖了弹坑、交通壕和整个被炸成焦土的山头。烈士们的遗体，也被这漫天大雪轻轻掩盖了。群山挂白，万物悲泣，连那些残损的弹夹、枪械、草根、树枝都默默地披上了白纱……

二连的官兵，静静地躺在异国他乡的一座普通得没有名字的山峰上，他们永远地睡去了。250高地上的几天几夜——岂止是几天几夜，他们告别了亲人，离开了家乡，为了祖国和人民的解放事业，几年、十几年、几十年地南征北战，趴冰卧雪不说累，枪林弹雨不回头。祖国新生了，人民安宁了，日子红火了，当他们追求的目标达到后，他们没来得及享受半点，竟无牵无挂地离开了我们……

敌人又战战兢兢地上山了。

在敌人的最后一次"地毯覆盖式"轰炸之后，断定这座小得不能再小的山头上再也没有生命的存在了，便提心吊胆地爬上了250高地。

突然，这些美国鬼子惊呆了，他们为志愿军战士阵亡的姿势感到吃惊：

尽管早已被白雪覆盖，但还可看得清清楚楚，他们有的趴在地上，手扣着机枪的扳机；有的跪在地上，双手端枪，目视着正前方。这说明，在他们生命最后的一刹那，他们是战斗着死去的。

大雪，将他们塑成一尊尊大理石般的雕像。

被志愿军战士吓怕了的美国兵，对着阵地上几个怀疑可能复活的战士的遗体又挨个捅了一刺刀。朱彦夫的肚子上同样被捅了一个洞。

然后，他们一起举枪，每人对着天空射了一梭子，以庆祝这场以三倍的血本换来的胜利。

阵地终于死过去了。

不知过了多长时间，在这个被大雪盖了一层又一层的250高地上，在这长眠的尸体中，突然有一条生命复苏了。这具"尸体"在慢慢地蠕动着，随着他蠕动的频率，他身上的冰雪响起了"嘎巴嘎巴"的断裂声。

大雪仍在下着，他在艰难地蠕动着……

不长时间，这个人终于坐起来了。

他，就是在阵地上坚持到最后的朱彦夫！

"这是怎么回事？是死是活？是梦是醒？"渐渐地，朱彦夫开始有了感觉。他感到五脏六腑似乎着起了大火，而且越烧越旺，整个身子也被烤得生疼，头也晕晕乎乎，又似乎是躺在一只小船上，在风浪的颠簸中摇摇晃晃，但是怎么觉得嘴里像有团火在烧。

"要是有壶水就好了！"他的意识开始恢复，他想到的第一个问题就是水。他要得到水的想法太固执了，怎样也驱赶不走！

他在憧憬着，企盼着……他似乎想起了母亲，想起他悄悄告别母亲时，给她打的那一泥罐凉水。不知母亲喝了没有？肯定没喝，一定是等我回去一块喝，娘啊，什么事你也想着儿子，儿子也想着你啊……

水来了，没看见是谁提来的。朱彦夫恍惚中觉得有一股清凉的山泉从悬崖上潺潺而下，他尽量将嘴张大，让那泉水"哗啦哗啦"淌进嘴里，然后一口一口地咽进肚里。

"太过瘾了，快一点流吧！今天我要喝个够！"但水突然变小了，变得稠稠的，咸咸的，黏糊糊的。他扬起手摸摸自己的脸，什么感觉也没有。伸出舌头一舔，觉得又黏又涩……

一阵更大的山风吹过来，大山得意地打着呼哨；风卷起早已落地的成块成块的雪片，扬向高空又重重地摔下来，搅得山谷里和山头上到处一片迷迷茫茫。

硬硬的雪块借着风的威风，重重地打在朱彦夫身上，在和他身上早已结了冰的衣服撞击时，发出石子敲打玻璃的那种"啪啪"的声音，打在他那被严重烧伤的脸上，他竟一点感觉也没有。

时间在一分一秒地过去，天气越来越冷，好像天和地整个冻成了一块，万物都冻在了冰里。朱彦夫有重新被冻死的可能。

在一阵更密集的冰雪碴子再次猛烈打击他全身的时候，他的感觉又复活了，他的意识又萌动了。他终于知道，他喝的不是山泉水，而是自己头上流下的鲜血！

这时，朱彦夫思维的脉络渐渐连接起来了。他知道自己受了重伤，他知道自己的眼睛什么也看不见了。但他不知道手为什么没有感觉。经过几次努力，当他再次把手贴到嘴上用牙狠狠咬了几次之后，依然没有感觉：双手都被冻坏了！他立刻想到双脚也可能够呛了。他使劲站了好几次，但每次都是不等站起来身子早就向一边摔了过去。

他想：难道双手、双腿、双眼，还有脑袋，全都完了？他突然想起了部队的任务，想起了山下的敌人，想起了"人在阵地在"的誓言，他下意识地在身子周围摸枪，但是，连炮弹炸起的碎石和冻土也没有了，有的只是冰块、雪块……

"我的武器呢？我的阵地呢？"朱彦夫心里一急，一下子又昏迷过去了。

当他再次醒过来时，他想放声大喊战友们的名字，但尽管使了不少劲，嘴却只张开一条缝，而且没有发出声音来。手指冻坏了，手成了一个半握的拳头，攥不起来，也伸不开，早已僵硬了。

他一次次地用双手猛劲搓眼，他要看看自己的阵地在哪里，看看自己的武器在哪里，当兵的不能没有武器啊！

搓着搓着，他忽然看见光亮了。为了得到更大的光亮，他继续揉搓着，忽然觉得左眼下方掉下一块黏糊糊的圆形的东西，湿乎乎地荡游在鼻梁边上。这东西越拖越长，一会儿便吊挂在嘴角上了。

多少天的饥饿，使他的肚子火烧火燎。随着意识的恢复，饥饿也开始了进攻。多少天来，大家一直是"精神会餐"，每人只吃了一块棉被套！

于是，他下意识地一张嘴，用舌头把挂在脸上的小圆球舔到嘴里，用牙一嚼，滑腻腻的，没等品出什么滋味便"哧溜"一声咽下去了。

朱彦夫贪婪地吮吸着口中留下的咸腥味，他想，再有几个该多好啊！这是他两个月以来，吃到的唯一荤食！而他哪里知道，他吃下的正是自己的眼球！

他的头还在继续流血，烧伤的地方也在流血。血从头流向胸膛，又从胸膛流到腿上,最后流到雪上,渗到雪下面的焦土里……

他无法止血,也无法包扎,只好任血流着。

朱彦夫的大脑已经完全恢复了功能,他清楚自己的处境。尽管视力模糊,但已能看清一些东西。

在交通壕、掩体旁和那块突出的悬崖上,在那一堆隆起的雪堆下面,埋着自己尊敬的首长和亲爱的战友。自己虽然是幸存者,但与他们已没有多少差别:他们是阵亡的烈士,而自己则处在死与未死之间!

"战友们,让我们永远记住这250高地吧!让我们永远相伴在250高地吧!让我们再次一个不少地紧急集合在250高地吧!"

朱彦夫一边这样念叨着,一边在地上爬着搜寻着什么。他先用冻成冰块的拳头扒雪,又用两个臂肘捣,总算在积雪底下摸到一支冲锋枪。他抱直枪身,将枪口对准了自己的胸膛……

当他伸手去扣动扳机时,却愣住了:

蜷成冻拳的双手,再也伸不进扳机孔了!

其实,直到这个时候,他还没有意识到现状的残酷,更没有意识到将来的无奈和曲折。

雪地上的黑点儿

又是一个黎明,这个黎明来得特别早,特别亮,也特别安详。

雪停了,太阳出来了。多少天来,阵地上第一次见到太阳。强烈的阳光加上雪地的反光,刺得人眼睛睁不开。

朱彦夫将双手捂在眼上,以使自己的眼睛慢慢适应阳光。

"哒哒哒……"突然,从南面的敌人大本营里传来一阵枪声。

"敌人还没撤走?"朱彦夫立刻警觉起来。这枪声,使他想起了这次阻击战的目的,想起了一个战士的职责:必须活着回去,找到部队,找到首长,向他们汇报这里的敌情,汇报战友们那惊天地、泣鬼神的英雄壮举。想到这里,他不禁为刚才那想和战友们一同长眠在250高地的举动感到愧疚万分。

朱彦夫清醒地意识到,此刻,每在这里多待一分钟,就会增加一分被俘的危险。他想带上冲锋枪,但拳头已勾不动扳机,只好忍痛放弃了。他看见胸前的手榴弹兜里还有一颗手榴弹,顿时放心了许多:实在不行,我自己报销了,也坚决不做俘虏。他将手榴弹盖咬掉,用舌头把导火索朝外舔了舔,便挪动着僵硬的躯体,开始爬行。

这时的朱彦夫太艰难了！他双膝两腕一起用力，一曲一拱，在深深的大雪中，一步挪不了四指，但他不灰心，他还是坚定地朝着记忆中大部队的方向爬去。雪地上，留下一道深浅不一的带血迹的雪沟。这条雪沟，在一个小黑点的带动下，在缓慢地延长着……

当他爬到山头北面的悬崖上时，朱彦夫有点犹豫了：下面是几十米的深沟，跳下去的后果是不堪设想的。这时的朱彦夫并不是怕死，生与死这一关，对他来说早已无所谓了，但他想到的是自己肩头的任务，是向首长报告战况和敌情。再爬回去找路显然是不可能的，对一个精力即将耗尽的人来说，时间是多么重要啊！他打量了一下，见沟里的积雪特别厚，也许能起到软垫的作用。于是，他毅然往前一拱，"扑通"一声栽了下去。

当他顺着山坡滚出几十米时，他被撞晕了。疼痛使他再次苏醒过来之后，他看看胸前的手榴弹还在，又无声地笑了。

躺在山下的雪地里，饥饿使他的五脏六腑又燃烧起来。他便使劲翻过身来，趴在地上大口大口地啃雪，啃了一阵，实在没力气了，连头也贴在了雪地上。他胸中的火熄灭了，身体好受些了，肚子也似乎吃饱了。朱彦夫又翻过身，继续着他艰难的行军。

这时，他的行军已经没有了方向，没有了路线，他只知道向前、向前……因为我们的军歌里唱的就是"向前，向前，向前，我们的队伍向太阳……"朱彦夫是战士，只要还有一口气，他就要向前。

在风雪茫茫的雪原上，他时昏时醒，时爬时停，他想的是部队、敌情……

朱彦夫身上只穿着一件单线背心，一条为伤员包扎伤口已撕到膝盖以上的单军裤，早已被血水湿透，紧紧地冻在了腿上；一双灌满血水、汗水和雪水的力士鞋，也与脚冻到一块了。两只胳膊从肘部往下，已经像铁一样僵硬了。这时，肆虐的风雪和刺骨的严寒，对他的伤早已没有什么作用了。在他全部的肌体里，只有一个亮点：

找到部队，取得联系！

他终于爬到一棵树下。他翻过身子来，倚在树上，大口地喘息着，忽然，他发现肚子鼓鼓的，而且将裤子也湿透了。再仔细一看，他吃了一惊，原来，肠子不知什么时候露在了外面。他想起来了，这是那个可恶的美国鬼子在他身上补的那一刀。他用两只木棍似的手，胡乱将肠子往里塞了一下，又继续行进了。

朱彦夫早已没有了时间的概念，战斗进行了几天他记不清了，他独自爬行了几天也记不清了。

一个漆黑的夜晚，他爬到了一条冰河上。在冰上爬行更困难了，靠双肘和双膝的一曲一拱，因为冰太滑，往往不是原地不动，就是向后退回来。他只好躺下身子，像打场的碌碡那样，向河对岸滚过去。

突然，"哗啦"一声，身下的冰裂开一道大口子，他的一条腿一下子掉进了冰缝里，他只好趴在那里不动了。

短暂的休息之后，他又奋力挣扎起来。经过几番拼命挣扎，朱彦夫终于爬上岸来。他的精力已彻底被耗尽了，他连半步也挪不动了。

朱彦夫发起了高烧，烧得他糊里糊涂，可嘴里还在不停地嘟囔着："找部……队……"

黎明时分，从北面走来两个步履匆匆的军人。那个走在前面的年轻军人，在用脚试探冰的承重能力时，突然发现了朱彦夫，他立刻悄声地喊道：

"首长，你看，这里有具尸体！"

另一个身披军大衣的年长一些的首长，轻轻地伏下身去，喊了几声"同志"，没有回答，他又伸手摸了摸"尸体"的额头，然后惊喜地叫道：

"还有温度，没死！脸上有烧伤，可能是高烧昏迷了！"

"他能是哪一部分的呢？"

"看样子像是打了场恶仗。从南边过来的，除了250高地……不对，250高地上……"

首长说着便在朱彦夫跟前蹲了下来，一边用手绢擦着他脸上的血迹，一手轻轻地摇晃他的双肩：

"同志，你醒醒……"

"你……是……什么人？"朱彦夫刚从昏迷中醒过来，透过血糊糊的右眼，看见身边有两个军人，马上百倍地警惕起来。但是，他的声音几乎低得听不到。

"你终于醒过来了，你是……"首长显得很兴奋。

见朱彦夫不想暴露身份的样子，年轻军人马上向他介绍道："我们是志愿军，他是我们的团长。"

"团长？你是哪个团的？"朱彦夫仍然不放心。

"219团的。"

"我终于找到你们了！"朱彦夫激动万分，想站起来，但手脚太不听使唤了。

团长从年轻人手里拿过手电筒，详细地察看着朱彦夫的伤情。当他看到朱彦夫全身是伤时，难过地问：

"同志，你伤这么重，仗是在哪里打的？"

"首长，我是坚守在250高地上的二连的战士，我叫朱彦夫！"

"什么什么？250高地？你再说一遍！"

团长似乎不相信自己的耳朵了。当朱彦夫又重复一遍后,他才大喜过望地问道:

"哎呀,我的好同志,终于找到你们的下落了!阵地上的情况怎么样?全连还有多少人?"

"报告首长!"朱彦夫想站起来,用立正的姿势向首长汇报,但他连坐也坐不稳了。团长马上扶住他,让他坐着说。

"……250高地阻击任务没有彻底完成……全连只剩下我……一个人了……"朱彦夫说到这里,再也说不下去了。这个自幼很少流泪的坚强战士,右眼里的泪水将脸上的血迹冲下来了。

"不!你们已经出色地完成了阻击任务,你们仅用一连的人马,把敌人美一师的先头部队死死地拖在了250高地,使他们几天未能前进一步!不仅掩护了大批冻伤人员归队,还为大部队的部署调整和战略运动创造了机会!我代表全团指战员感谢你们!"

年轻的军人在为朱彦夫进行简易包扎时,突然发现他腹部有团软乎乎的东西,用手电筒一照,竟是一段荡在肚外的肠子。他马上解下挎包上的军用茶缸,从河边砸开冰层舀来一茶缸水,将肠子上的沙子等脏东西冲洗干净,然后把它一点点推回腹内,又进行了包扎。团长将大衣披到朱彦夫身上。

这时,朱彦夫又将250高地的战况、地形等情况做了汇报,并再三请求天晴后一定要去掩埋好烈士的遗体。

团长答应了他的请求之后,又让年轻军人把身上带的炒面给朱彦夫:"你伤得这么重,穿得这么单薄,能在零下三十多度的雪地里坚持这么多天,真是了不起的奇迹!"

当年轻军人递给朱彦夫炒面时,他推辞说:"我已经用不着了,能见到首长,我就算完成任务了。别为了我影响你们执行任务。"

"不,我的好战友,你一定要活下来,你是全连唯一活着的人,你一定要活着回到祖国去!"

然后,年轻军人将朱彦夫背到五百米外的一个抢救伤员的流动站上,便匆匆和首长过河了。

战友的关怀和终于完成任务的轻松,使朱彦夫忘记了疼痛。他披着首长的军大衣,抱着那袋子炒面,迎着东方纷飞的彩霞,静静地闭上了眼睛……

他太累了,他要睡上三天三夜。

什么时候醒过来,到底还能不能醒过来,他一概不想了,因为他太需要安静,太需要睡觉了。

活着的烈士

给活着的人发烈士证明书,这并不是传说,而是实实在在的真事儿,而且就发生在朱彦夫和他的战友身上。

医院的抢救室里,躺着一个像植物人一样的人,说他像人,其实他更像一个没有生命的蜡像。都知道他是从朝鲜战场上下来的重伤员,但谁也不知道他的姓名和部队番号。因为从入院那天起,确切地说从入院前,从回国前,他就一直处在昏迷中。

这个人就是朱彦夫。

在一个寒冷的冬夜,朱彦夫和其他两位被流动救护人员救起的重伤员,被后方人员抬到汽车上,向他们朝思暮想的祖国奔去。

为了躲避敌机的空袭,运送伤员的车都是夜行晓宿。整个行进途中,伤员们在车上什么也看不到,除了漆黑的夜就是零星的枪炮声,偶尔有耀眼的照明弹升起,便马上紧急停车躲藏。是什么时候了?走到哪里了?他们一概不知道。

负责护送伤员的护士,为了让他们能得到更好的休息,总是尽量少和他们说话。可是,这三个伤员虽然痛得要命,但嘴却闲不着。不长时间就问一句话，而且一路上总是重复同样一句话：

"到祖国了吗？"

每当得到护士否定的答复时，他们总是长长叹一口气，便一动也不动了。在他们忍受着颠簸、抵抗一段时间寒冷的侵袭和剧痛的折磨之后，便又问起那句不知问了多少遍的话：

"到祖国了吗？"

护士再也不忍心让他们一次次失望了。她想，他们多么想念祖国啊，那里是他们出生和生长的地方，也许有他们的白发亲娘，也许有他们刚结婚就离别的妻子，也许有他们心上的姑娘，祖国在他们心目中太伟大了，以致让他们在伤痛中还这样牵肠挂肚。如果他们再问，我一定告诉他们到祖国了，让他们满足一次，让他们在满足中安静一会儿。

"到祖国了吗？"又一个伤兵问起来。

"到了，到了我们祖国了。"护士答道。其实，这里离我们祖国还远着呢！

听到"到了祖国了"这句话，朱彦夫他们三个伤兵长长地出了口气，像得到了无限的满足。这时，只见那两个伤兵慢慢闭上眼睛，带着满足的笑容，永远地睡过去了。

其实，他们的生命早已到了尽头，是"祖国"这个包含着无数内容的词汇，支撑他们奇迹般地活着，他们一定要长眠在祖国的大地上。

这时，车上的护士伤心内疚地大哭起来，她认为自己不应该骗他们，让他们在受骗中死去。

"你别内疚，是你给了他们满足，是你让他们结束了痛苦，在无限幸福中死去的。"朱彦夫一边忍着剧痛，一边劝慰着护士。

到了医院里，医生们忙忙碌碌，为朱彦夫输血输液、清创消毒、取弹头弹皮、植皮、剖腹排异，这些他全然不知。

负责的医护人员们，总想从他的衣物上了解一点关于他的情况以备查考，可他身上除去一件脓血斑斑的大衣、一条只有半截的血裤和裤上成堆的虱子外，什么线索也没有。

朱彦夫的伤情太严重了，如果不采取果断措施，将会有生命危险。得到批准后，医生们把他的四肢都锯掉了一半！当这特殊的"椭圆形"躯干被抬出手术室，放在病床上之后，主治大夫看着这个手术后不足六十斤的躯体，感叹着说：

"唉！多好的战士啊！能活上三年就是奇迹！"

朱彦夫的伤病又一次出现了险情：截肢后不久，伤口处都出现了较大面积的深度感染，浮肿，体温持续高烧；腹部刀伤也感染了，出现了中毒性化脓。主治大夫又决定实施剖腹手术。但是，经过反复抢救，医护人员做了最大的努力，仍旧没有明显的效果。

朱彦夫被从"特号床"移到了"太平室"。其实，这不是真正的太平室，是专门为危重病人设立的单间，接近于太平室，又有别于太平室。住到这里的病人，一般是希望不大了。

在这个房间里，有一张小床，一个小床头桌，有两位经验丰富的护士专门护理。

朱彦夫那不足一米长的躯体，静静地一动不动。皮肉好像已经枯干，两个眼窝深深陷进去，两腮也扁得似乎没有了，只有微弱的呼吸还在持续着。

缠着绷带的各个伤口，依然渗透着脓血，稍一离人，面孔与伤口上立刻叮满了苍蝇。

这时，朝鲜停战谈判开始了。

志愿军开始派人回国，到各医院查访归国的伤员。这天，朱彦夫所在团的人来到了他身边。那人看了面目全非的朱彦夫一阵，摇摇头表示该团没有此人。在问及该伤员来自哪个部队和姓名时，医院负责人说：

"这个伤员入院后，一直处于昏迷状态，无法知道他的姓名，也无法知道部队番号和政治面貌。"

来人失望地走了。团里的人差不多都找全了，就只差朱彦夫等几个人了。

由于战时部队调动频繁，又经过反复多次补充，朱彦夫所在部队已无人知道他的下落了。经部队查访、核实认为，朱彦夫所在的连队已全部阵亡在250高地上了。

于是，就在朱彦夫住院的时候，一张《革命烈士证明书》送到了远在沂蒙山深处的朱彦夫母亲手中。

当母亲双手颤抖着接过那张《革命烈士证明书》时，一句话没说出来就哭昏了。

谁也没想到，朱彦夫昏迷了九十三个日夜之后，竟又奇迹般地活了过来！

身边的护士兴奋极了！她在这间闷热污秽的单人病房里陪了他三个多月，终于等到了他的醒来。她一边用湿毛巾为他擦脸，一边兴奋地告诉他：

"这是在祖国医院的病床上，你太劳累了，你这一觉整整睡了九十三天！"

朱彦夫的意识在渐渐复苏，在清醒的同时也感觉到了疼痛的加剧。

他睁开眼睛后，首先看到的是他的双臂，那双曾经端着机枪向敌人扫射过无数次的胳膊，已从腕部连同双手被截去了！他在拼命地呼喊、屈伸和挣扎中,忽然觉得两腿也轻得出奇,他想用双臂掀开棉被看个究竟,可一阵剧痛将他阻止了。他在疯狂中两腿乱蹬,这时竟发觉连双腿也没有了。他一边用嘴咬绷带,一边大呼:

"你们快说,我的手哪里去了?我的腿哪里去了?快还给我!"

院长和医护人员都赶来了。大夫是最讲客观的,他们将朱彦夫身上的棉被往下退了退,让他看个仔细,然后再做他的思想工作。

朱彦夫看完后,更加狂怒了:

"为什么把我的手脚都锯掉?我没有腿咋走路?没了手咋扣扳机?快给我找回来!快去找!"

值班大夫向他解释:"你身上有冻伤、烧伤、刀伤和炸伤,其深度和面积都是罕见的。如果不截肢,就不会活到今天……"

朱彦夫仍旧狂叫不止:"没了手,没了脚,活着又有什么用?"

"这是没办法的事,你以后会慢慢想过来的。你心里憋得慌,想哭就哭,想说就说,想骂就骂吧……"

就这样,朱彦夫先后做了五十九次手术,包括颅脑取弹、面部植皮、腹内排异、四肢的反复再截……

超常的生命力终于战胜了死神。现在,他终于有了活人的样了:能坐起来了,会说话了,各处的伤口已在愈合,大脑也日渐清醒……

但是,他却是一个活着的烈士!

冷静下来的朱彦夫,半点也没有想自己以后怎样活下去,而他脑子里所想的,意思以后还能干什么,怎么干……

第二章　顶天立地的好男儿

梦回山村

在把浑身的零件差不多重新排列了一遍之后,朱彦夫出院了。他的身体恢复得如此迅速,医护人员大呼是"奇迹"。当然除了身体素质以外,这与他昂扬向上、达观豁达的心态也有关系,出院之后,上级安排朱彦夫住进了荣军疗养院。

坐落在大山怀抱里的荣军休养院,对外人来说是非常神秘的。

穿着白大褂的漂亮女护士,哼着小曲出出进进。或没眼、或缺胳膊、或少腿的人有时自己出来活动,有时由女护士陪着出来活动,他们相处得竟是那么和谐。

朱彦夫,就是其中的一员。

和朱彦夫一样,这些为国致残的人们,每个人的心中,都埋藏着一个或几个惨烈的战斗故事,每个人都从血与火、生与死中走过一遭。他们把一个完整、英俊的自我永远留给了战场,留给了国家,留给了人民,而自己却拖着残缺的肢体来搏击人生。

朱彦夫说:"我们这些人的特点是:有生灵却没有生机;有思维却不能行动;心理健全却生理残缺;感官神经犹存而肢体皮肉早逝……"

但是，他们又是不服输的一群。对国家和民族而言，他们决不是失败者；对个人的血肉之体而言，他们又不是胜利者。

当朱彦夫从截肢的梦魇中醒来后，在度过了短暂的灰心、彷徨之后，他坚定地想到，身体的健壮与残疾，并不是衡量人生价值的唯一标准，只有最大限度地向社会贡献自己的潜能，才能使人生有价值。从此，他站在一个客观的标准上，为自己制定后半生的行动准则：

勿求健全，只求生存；

勿求人助，只求自理；

勿求伟绩，只求发光！

朱彦夫曾经多次发誓，今生今世永远不回故乡。因为在250高地阻击战后不长的时间里，部队经过多方调查，确认参战的某部二连已全军覆没之后，便给他家发了"烈士通知单"。他如果再回村去，就会搅乱母亲的晚年生活。"忠孝两全"是自古至今的一种做人理想，这对肢体健全、风华正茂的人来说，都往往难以做到，何况他这个四肢皆无的"肉轱辘"呢？尽忠，他以对祖国、对人民的忠贞不渝而问心无愧；可尽孝，对他这个特残的身子来说，实在是难以做到了。他不忍心让年迈体弱的母亲，常年为儿子擦屎端尿，喂饭穿衣；他不想让一位为儿子辛苦了一辈子的老人，再遭受心灵和肉体的双重折磨了。

这些，朱彦夫翻来覆去想了很多……

但是，住在休养院里，领导把他们当功臣，护士把他们当领导，动不动就搞特护，吃喝拉撒睡，全靠护士帮助。从生理上，朱彦夫非常不习惯，每次护士帮助他时，他心里总是别扭得要死。从精神上，他有巨大的心理压力，作为一个威震敌胆的战士，什么都依靠别人帮助，使他的自尊心每时每刻都在受着严重挫伤。他终于悟出了这样一个道理：

要想自理、自立、自强，就必须离开条件优越的休养院。

朱彦夫第一次找院长时，像打机关枪似的说出了他的想法：

"只要生活在休养院里，生活在人群之中，生活在受人尊敬的优越条件下，我将永远是个全残全废的寄生人。我只有回到家乡，躲到地僻人稀、无人相助的地方，独自磨炼，才能……"

"你想干什么？"

没等他说完，院长就把他顶了回来，两道热辣辣的目光盯得他直冒汗。

"我想回家乡去，不接受任何人的怜悯，锻炼自理能力，能成则成，不成则死！"

"笑话！"院长放下手里的老花镜，又心疼又生气地说，"彦夫，你本是一个好兵，一个英雄，是个守纪律的模范，今天你是怎么了？我还正要找你呢！"

朱彦夫小声问："找我干啥？"

"我不说你也知道。据护士们反映，你最近经常不听话，不配合，不守纪律……"

是的，朱彦夫心里清楚，这"三不"是他最近经常做的，也是他一贯的思想在行动上的体现。对这些，朱彦夫供认不讳。

休养院里的护士是尽职尽责的，因而朱彦夫很少有锻炼的机会。

一天早上，护士送来饭菜放在床头，还没等喂饭，就急匆匆地说："你先等一会儿，七号房的老刘从床上摔下来了，我去照顾一下，马上就回来，不许你胡来，啊？"说着还专门看了朱彦夫一眼，因为这几天他经常不配合。

护士一出门，朱彦夫就急不可待地开始动作了：由于残臂创面的神经疼痛，他干脆爬到桌子上，用嘴对着碗，猪拱食般地胡乱吃起来。一口还没吃下去，只听"咔嚓"一声，碗掉到地上摔了个粉碎，饭菜也撒了一床一地。

护士进门一看就火了，她既怜悯又生气地说："你这是干了套啥？拿公家的东西当儿戏？"

对护士的批评，朱彦夫从来不反驳，他理解护士的心情，理解她忠于职守的精神，只是为她不理解自己而深感不快。不久前，他还是生龙活虎的战士，为了同敌人争夺一袋粮食、一个罐头甚至是一个土豆，都不惜流血牺牲，此刻却被抱怨为不爱惜粮食，自己是何等委屈！他是想自理、自立啊！

自此之后，朱彦夫多次要求离开荣军休养院，回自己老家，锻炼自理能力，为国家减轻负担。但是，每一次都被院长或顶或劝地阻止了。这几天，朱彦夫回家锻炼自理的心情更加迫切了。白天，护士给他念的报纸上说，目前国家进入了大规模的建设高潮，各条战线热火朝天，人们意气风发、斗志昂扬地在建设社会主义。他越来越躺不住了。建立新中国，咱做了点贡献，这建设新中国，难道咱只能坐吃等穿吗？我不是给自己定了"不求伟绩，只求发光"的原则吗？我也该回去发发光了，要不对不住死去的战友，对不住关怀咱的领导和同志们。

这一天，朱彦夫第八次向院长提出了请求：

"院长，这次，你再不答应我不行了。"

"不行你又怎么样？"

"我绝食！"

朱彦夫一句话说出来，可把院长吓了一跳。上级派他来这里，任务是照顾好这些为国立功的人们，万一他绝食，出个三长两短，说大了对不起人民对不起党,说小了是个责任事故,自己也得吃不了兜着走。

同时,他也知道朱彦夫是个碰到南墙不回头的主儿,这样长期拒绝下去,使朱彦夫的心情整日处在急躁当中,反而不利于他的恢复。想到这里,他无可奈何地对朱彦夫说:

"我同意你回家,可有个条件……"

"只要你同意,一百个、一千个条件也可以!"

"你必须配合我们定期查体,如果实在不行,必须马上回来!"

"我完全接受。谢谢院长!"

朱彦夫跪在床上,举起残缺的右臂,向院长打了个军礼。

朱彦夫虽然人在床上,但他的心却早已飞回了山村,飞回到那间残破的老屋里,飞回了生他养他的老母亲面前。他多么想像从前那样,倚偎在母亲身边,再听她唱唱"月亮奶奶,好吃韭菜……"啊!

但是,母亲有胆量面对这个面目全非的儿子吗?

母亲吓坏了

冬天的张家泉村特别冷,因为四周的大山使它日照时间特别少,同时山口的北风又特别猛烈,而且没白没黑地横扫着村子……

夜,北风嗖嗖地刮着,天空飘起了稀疏的雪花。北风把雪花吹到避风的地方,地上已有薄薄的一层白色了。弯弯曲曲的山路上,一辆独轮车"吱扭扭"地响着,一颠一颠地向前爬行。小车上下一共四人,有一人推车,两人护卫,他们是荣军休养院的工作人员,车上坐的是终于被休养院批准回家的朱彦夫。二百里的山路,他们已经走了整整一天加上半宿,不论推车的人还是坐车的人,满脸的胡须早已成为白色的了。子夜时分,他们进了张家泉村,七拐八拐之后,才找到朱彦夫的家门。推车人刚要敲门,朱彦夫把他们制止了:

"谢谢你们,你们先回去吧!"推车的三人愣住了。

"我想单独见母亲。"

"为啥?"

为啥?朱彦夫自己也说不清楚。是想给母亲一个意外的惊喜?还是怕母子相见出现的尴尬场面让别人看见?

看到朱彦夫的执拗劲，三人也没再坚持，他们将朱彦夫轻轻从车上抬下来，放在院门前的石阶上，便一步三回头地连夜返回了。

十年了，朱彦夫觉着周围的一切是那么熟悉，又是那么陌生，儿时的印象已经模模糊糊了，他坐在石阶上，先打量起自己的院子来。

朱彦夫的家住在村北，与村庄分开着，两间草房被一道石墙隔成东西两处，院墙早已被风雨侵蚀得残缺不全，只在院子东侧和南侧还有大半人高的石墙，几步以外便是通往村里的石板路。院门早已没有，院子正中有盘石磨，磨南边是一棵大槐树。屋门东侧的石墙上，挂着一块半米见方的木牌子，木牌子黄底黑字，赫然写着：

革命烈属光荣

十年了，母亲还在吗？这十年她是怎么过来的？她心爱的儿子死了，那打击她能受得了吗？再说，在休养院，他已得知自己被定为"烈士"的消息，在这样的夜晚，一个"死"了十年的人又突然出现了，而且由一个英俊少年变成了四肢皆无、只有一只眼的"肉轱辘"，吓坏她老人家怎么办？他决定先找个人探探虚实，让母亲心理上有个缓冲，然后选择一种适当的方式见母亲。

他在大门口的石阶上坐了好大一会儿，身上已落了厚厚的一层雪，却连个人影也见不到。急切要见到母亲的心情使他再不能等待了，他便把双拐夹到腋下，轻轻地一点一点地向院子里爬动，他暗暗告诫自己，千万不能发出声响，不能惊醒母亲。

突然，他听到屋里传出母亲那熟悉的鼾声：母亲果真还活着！心里一激动，他一下子趴到了地上，身上印有"赠给最可爱的人"的搪瓷缸子碰到石头上，发出"当啷"一声响。

"谁啊？"屋里突然传来娘的问话。十年了，这声音是那样熟悉，

又是那样亲切,他多想扑进母亲的怀里,好好地哭一场啊!他忘情地答道:

"是我,娘,娘,是彦夫回来了……你的儿子看你来了!"

他的话刚落音,只听屋门一声响,母亲出来了。还没等看清他,母亲便"咕咚"一个跟头栽倒在院子的磨道里。

这时,朱彦夫才记起来,自己已是"死"了的人啦,怎么还能回来,还能说话呢?但已为时太晚了,母亲已直挺挺地躺在了地上。

朱彦夫大声叫道:"快来人救命啊!我娘吓死了!快来人帮帮忙啊!"

这时,雪越下越大,树上、地上、房子上都白了,山村显得柔和、神秘起来。

朱彦夫一边用残臂拂扫着母亲身上的雪,一边轻轻地喊着"娘",等待人们来救援。

这时,有三三两两的人闻声来到朱彦夫家,但他们只是远远看着,谁也不敢靠近他们。这也难怪,新中国成立前,这一带是遍地文盲,迷信盛行,加上杀人魔王刘黑七曾在这里制造了震惊中外的无人区,每到夜晚,磷火遍地,野狗、猫头鹰的叫声不绝于耳,人们被吓怕了。何况,朱彦夫又是个"死"了好几年的人呢?"死人"怎么又回来了呢?而且是这个样子!

这时,口快心热、不信鬼神的邻居大婶跑过来,把母亲扶起来,一边给她捶背一边说:"嫂子,彦夫回来了,你应该高兴才是。完整也好,残废也好,还不都是你的儿子,还不比死了强?"

母亲醒过来了。她流着眼泪,怔怔地盯着朱彦夫:这是我的儿子吗?怎么完全不是原来的样子了?

这时的朱彦夫非常狼狈。由于刚才摔了个跟头，旧军帽被玉米秸顶得歪在一边，墨镜滑落到鼻梁以下，只见他左眼失陷，上下眼皮间形成很深的疤痕，鼻梁周围及面颊和下巴上，布满了紫红相间的烧伤烙印，面部神经在不断地急剧抽搐着……

"娘，我就是彦夫啊！"

朱彦夫一头拱到母亲胸前，大声地叫着。

"孩子，真的是你吗？这么些年，你哪里去了？为什么音信全无？"

"娘，儿对不起你，自从我那年瞒着你参军之后……"

对着母亲，对着乡亲们，朱彦夫说了解放上海的战斗，说了渡江战役，说了淮海战役，最后说了腥风血雨的朝鲜长津湖以南的250高地……

乡亲们抽泣了，母亲清醒了：

"儿啊，你没胳膊没腿的，回来可咋办啊？"

"娘，我是回来伺候你的，我是回来尽孝的。"

"傻孩子，你当兵当傻了，像你这样，怎么伺候我呢？"

"娘，你看，我能行！"

说着，朱彦夫拄着拐杖站了起来，刚要抬脚迈步，便扑通一声倒在了地上。但乡亲们从他那坚定的目光里，从他那刚毅的嘴角上，分明看出他对今后生活的决心和信心。

月亮出来了，挂在大山尖上。它也在惊讶地望着小山村发生的这一切：全枝全叶地出去的朱彦夫，咋变成这样一个残缺不全的人呢？今人未见古时月，古月曾经照今人啊！月亮也惶惑了。

沉重的琴声

山村依旧是那个山村，斑驳陆离的旧屋还是原来那样在山坡上排列着。那些上百年的柿子树，或房前或屋后地生长着，展示着沧海桑田的变迁。但是，这几天以来，人们总觉得与往常有些什么不同。

因为，朱彦夫回到了他阔别多年的家乡。

家乡太美了。春天，漫山遍野开遍了各色各样的小花，牛羊在草地里缓缓走动，像悠然飘动的云彩；夏天，庄稼地里一片翠绿，青纱帐里回荡着正在劳作的村姑们银铃似的笑声；秋天，谷子金黄，高粱通红，山谷充满诱人的禾香；冬天，街巷里向阳的墙根下，老人们拉着千遍不厌的戏文……

朱彦夫要重温儿时那五光十色的梦幻，要再次踏遍张家泉村的山山岭岭……

但现实却是残酷的，一个四肢皆无的"肉轱辘"，连吃饭、穿衣、解便都要别人帮助，他只能成天与床为伍，怎会有正常人的享受呢？他脑子里的家乡美景在渐渐失去色彩，刚回村时那激动万分、跃跃欲试的心情，也随之降到了冰点。

朱彦夫懊丧极了。

他想起老人们常说的"把委屈哭出来就好受"的话，真想大哭一场，但是，那只失去眼珠的左眼窝里，虽时不时地流出一些浑浊、黏黄的液体，但却不是泪，而是因泪囊损坏、分泌失控而出现的流质。他的左眼，连流泪的权力也没有了。

不，不能哭，当年头烧了个半熟都没哼一声，骨肉散架"大搬家"都没哭一声，现在还有一息尚存，怎么还想哭呢？

走，出去看一看。恍惚中他已经站起来了，同他伤前一模一样，依然是位威风凛凛、整装待发的战士。正当他按照口令出左腿时，只听见"哐当"一声，便从床上掉下来了，自我陶醉的英姿也没有了。

据专家说，凡是截肢的人，其残留部位的神经感觉还和以前一样，大脑里总觉着四肢还在，因而行动起来，也是按四肢健全习惯去动作，这便经常发生心理幻觉与残缺现实的冲突。因此，朱彦夫的每一次站起，总是以"哐当"倒地而告终，同时身上会多一道流血的口子。

与以往不同的是，这次因幻觉摔倒之后，在"哐当"的声音之外，还听见一种"咔嚓"的金属撞击声。他稍一挪动，便觉得屁股下有个硌人的硬东西。他挪开一看，原来是他回来时唯一的行李——一个小提兜。他用嘴咬起兜底一抖搂，"当啷啷——"里面掉出一件东西来：

原来是个破口琴。

顿时，这个破口琴给他注入了无限生机。

那还是1947年朱彦夫刚穿上新军装的时候，他的班长送给他的。班长说，这是在一次打扫战场时，他从一个鬼子兵的衣兜里翻出来的。在艰苦的行军作战的日子里，每当部队休整或战斗的间隙里，班长总是热情地教他吹口琴。聪明的朱彦夫很快就会吹《三大纪律八项注意》、《打倒土豪》等歌曲了。在防炮掩体内，在阻击坑道里，在行军路上，在军民联欢会上，朱彦夫曾磕磕绊绊地吹过一首首战斗进行曲，活跃了部队的文化生活。

在一次残酷的阻击战中，老班长牺牲了。临死前，老班长对朱彦夫说："你要好好保留这个口琴，一旦有什么忧愁，只要吹一个战斗的曲子，就会乐观起来，有乐观的情绪才能打胜仗啊！"

现在，朱彦夫从地上爬到床上，心情敞亮了许多：对，我只有先乐观起来，才能有战胜病残的信心，才能锻炼自理能力，才能再为人民做贡献。对，从今天开始！

可现在吹口琴可不比从前了，没有手，怎么拿住口琴呢？两臂固定不住，他便用嘴咬住口琴的中间部位，猛弯腰，狠低头，尽量让口琴抵住不够长度的残臂。当头弯过胸部时，两臂残腕顺势夹住了口琴的两头。这个姿势朱彦夫戏称为"三合一固定法"。这样，口琴虽固定住了，但无论如何也吹不响。因为咬紧了无法吹，咬松了就又落到地上。

经过了长时间的琢磨，又经过了难以计数的失败，朱彦夫终于找到了最佳姿势。

他将嘴稍稍松动，口琴在嘴上缓慢滑动，从高音到低音，从这头到那头，只吹了一遍，便用了足足十几分钟。而这十几分钟内，口琴掉了五次，又从地上咬起五次，还出了五次大汗。但不管怎么说，口琴终于吹响了。

俗话说，走到哪座山上说哪里话。人们的追求目标，总是随着不同的境遇而随时改变的，既不会像癞蛤蟆想吃天鹅肉那样盲目地高攀，也不会把一朵鲜花插到牛粪里降格以求。口琴被吹响了，朱彦夫激动万分，简直像心脏将要停止跳动的病人注入了强心剂！因为朱彦夫需要琴声为他驱散郁闷，需要琴声为他唤来信心，需要琴声为他的生命带来一个崭新的起点!

从那天开始,他每天都用绑腿的绷带将口琴擦得锃亮,然后或坐在床上,或坐在门口,或坐在树下,紧紧地抱,使劲地吹、痴痴地练……尽管他不会简谱,不懂拍节,不识音符,但他是一个军人,一个从血与火、生与死中滚出来的战士。一首首战斗歌曲,他都唱过无数遍,早已融化在他的血液中。只要他调动起战斗的激情,掌握住呼吸的深浅,他就会吹奏出一支支激动人心的曲子。

朱彦夫赋予吹口琴上的意义太沉重了。

他想,锈蚀残破的口琴能再发出声音,残疾的人体五官就能再度发挥作用,残余的生命就能再度发出光和热,一个重度残废的军人,就能重新站立在为人民服务的行列中!

吹一阵之后,朱彦夫自己评论说:"吹得还可以,进步不小,只是运气太短,节拍掌握不太准,不能得奖,但精神可贵,给个口头奖励吧!"

就这样,当牧人晚上给牲口喂夜草的时候,朱彦夫的琴声还没停;早上鸡叫第一遍时,他的琴声又响了起来。每天,在他的小屋周围聚集着一群群老人和孩子,他们在这里听口琴吹奏的《大刀进行曲》、《八路军军歌》、《志愿军战歌》……

在这一曲曲歌声中,朱彦夫将灰心、忧郁和无奈抛向了远方,从而鼓起了重新生活的无穷信心。

朱彦夫说:"我现在觉得还是个战士,一个乐观的战士。是战士,总有冲锋的机会!"

他复活了,不但是躯体的复活,更主要的是精神的复活,心灵的复活。

不屈的蜗牛

人是从动物进化而来的,所以,在动物身上,总会有许多值的人们借鉴、学习,甚至是模仿的东西。

这是一个静谧无声的山村之夜。山里的鸟兽睡了,圈里的禽畜睡了,炕上的人们也睡了,偶尔传来夜惊的鸟儿扑打枝头的声音,更衬托出了夜的清静、幽远……

"呼隆——"一声沉闷的响声,从朱彦夫的小屋里传了出来。在这静静的夜里,声音显得格外响,传得格外远。

朱彦夫又摔倒了。

自从他自己锻炼走路的能力以来,不知摔过多少次了,母亲劝不管用,村里人劝更不管用。朱彦夫执着地认为,他一定会重新站起来走路的。

他曾经非常清醒地思考和比较过:写出了教育整整几代人的长篇小说《钢铁是怎样炼成的》作者奥斯特罗夫斯基,是全身瘫痪并且双目失明;中国的保尔·柯察金——吴运铎,以及诸多先辈或同辈的残疾人中,有的人失明却四肢健全;有的人虽然截肢却保留较长,能够自理或部分自理;有的虽四肢全无,但创面吻合好,余碴神经处理得好,比较柔软圆滑有长度，经苦练也可以替代手，甚至可以达到拿笔或捆笔写字的程度。而自己呢？留下的双臂太短了，而且臂碴处神经也处理得不太好，有时一触着就钻心地疼痛。相比之下，所要付出的努力应更大一些。

朱彦夫躺在地上，用残臂抚摸着额头上刚刚摔起的大血包。恍惚中，他看到墙上挂的军用水壶似乎在轻轻晃动，是视力模糊造成的吧？他定了定神，使劲眨了下眼再看，水壶还是在晃动。

战场上养成的决不放过一丝一毫疑惑的习惯，促使他迅速向墙根爬去。这时，他终于看清了，在军用水壶的旁边，是一只缓缓蠕动的小蜗牛。

由于视力不好，加上视线模糊，朱彦夫的脸几乎要贴到墙上了。他要仔细地观察一番，看看这小东西是如何爬上去的。

蜗牛没有注意到朱彦夫，只管自己向着目标行进。只见它动作极慢，分不清头尾，简直看不出是在蠕动。它椭圆形的躯壳在微微颤动着，沿着墙面慢慢地向上爬行。

朱彦夫简直惊呆了。以前他也见过蜗牛，可从没想这么多，而今天的感慨却太多了。蜗牛，这个诸多生物中的弱小者，同自己一样没有脚爪，行动迟缓，比起搏击长空的雄鹰，比起奔驰草原的烈马，它实在算不了什么。但是，它那不屈不挠、坚韧不拔的毅力，那义无反顾、至死不返的信心，都不愧为英雄壮举。

蜗牛终于爬到了墙壁顶端，消失在墙缝里，朱彦夫却在一股羞恼的情绪中陷入沉思：难道我还不如一只小小的蜗牛？我该怎么办？要么就此作罢，今生今世依靠别人，做一个衣来伸胳膊、饭来张口的寄生虫；要么就照直走下去，碰到南墙也不回头，争取在达到"生活自理"上有所突破。

朱彦夫又要冲刺了。

对一个没双手的人来说，自己装假腿简直是不可想象的，因为这是一件复杂而细致的活儿。

他先将所有的衬布、腿套、绑带一一弄到床头上，然后按嘴臂所及距离，一一摆好阵势，再用嘴将假腿衔过来，竖在床中段的边缘上。

然后，他用嘴将衬布咬过来，搭在膝盖上，左臂压住衬布的一头，右臂开始在膝下的残碴上转圈缠裹。可极度的不便使他顾此失彼，当衬布缠完再用嘴支配绑带时，刚缠好的衬布便一圈圈脱落了。因为伸嘴去取床上的绑带，身躯必须随着取物的距离而仰合，这又必须用残臂去保持平衡，缠好的衬布一旦失去臂的压力，便掉下来了。没有手的胳膊，如同一根直硬的木棍，很难按大脑的指挥去完成一定的动作。

一个人自己用残损的上肢安装假腿，这是人间一种罕见的困难，是再娴熟的语言功夫和再过硬的文字本领也难以准确描述的。

没有办法，只好重新来，只能从头练……

在朱彦夫经历了千百次"重新来"之后，用臂夹绑带和用嘴压衬布终于能配合起来了。

朱彦夫干到这里时，随着雄鸡一阵紧似一阵的鸣叫，窗纸已经发白了。

不行，得加快进度！

再下来，便是在弄好的衬布上缠绑带了，这比上道工序更复杂。因为一副绑带有六米多长，一旦双臂夹不住落到地上，就得重捡，重绑。他用嘴衔住绑带，递给压腿待命的双臂，然后用嘴再压住绑带的一头，双臂将绑带缠在腿上。这是费时最多、返工最多的工序，也是装假腿中最棘手的部分。

有时刚缠到一半，"扑"一声掉到地上，就要捡起重来。有时装一次假腿，绑带竟掉到地上一百多次。

然后，是装腿套，装假腿、锁扣、放裤……仅装腿套一项，就要完成二十多个分解动作，而这些动作全部是用嘴来完成。

马上就要装假腿了，朱彦夫心里一阵激动，觉得有一股热流在全身涌动。原来也装过假腿，但那是在医院里由护士装的，那第一步和最后一步，都是别人帮助干的，而今天，完全是自己的功劳。他将残肢一一装进假腿的空筒里，但在操作假肢皮带的锁扣时，又遇到了严重阻碍：

用臂锁扣？够不到；用嘴锁扣？头低得过度后会前滚翻。朱彦夫心里想，就是用血肉做原料，也要把假肢和真腿焊到一块！

朱彦夫用第三块毛巾擦了擦汗水，用两只残臂互相交叉着揉了揉酸疼的双腿，又执着地干下去。

他将双腿轻轻抽出来，又用嘴将两只假肢衔到身上，用棉被固定住，再将两腿伸进去，当感觉到上端仅露双膝时，便开始锁扎固定假肢的皮带扣环。

这时，母亲推门进来了。她见儿子在床上舞舞扎扎，不知是干什么，等她走近一看：

天啊！儿子怎么自己带上了假腿？谁知他受了多少罪？

她一把抱住朱彦夫，非要帮助他不行。这时，满头大汗的朱彦夫强作轻松地笑笑，慢慢地对母亲说：

"娘，你看，儿就要成功了，你在一旁当观众，等着为我鼓掌吧！"朱彦夫说着，把包在大腿上的固定皮带扣环反复校正后，开始用残臂穿扣环。

打个形象的比喻，朱彦夫的这个动作，用短而粗笨的臂碴去锁长长的皮带，等于一个盲人手持丝线向针鼻里穿孔一般，真比登天还难。

朱彦夫双臂忙活了一阵后，彻底失败了。他又改用嘴穿。他先用嘴和牙使皮带头和扣环互相靠近，然后再用舌尖去舔拉。然而，舌头毕竟不是磁石，而皮带也不是铁的，他又失败了。在多次重复之后，连用臂压，加嘴唇吸，带舌头舔，假肢终于穿上了。

望着儿子那身像洗过澡似的大汗，山村的人不习惯鼓掌，娘用一串串的泪珠祝贺儿子在自理方面的进步。

朱彦夫后来说，当时装假肢的难度，不比250高地的紧张程度差几分。此后，朱彦夫每天几十次地重复着这些动作，重复着这些程序。几个月后，终于能自己装卸假肢了。

当他第一次下地走路时，他将装配好的两条腿从床上移到地上，扶着桌子角，目视前方，移动手中的拐杖，使劲抬起左腿，"哐当"一声，一步还没迈出，他就重重地趴在地上了……

但这时的朱彦夫已有了充分的信心。他想，既然能装上假肢，就能学会走路。他不再灰心，不再气馁，而是在爬起来再摔倒中，勇敢地在摔倒中再爬起来……

半年之后，朱彦夫竟拄着拐杖走到了院外。村里人都看奇事似的来到他家。荣军休养院的领导也闻讯赶来，祝贺这位坚强的战士。

有人说是奇迹，有人说是毅力，有人说是精神。

但朱彦夫并没有自满，他说：

"这可多亏了那个蜗牛，我要感谢它呢！再说，我生活中的250高地太多了，我还要一个个去攻克！"

熟悉朱彦夫的人都知道这句话，就是他为自己吹的进军号，作为一个不屈的战士，作为一颗高尚的灵魂，他又要发起冲锋了。

从吃饭学起

人们常说从头开始,殊不知从头开始到底有多么难。当一切归零之后,你才知道,简简单单的"开始"二字,到底包含着多么丰富、多么艰涩的内容。

其实,世界上有些事情,说怪就怪,说不怪也不怪。

婴儿与生俱来就有吃奶的本领,三岁的孩子就会吃饭。可是,朱彦夫这个二十多岁的小伙子,却要重新学习吃饭了。

因为在休养院里时,有专门护理喂饭的护士,为此朱彦夫才跑回家来。可回到家,母亲又喂上了。她并不是不想让儿子学习自理,而是不忍心让重残的儿子受罪啊!

母亲理解儿子的心,儿子更理解母亲的爱。因此,尽管两人在背地里相互为对方的命运难过得掉泪,但见面时两人又强装欢颜,尽量给对方点欢乐和愉快……

朱彦夫想,看来,要想学习自己吃饭,只有连母亲也瞒着了。

这天早晨,母亲又要到远村的大集卖鸡蛋去了。她想,卖了鸡蛋,顺便再给儿子买点猪肉,他的身子太弱了。早饭时,母亲让儿子多吃点,因为路远,下午她可能回来晚点。母亲临走时又千嘱咐万叮咛,像对待小孩子那样,让朱彦夫在家好好待着,千万别自己弄出什么事来。因为当母亲的知道,儿子想自理的心太切了。

朱彦夫暗喜,这实在是个难得的好机会,他可以按照自己的想法大干一场了。

当屋里只剩下朱彦夫自己的时候,他用嘴将屋子里进行了重新规划。他先将自己横在床上,又面朝里,背朝外,慢慢往下溜,先让双膝触到床前的石板上,然后就地一滚到了地上。他依靠双膝行走,将他准备好的碗筷、汤勺、叉子、咸菜碟、五张煎饼、两个鸡蛋、几块豆腐干,还有假肢上的皮带,准备捆勺吃饭的松紧带和准备用以代替手臂的木筒子等分成三份,床上一份,地上一份,桌子上一份。他准备运用三种姿势学习吃饭,哪一种姿势成功就用哪一种。

在他进行这些搬运工作时,有着重重的困难。仅靠两腿的膝碴挪动往返,双膝经常不是被小石子硌破,就是截肢创面偶尔神经抽搐,这时只有四肢着地,来回爬动了。取放餐具和食物,只能靠嘴和牙齿,然而经过植皮的面部神经时不时地就发生痉挛,餐具常常掉到地上摔碎。每当这时,为了保护餐具或食物,他总是下意识地用双臂去接,这样,自己又会一头撞在地上,常常摔得鼻青脸肿,鸡飞蛋打。

"扑棱棱!"忽然,一只白肚黑背的燕子飞了进来,它是衔食回来喂乳燕的。房梁上燕窝里的乳燕听见妈妈回来,一个个张开鹅黄色的小嘴,"吱吱"地叫着,纷纷要求母亲先把食物喂给它们。母燕盘旋了一圈之后,将食物准确地送到了最小最瘦的乳燕口中,然后又飞着去寻食去了。其他乳燕在愤愤地叫了一阵之后,一切又归于平静……

望着梁上的乳燕,朱彦夫感慨很多:乳燕靠喂,是因为它们太小了,可是我呢？不行，一定要在乳燕展翅高飞时，学会自己吃饭的本领。

朱彦夫又信心百倍地投入了练习。

他四肢撑地，趴在床上，用膝盖压住煎饼的下边，用嘴咬煎饼的上边。吃完一口，再用双膝将煎饼向上蹿一蹿，再吃一口，再蹿一蹿。吃到末了时，再也咬不到了，他便将四肢一松，实扑扑地趴在床上，用嘴衔起最后一口吃下去，一会儿，一个煎饼就吃完了。这里所说的"一会儿"，已不是常人时间概念中的"一会儿"了，因为在描写特残人的行为时，我们的语言文字已很难像描写常人那样精确了。它可能是十几分钟，或几十分钟，甚至是一个或几个小时。

这时，朱彦夫开始练习吃碗里的饭，他先尽量将上身伸展一些，然后弯腰低头，用嘴咬住碗沿，伸脖子抬头，将碗缓慢地带起，然后两只残臂也跟着缓缓举起，将碗捧紧，然后嘴唇左右摆动，吸食碗里的食物。但必须在吸一口之后，马上再将碗沿紧紧咬住，否则，碗马上会掉到地上，因为残臂只有掌握平衡的作用，而丝毫没有固定作用。这样吸食，基本没有了嚼的时间，只有咽的动作了。而这一连串的动作，都是在残臂创面神经非常疼的情况下完成的。

一顿饭终于"吃完"了。每当朱彦夫吃完一顿饭，他都是大汗淋漓，像刚从水里捞上来的一样，神情疲惫，气喘吁吁，不得不四仰八叉地躺在那里休息一会儿，同时想着下一顿饭的"吃"法。

朱彦夫又想起了朝鲜战场上的事。美国的王牌师都让我们吃掉了，可今天吃饭咋这么困难？他还记得有一次，他们连缴获了一些美国鬼子吃的铁盒罐头，他在战壕里用刺刀挑开一看；里面稀糊糊、红彤彤的，原来是西红柿。他掀开铁皮，狠狠喝了一口，挺好喝。妈的，美国鬼子还真会享受！他便"呼啦啦"一气喝了个精光，罐头上的铁片子还刮去了他嘴唇上一块肉。唉,那时吃饭多痛快啊,真是有虎啸龙吟之状,如风卷残云一般。可现在……

朱彦夫感到最难做的,是抱勺吃饭。像两条直棍子似的双臂刚刚夹住勺子,便"当啷"一声滑掉了。掉在床上还好说,用嘴叼起来就是了;可一旦掉在地上,可就惨了,那就要三番五次地滑到地下去捡。有时掌握好了,勺子不掉了,可经过抱臂运作、伸臂舀饭、举臂运饭几个动作后,等勺子凑到嘴边时,饭已经洒得差不多了。

而且,用残臂夹勺子,一旦触到截肢的神经创面,就疼得钻心。于是,他便发明了一种新办法,将两个木筒子套在臂上,然后再夹勺子。但木筒子又硬又滑,根本夹不住东西,而且套上木筒的残臂,也打不过弯来,他只好淘汰了这个办法。

后来,他又发明了用松紧带把勺子捆在残臂上的办法。但对一个没有手的人来说,捆东西实在是一项费工费时的大工程。好不容易捆上了,勺子插在松紧带和皮肉之间,晃晃悠悠难以稳定,舀上的食物还没到嘴边就洒到地上了。时间长了,又会摩擦得臂磋上充血,这种办法最后也被他放弃了。

虽然吃饭的办法还没练好,但朱彦夫知道了哪些办法是可取的,哪些办法是不行的,因此,他心里充满了胜利的喜悦,他甚至在心里甜蜜地对母亲说:

"娘,你快来看,你的儿子已学会吃饭了!你来亲眼看看,俺是怎样把饭吃到肚里去的。从今往后,再也不用你担心了!"

其实,这时母亲就站在破屋外边,这一切早被她隔着窗棂偷看在眼里。她眼里的泪水,早已落在了前大襟上……

四个字写了半小时

太阳刚上正午的时候,朱彦夫的小屋里突然传出了一句平淡无奇,却又石破天惊的话:

"我会写字了!"

对着几位来看望他的县里和乡里的干部,朱彦夫兴奋地对他们说着。那神情,像刚上学的孩子得了一百分。

"你……"干部们像面对着天外来客那样茫然了,"你用什么写字?"

朱彦夫沉重地说:

"我知道你们不会相信。过去我听说过,没手的人可以用脚写字,连脚也没有的人还能用嘴写字。我不仅手脚全无,而且眼瞎、嘴残……"

在250高地上,朱彦夫受伤太重了。由于他嘴周围的皮是补的,因此弹性差,神经也失控,含东西没有收缩性,向嘴里进东西难,可涎水向外流得快,一不注意就流出来。因为神经失控的缘故,嘴的张合能力很差,要想指挥一支笔在嘴里移动,实在是困难得很。所以,他说能用嘴写字,人们根本不信。其实,朱彦夫练写字已好长一段时间了。刚开始时,他用断臂的残碴夹住笔,不等写上一道杠便掉到地上了,用劲大了截面疼，用劲小了又写不成笔画。他又用嘴咬着笔写，可往往还没写上一画，顺笔流下的涎水早把纸湿透了，一画就破。他想用劲咬，"咔叭"一声，铅笔咬断了。

在又一次咬断笔之后，他暴怒起来，用断臂将桌上的纸和笔全部划拉到地上，又用残肢踢到看不见的地方，自己在屋里发誓：

"我今辈子再写字，我就更了这个姓！"

可没过一顿饭的工夫，他的心又痒痒了。他便趴在地上，用残臂将纸和笔归拢起来，一点点夹到桌子上，又开始写字了。

这次，他把破布缠在铅笔上，流下的涎水被布吸收了，使他取得了较长的练习时间。但没过多久，破布又湿透了，涎水又流到纸上。他马上换一块布，继续他的工作。他写字的时候，姿势十分特别。他先把本子摆在桌面上，叉开两条残腿，站稳，再将双膝弯曲顶在桌棱上，然后用嘴衔笔杆写画起来。随着涎水的流淌，字迹越来越模糊不清。写字的顺序是弯腰、低头、上身前倾，缩短笔与纸的距离，有时像蚯蚓拱泥，有时像小鸡啄米，有时还像老牛吃草。用两臂抱笔写字时，残臂神经则按大脑的指令，旋转、滑动、移位……

为了支持他写字，母亲和乡亲们给他买了五支水笔、五个笔记本和大量白纸，这支笔咬碎了，再换一支；这张纸画满了，再铺上另一张。在他的生活里，已经没有了时间的概念，没有了昼夜的区别。他牢记着古人"头悬梁、锥刺股"的学习精神，牢记着保尔·柯察金瘫痪失明，口述著书激励后人的崇高风尚，义无反顾地向前走下去。

功夫不负有心人。朱彦夫艰难的耕耘，终于有了令他激动的收获。他的字迹由什么也不像到有点像，由模糊不规范到逐步清晰规范，从一个字大如拳头到了像硬币大小，从笔画部首分散到了逐步集中，终于像个字了。

不知用了多少纸,母亲每天做饭引火,都是用朱彦夫练字用过的纸,而且能保证供应,决不拖欠。

所以,今天在老战友和领导面前,他敢于自豪地向他们宣布了。

老战友说:"你能不能写给我看看?"

"当然可以!"

朱彦夫说着,用双臂夹过一本书放在桌上,又抽出水笔放在书上。然后,他用假肢顶住桌棱,弯腰低头,竭力将嘴张得大一些,从书上咬起水笔,笔尖在舌头的拨拉下,在纸上慢慢动了起来。一横一竖、一撇一捺地勾画着。每写一笔,都是在两片嘴唇和舌头的一翘一收、一伸一缩、一挥一动的指挥下完成的。

写着写着,涎水顺着笔杆流到了纸上,将还没晾干的墨水冲淡了,他便换一个地方再写。笔衔久了,神经有点麻痹,水笔在口里抖一阵之后,便"啪嗒"掉在了纸上。他马上再使劲低一下头,将笔衔起来再写。

半个多小时之后,汗流浃背的朱彦夫,放下口中的笔,长长舒了一口气说:

"请看这四个字。"

这四个字整整占了一页纸,战友们你传给我,我传给你,翻来覆去地端详着……

这四个字太特殊了,说汉字不大像,说外文也不大像。该长的笔画短了,该短的笔画长了,而且没有一道笔画是直的。每道笔画都像条蠕动的蚯蚓,弯弯曲曲趴在纸上,整个字的形体,不像是文字,倒像是一个篆刻高手刻出的模模糊糊的篆字图章。

当战友们终于认清这四个字的时候,他们不说话了,表情也严肃起来，那神情好像面对着一份重要文件。

这四个字是：

艰难觅生！

在这简单的四个字里，包含了朱彦夫多么远大的人生目标，多么崇高的理想情操，多么朴实的现实态度啊！

再度失踪

在大千世界上，只有你想不到，没有人做不出的。这话说起来挺玄的，但却是经常发生的。

在一个月黑风高的夜里，朱彦夫失踪了。

睡梦中的母亲，恍惚中似乎听见一句"娘，儿回荣军休养院去了"的话。当她一个激灵醒过来之后，慌忙摸黑穿起了衣服，她边起身边想：唉，这苦命的孩子，白受了这八个月的罪，今天要走了，说啥也得见他一面啊！

黑暗中，她好歹摸索到院子里，边走边喊：

"彦夫，彦夫，儿啊，等娘和你说句话再走。"

然而，当她摸到儿子门口的时候，门扇敞开着，屋里黑乎乎的，什么也看不见。她走进屋去，从床到桌子到房门挨着摸了一遍，什么也没有，只有挂在门上的一把铁锁。她倚在门扇上，心里有股说不出的滋味，泪水流了下来。她暗暗地为儿子祈祷，希望他能少受点罪。

然后，她无可奈何地拉过房门锁上锁，踉跄着回到自己的屋里……

其实，这是朱彦夫搞的小把戏。他并没去荣军休养院，而是在自己的屋里,而且被不知内情的母亲将门锁上了。

朱彦夫为什么要这样呢?

自从他坚决要求从荣军休养院回家之后,便下定了决心,要锻炼自己的生活自理能力。但是,母亲心疼他,总是什么也不让他干。吃饭、穿衣、走路、解便……,全是在母亲的帮助下才能完成,离开了母亲他就会饿死。吃午饭时,朱彦夫对母亲说:"娘,你不要喂我了,今天我要自己吃。"

母亲说:"儿啊,面太热,会烫着你的。为了自己吃饭,一个集的空儿你已砸了十几个碗了。这个大集我忘了买碗,你再砸了,咱娘俩就没法吃饭了。"

"不,你要不出去,今天我就不吃了。"母亲没办法,只好放下碗走出去了。朱彦夫爬过去,用嘴巴咬住碗沿,一阵猛吸。这时,扶在桌上的右臂突然一阵疼痛并迅速滑了下去,整个身子随之猛地向右摔去,一下子连人带碗翻到桌子底下去了。两碗面条,一碗扣在了头上,一碗洒了个精光,两个碗都摔得粉碎。

其实,娘并没有走,只是站在窗外听动静,她怎能放心自己的儿子在屋里受罪呢?当她听到屋里传出"哐当、哗啦"的响声时,便一步冲进屋里,只见朱彦夫四仰八叉地躺在地上,一头一身的面条和汤水,她赶忙将儿子连拖带拉地抱到床上,一边帮他擦脸,一边埋怨地说:

"彦夫,娘知道你从小就是犟脾气,可如今你残废了,不能干的事以后别逞能,娘伺候你一辈子还不行?等哪天娘死了,你再打自己的谱。"

一会儿,母亲又煮好一碗面条端过来,一口一口地喂朱彦夫吃。朱彦夫边吃边流泪,娘也是边喂边流泪。一碗面条没喂完,母子俩早已泣不成声了。

朱彦夫边吃边想：难道四肢全无就是难度的最高极限吗？人生的极限到底在哪里？难道残废就是残而无用的废物吗？我朱彦夫从此就成了不劳而获的寄生虫吗？成了一个没有任何用处的行尸走肉吗？难道我的身体没有一点可挖掘的潜能吗……

他提出了一串问号，一遍遍地问着自己。他认为，虽然俗话说"好死不如赖活着"，但对一个人来说，"赖活着"又有什么意义呢？在千思万想之后，他终于找到了这样一个原因：

我之所以难以迅速提高生活自理的能力，主要原因是有亲人有同志在面前，他们见不得那种残酷的场面，他们怕我再受累。要想成功，就要摆脱他们，自己藏起来锻炼。

于是，朱彦夫便演出了假装出走的把戏。

的确，对一个四肢全无的"肉轱辘"来说，要练得自己能吃饭、穿衣、走路、解便等，实在是太难了，在家八个月的锻炼情况，朱彦夫在肚子里列过一张表格：

情绪还算乐观，但起伏无常；

身体虽然逐渐衰弱，但不碍生存；

砸碎饭碗141个，菜盘23个，茶碗7个；

摔碎茶壶、暖壶各5把；

泼掉饭菜上百次；

因摔伤、冻伤用药治疗90余次；

动用劳工（日）3个；

拖累母亲近200天……

自练收获——零！零！零！

也恰恰是这张表格，促使朱彦夫彻底下了要匿藏锻炼的决心。

朱彦夫躺在屋里的第二天早晨，为了防止别人看到他，他从砖块台阶爬到床上，又慢慢地从床上爬到桌子上，然后跪起来，用嘴把窗帘咬住，一下下拉了过来，待挡严实之后，下边再用口琴、绑带、腿套等压牢。

就这样，朱彦夫在这个封闭的小天地里，开始进行残酷的训练，对自己进行"惨无人道"地折磨，在人生的极限上徘徊、挣扎……

第十天，他贮存的食物吃完了。怎么办？他便在屋里爬来爬去，寻找吃的和喝的。

好在天无绝人之路，在北墙根底下，他发现了一个泥罐，里面还有半泥罐水；在一块石板上，放着一个麦秸笼子，里面还有半笼子变质长了绿毛的地瓜干。

朱彦夫心想，每天喝两口水，吃三块地瓜干，坚持个把月没问题。因为战场上一次次的战斗，使他有了极强的忍饥能力。

于是，他又信心百倍地开始锻炼了。

时值夏秋之交，屋子里苍蝇蚊子横行。蚊子将他的皮肤叮了一次又一次，全身疙瘩几乎连成一片，奇痒难忍；苍蝇又一遍遍叮他摔破的伤口，疼得钻心。屋里虽有架部队上发的蚊帐，但因没有门，他钻不进去也钻不出来，干脆不用。

麦秸笼子里的地瓜干和泥罐里的水越来越少了。

装地瓜干的麦秸笼子搁放在墙边一块一尺高的石板上。他爬到笼子的正面，跪立起来，慢慢弯下腰，用嘴咬住笼子口的边沿，用力猛甩头部，一连几次之后，笼子终于翻下石板，地瓜干撒出来了。他用残臂归拢了一下，发现这长了绿毛的地瓜干也不多了，他又重新给自己规定，每天只能吃两块。

泥罐里的水还有多少，他没法测量，只是把头伸进罐里喝水时，脖子越来伸得越长，越来越吃力了。他想把泥罐歪倒，但是他不敢，他知道泥罐一碎，他就没水喝了。

由于窗口紧闭，屋里没有一丝阳光，他渐渐失去了时间的概念。因为光线的暗淡，他那仅有的一个眼视力也越来越弱……

这时，他身上的摔伤太多了，褪了疤的，正在结疤的，还在滴着血的……遍体伤痕累累，体力也虚弱到了极点。但是，他可以不睡觉，可以不休息，但决不可以不锻炼。这时，对朱彦夫来说，身体每动一下都是极其艰难的了……

刚进来时，他还对照着门缝里光线的明暗，每天在墙上画一道杠来记录时间。现在，他自己也不知道画了多少条了，并且再也没有力量往墙上画了。这天，肚子实在饿得不行了，他便向仅有的那点发霉的地瓜干爬去。试了几次，连撑起四肢的力量也没有了，他便像碌碡打场一样，慢慢向目标滚去。当他再也没有力气滚动时，头正好触在麦秸笼子上。

他用嘴在地上到处拱，怎么也找不到地瓜干了，怎么回事？当他借着窗帘缝隙里透过的光亮仔细看时，一只大老鼠"哧溜"一声逃跑了。

朱彦夫伤心之余，再也顾不得脏了，他趴在地上，伸出舌头，将老鼠吃剩的地瓜干的碎渣渣一点点舔进了嘴里……

这时，他口渴得要命，五脏六腑像要着火似的，他忽然想起，为了节约，已经好长时间没喝水了，小便也是好长时间没有了。

他又艰难地撑起身子，向泥罐方向滚去。

滚到泥罐跟前，极度的干渴使他忘记了保护泥罐的要领。他用嘴咬紧泥罐的边沿，使劲一拖一压，"咔嚓"一声，泥罐碎了！

"完了！泥罐碎了，水没有了，命也保不住了。"他来不及多想，马上把头伸到泥罐的碎片中，连舔带吸地喝了最后几口水。

这时，朱彦夫好像耗尽了所有的气力，他仿佛感觉一把大火在烘烤着他，他甚至闻到了烤出的焦煳味……

朱彦夫再也没动一下。

这天，荣军休养院的领导到张家泉村了解朱彦夫的生活情况。朱彦夫的母亲听后大吃一惊："彦夫不是回了休养院吗？"

来人的惊讶程度不亚于朱彦夫的母亲："什么时候回去的？"

"有差不多两个月了吧！"

"咋走的？"

"你们来人接的……"

"接他的人和车子在哪里？你亲眼看见了吗？"

"天那么黑，俺啥也没看见。"

"你也不想想，他没胳膊没腿的，能飞走？"

听到这里，朱彦夫的母亲好后悔："我脑子里咋就没转个弯呢？"

来人果断地说："赶快打开朱彦夫的屋门！"

打开门以后，大家惊呆了：

满屋里都是碗盘碎碴，装假肢的衬布、绑带、假肢、拐棍。朱彦夫倚墙端坐着，昂首挺胸，一动不动，像一尊刚毅的雕像。

大家七手八脚地把他抬到另一个屋里的床上，当给他从牙缝里灌到第二壶水时，朱彦夫的胸脯才明显起伏起来，呼吸也正常了。

乡里的医生赶来了，一边检查，一边要给他输水，但发现他所有的血管都扁得几乎找不到了，只好改为小针注射。

医生说："朱彦夫的体重顶多有二十五公斤。"

朱彦夫醒过来了。

面对着领导的责备、母亲的疼爱、医生的训诫和乡亲们的关切，他

说的第一句话就是:

"这下我可长本事了。"

简单的一句话,化解了所有的一切。

突然降临的爱情

　　张家泉的秋天来了。秋天是收获的季节。

　　山里的深秋是红色的。满树红红的山楂，满枝红红的柿子，漫山遍野的红叶……使得大山朴素、庄重而热烈。

　　在这红色的世界里，山民收获着稻谷，果农收获着山果，牧羊人收获着白白的羊毛……

　　令人欣喜的是，在这金色的秋天里，朱彦夫突然收获了爱情。

　　这天的午后，沂源县东里医院突然骚动起来，人们一股脑儿地拥向急症室，纷纷围观一个让人想看又不敢看的人。

　　原来，朱彦夫为了锻炼自理的能力，整天在家里不是练习装卸假肢，就是练习写字，不是练习吃饭，就是练习行走，哄也不行，劝也不行，严厉制止更不行，终于使伤口复发，疼得他晕倒在地上不省人事。这可吓坏了家里人，找人把他放到一把太师椅上，四个人轮流倒班抬着跑了几十里路，送进了东里医院。

　　病号、陪人、医生、护士们围上去一看，只见这个年轻人脸上的弹伤和枪伤红白相间，失去眼珠的左眼里淌着黄色的液体，尤其是四肢都被截去了，活像一个"肉轱辘"。看清之后，小胆的围观者吓得慌忙跑到很远的地方，大胆一些的也边退边议论着：

"吓死人了，真没见过这样的人……"

"他们那场战斗是咋打的？人怎么成了这样？"

"这最可爱的人，也是个最吓人的人！"

在离急症室不远处，站着一个刚满二十岁的姑娘。她眉清目秀，一米七三的细高个儿，白里透红的瓜子脸，浑身透出健康的青春气息，一身那时非常时兴的列宁服，非常得体，一顶解放帽把两个小辫子紧紧压在了脑后。

她没有围观，也没有后退，似乎是很平静地注视着这一切。当围观者退去，医生开始给朱彦夫治疗时，这个姑娘只是淡淡地想：

"这么年轻的小伙子，以后怎么过啊？"

这个漂亮的姑娘，就是后来成为朱彦夫妻子的陈希永。她八岁就失去了母亲，十六岁时，就跟着当兵的姑夫和干地下工作的姑姑看孩子，料理家务，偶尔也在工作上帮帮忙。南征北战，不知走过了多少地方。今天，她是陪着姑姑来住院的，而且在前几天，医院已正式招收她为护士，成了国家工作人员。在这个幻想的年龄里，在这样优越的环境下，她感觉到处是鲜花，到处是关怀。

坚强的朱彦夫像一团火，残体并没有给他带来半点消沉。他"走"到哪里，哪里就会热烈起来。尽管他的病情十分严重，但他十分刚强，十分乐观。每次换药时那钻心的疼痛，从没见他呻吟过。不但医生护士佩服他，就连医院里一些家属的孩子也非常喜欢他，经常缠着他讲战斗故事。朱彦夫的语言表达能力也很强，在讲述解放战争、抗美援朝的一些战斗故事时，常常引得孩子们有时笑，有时哭，直嚷着："朱叔叔太厉害了……"

有几次,陈希永稍有空闲时,也忍不住凑上去听几句,每次她都会被深深地吸引住,甚至有时听不见姑姑的叫声。她深为朱彦夫机智勇敢和自强不息的精神所感动,由开始对他的同情渐渐变成了对他的敬重。

有一天晚饭后,大家在院子里散步,医院里的王院长朝陈希永走来。陈希永以为他有什么工作要交代,刚要开口问,王院长说话了:

"小陈,我给你介绍个对象吧?"

"谁呀?"陈希永的脸一下子变成了大红布。

"在咱这里住院的那个姓朱的荣军怎么样?"

一提起朱彦夫,陈希永半天没说话。她觉得太突然了,以至于她脑子里出现了一阵空白。她虽然敬重朱彦夫,可一辈子和一个特等残废军人在一起,怎么过日子?同伴们知道了会怎么说,姑姑、姑夫会怎么说……

一连几天,陈希永做事总是走神,常常答非所问,有时竟把凉水灌进暖壶里。做过地下工作的姑姑心特别细,很快就发现侄女心事重重的样子,便一次次追问,她只好如实招了。姑姑听后没有立即表态,只是淡淡地对她说:

"你带着孩子回我家住几天吧,先离开这个环境看看。"

当天下午,陈希永便带着只有四岁的表弟,回到了三十里外的中庄乡。孩子太小离不开妈妈,大哭大闹了整整一夜,实在没办法,第二天一大早,陈希永只好带着他又返回了东里医院。

一个人要是注意了一件事件,就格外留心与这事有关联的许多事情。一连几天,陈希永几次听到关于朱彦夫爱情受挫的事,说先后有人给他介绍了几个对象,可一见面都吓跑了。还有个姑娘大骂媒人不是人,想把她往火坑里推。

从那以后,不论上班还是提水,每次从朱彦夫病房前走过时,陈希永既想快一些走,又想慢一点走,连她自己也搞不清到底是一种什么心理。

这天晚上,陈希永失眠了,她想了很多。这些年来,她跟着姑姑、姑夫走南闯北,战斗场面见过,建设场面也见过,她由衷地敬佩那些为建立新中国、建设新中国英勇献身的英雄们。朱彦夫为国家做出了牺牲,难道别人就不能为他做出点牺牲?你不爱,她不爱,岂不让这个身残的人心上又有了伤残?

第二天早上,她刚打开门,住院的陈大爷便走进来,又向她提起朱彦夫的事。这次,陈希永虽然态度不明确,但是没有拒绝。

明天,朱彦夫就要出院了。这天下午,陈希永来到他的病房。朱彦夫对她说:

"事情我都知道了,他们也是些好心人,心意我领了。我这副尊容,也实在难让人爱,你千万不要勉强,要为你的以后想想……"

"不,不……"陈希永一连说了几个"不"字,她连自己也搞不清这"不"字里到底含的什么意思。

"你如果觉得有余地,过两天可以去我家看看……"朱彦夫说完后,两人再没有什么话了。

此后,两颗心在相隔几十里的地方煎熬着,一条红丝线在相隔几十里的上空飘动着,何时能搭成一个同心结呢?

一个月之后的一天早上,正在护理病人的陈希永听见有人喊她,出门一看,是朱彦夫的弟弟来接她去"相亲"了。王院长马上准了她的假,而且说几天都可以,由她自己决定。

一会儿,陈希永向同事们交代了一下工作,回宿舍拾掇利索,就挎着个小包袱上路了。

到朱彦夫家,要经过八个村和一座大山,山高坡陡,人走不多远就气喘吁吁。陈希永问:

"咋这么远,快到了吧?"

朱彦夫的弟弟想,如果陈希永嫌路远不去了咋办?就撒谎说,快了,快了,过了这个村就是。为了解除陈希永的寂寞,他给她讲张家泉村的好风光,讲村里人的趣事,可就是不讲自己的家。那个家实在没啥好讲的,因为太穷了,千万别再把她吓回去。可是走了一村又一村,陈希永干脆不问了。直到太阳过晌以后,他们才走到张家泉村,进了朱彦夫的家门。

进门一看,陈希永的心里顿时凉了半截:两间又矮又小的草屋里,烧火的炕早就坍了,墙角里用三块石头支着个锅,锅旁放着几个碗和几双筷子,一个掉了头又绑住的勺子放在锅旁的柴火上。朱彦夫躺在一张破床上,破床只有三条腿,另一条腿是用石头代替的。满屋里寻不见个坐的东西,陈希永只好坐在床前的一块石头上。

陈希永没想到,这年月了,还有这样的家。更没想到,将来自己会有个这样的家。但她却这样想,这个家、这个人太需要别人照顾了。

弟弟买菜、割肉,包了一顿水饺。这是朱彦夫家除春节以外第一次包水饺,也算是他家对陈希永最高规格的接待了。可是她却一个也没吃,她一点也吃不下。陈希永感到的是愤愤不平:她为我们的功臣住在这样的环境中愤愤不平;她为我们的功臣没人爱愤愤不平;她对山村里的世俗势力愤愤不平……

尽管没吃饭,可陈希永不知哪里来的力气,她将朱彦夫所有的脏衣服找出来,泡到盆里,然后开始在屋里打扫起来。多少年的灰尘,多少年的积垢，都让她扫了个一干二净。发黑的窗纸破了，她全部撕掉，又换上雪白的窗纸。这一整理，屋里亮堂多了，清爽多了，简直像换了个新家。

最后，她来到院子里，坐在石头上洗开了衣服。朱家来了个大姑娘，而且非常漂亮，这成了张家泉村的一大新闻！乡亲们蜂拥而来，走了一帮又来一帮，孩子们嘻嘻哈哈，姑娘媳妇们叽叽喳喳，老年人们评评说说，一时间村子里像开了锅：

"彦夫不知是哪辈子修下福了！"

"嗨，说不定哪天就一跺脚走了！"

"这姑娘可真勇敢，她怎么敢跟朱彦夫？"

"这么懂事的姑娘，现在去哪里找？"

第二天下午，乡里的刘文书赶来了，进了朱彦夫家门后，单刀直入地问陈希永：

"这门亲事，你同意吗？"

"不同意我来干啥？"在朱彦夫的家里和身边亲身感受以后，陈希永的想法明确了，而且也逐步坚定了。她决定：我要伺候他一辈子，使他的家里有欢乐，使他的心里有温暖，使他重新站立起来，像其他人一样活着，不，要比其他人活得更好。

"要同意，你愿意和他登记吗？"

陈希永看了看朱彦夫，看了看乡亲们，看了看乡里的干部，脱口而出："登记就登记！我怕啥？"

刘文书大喜过望，一屁股坐在院子里的磨台上，将两张鲜红的结婚证书铺在磨盘上，大声说："咱们喜事快办，我今天就现场办公！"

陈希永在衣襟上擦了擦手，下意识地拢拢头发，快步走过去，在自己的名字上重重地按下了手印。

朱彦夫笑了，刘文书笑了，乡亲们热烈地为她鼓掌，并永远记住了这个日子：

1955年农历八月十四日。

五天以后的一个阳光灿烂的日子，陈希永辞掉了护士工作，一个小包袱包好行李，迈着急切的步子走进了朱彦夫家……

朱彦夫知道，他人生的又一重大变化开始了。尽管他还有点猝不及防，但心里却是超级甜蜜的。

第三章　造福一方的带头人

深夜里的黑影

山里的夜来得早,也特别黑。因为没有电,所以就没有路灯。农家的煤油灯的光亮,还透不出窗户纸,便被无边的黑夜吸收了。整个夜色黑得像墨,浓得如油,抹不开,捅不破,让人觉得压抑和恐慌。

"笃笃……笃笃……"

随着夜色的逐渐凝重,伴随那个黑影,山里那种奇怪的声音又响起来了,夜醒的人们又侧起了耳朵,在用心地听起来。

这种奇怪的响声,已经响了几个夜晚了。像是石块撞击,又似无节奏的脚步,间或有一声沉重的"咕咚"声令人心悸。每当夜深人静的时候,这声音便从张家泉村的山里传出来,老人们禁不住披衣坐起,捧着烟斗仔细琢磨:

在这里住了几十年了,夜里从没听见过这种声音,近几天来是咋回事?难道山里有了……

其实,这个秘密只有朱彦夫自己知道,这是他为躲开乡亲们的眼睛,趁夜色悄悄上山了。那石块的撞击声,是他双拐点到山路上的声音;那无节奏的脚步声,是他的假肢无深浅地起落;那令人心悸的"咕咚"声,是朱彦夫又摔倒在山路上了。

从他当选为村党支部书记的那天起,他就下定决心,一定要让张家泉村变个样,让乡亲们真真切切地感受到社会主义的幸福。从那一天起,他便每天拖着一副八点五公斤重的假肢,走家串户,访贫问苦,征求大家对改变张家泉村面貌的看法。村里人谈完了,他又要到山上去看看。自从十四岁当兵离家后,家乡的山山水水他早已陌生了,不了解清楚,怎么干呢?

一个风和日丽、莺飞草长的春日,归来的燕子"呢喃"着,在院子里寻找着它的归巢;灰喜鹊站在刚刚绽青的树枝上,用嘴梳理着一冬天未曾梳理过的羽毛。这天,朱彦夫要上山了。这是他从朝鲜战场回家后第一次上山。

在村里人的搀扶下,朱彦夫终于爬上了全村最高的山坡。他环视四周,心里禁不住一阵阵难受:建国十年了,可张家泉村面貌依旧啊!山是光秃秃的山,河是布满乱石的牧羊道,就连坡地里长的庄稼,也是细瘦焦黄,像老太太头发似的。村里那杂乱无章的房子上,除了石头便是干草,竟连一片红瓦也看不到……张家泉的人懒吗?不懒!张家泉的人笨吗?不笨!可……

"你们站在这里干啥?统统都到坡上干活去!村里这样,你们心里的滋味很好受?"

朱彦夫用一支拐杖狠狠地点了几下石头,猛地回过头来,他发现身后的几个精壮小伙子,傻呵呵地站在那里什么活也不干。

"朱书记,我们……"

"什么你们我们,不干活就不是好农民!"

"我们是来搀扶你的……"

朱彦夫终于从沉思中醒了过来。他用残臂挨个拍了拍青年们的肩膀，凝视了他们好一阵子，然后有点歉疚地说：

"唉，我这算当的什么官啊！自己干不了活，还连累几个人也干不了……"

青年们一迭声地说："朱书记，你是咱村上几百口人的主心骨啊，你指点一下就行了。"就在青年们劝他的时候，朱彦夫心里已打定了主意：必须自己上山！

第二天一大早，朱彦夫便绑好假肢，收拾停当，趁人们不注意的时候，慢慢向村头的小路上走去。还没到村头，他被一块石头重重绊了一下，"咕咚"摔倒在路边。

村里的人听到响声，赶忙跑出来扶他，硬是把他连拖带拉地弄回了村办公室，并找上几个人把他看住，再也不让他自己上山了。

朱彦夫人在村里，可心还在山上：我就这样工作？摸不明情况，怎么治穷呢？万般无奈之际，他终于想出了夜间悄悄上山的主意。

沂蒙山里的夜来得特别早，也特别黑。山里人没有什么夜生活的习惯，太阳落山不久，匆匆扒上几口地瓜干稀饭便入了梦乡。

待家里人都睡熟了，朱彦夫便悄悄绑上假肢，拄着双拐出了门。今夜，他要爬上村边最高的山头。

山路弯弯，坎坷不平，一块块滚动的碎石对朱彦夫来说是一个个陷阱。浓重的夜雾湿透了他的衣服，截肢的伤口又隐隐疼痛起来。湿漉漉的衣衫，紧紧贴在受伤的身体上，心里有一种说不出的难受。

突然，意外的情况发生了。

因天太黑看不清，朱彦夫的一根拐杖拄在了一块活动的小石板上。当他一使劲时，小石板一下子翻了过来，失去平衡的朱彦夫，从山坡上"轰隆隆"一溜儿下坡滚了下来。

他心想，我必须夹住拐杖，只要死不了，只要有拐杖，我就还能站起来，我就还能再爬上来，我就没有输。

在滚动的过程中，他用两只残臂死死夹住拐杖，碎石划破了脸，刮破了身体，荆棘棵子连他的帽子也挂掉了。

当滚到一块稍平坦的地方时，他终于停下了。朱彦夫活动了一下残缺的肢体，还好，还有知觉，比朝鲜250高地那次好多了。想着想着，他竟睡了过去。

"咕咕咕——咕！"突然，山下的村里传来鸡啼。朱彦夫一个激灵醒来：糟了，要明天了，必须抓紧下山回家，要是被人们发现了，可连夜间的这点自由也没有了。他爬到一棵小树旁，借着树干支撑起来，一步步向山下走去。

村里的父老乡亲，你们可知道，当你们打着呼噜进入甜蜜的梦乡时，朱彦夫正艰难地挪动着假肢，在察看村里的山山水水呢！夜起喂奶的大嫂，你可知道，当你搂着孩子的小屁股心满意足地睡觉时，朱彦夫正被摔得鼻青脸肿，躺在乱石冈上爬不起来呢！

就这样，朱彦夫用了三十多个黑夜，不知摔过多少个跟斗，伤口不知流过多少次血水，终于把全村的山、水、田、林、路装进了自己的心中，并在心里为村里谋划好了。

当村里大多数人知道深夜这"笃笃"声的秘密时，这声音早已消失了。因为张家泉村改变面貌的战斗已经打响了。

这个黑影成了张家泉人心头的希望。它已经冲破了色彩的藩篱，成为一抹生命的绿色，成为一种收获时的金黄，成为一粒时刻萌发的种子。

润物细无声

山村的夜本来就黑,下雨的夜就更黑了。

已是夜里十点钟了。

山里的雨越下越大。风助雨势,雨借风威,整个天像是要塌下来似的。麻秆似的雨落到石板上,落到大树上,落到茅屋的草顶上,各种声音汇合在一起,给人一种山洪即将暴发的恐惧……

夜校的学员们在等待朱彦夫。今天晚上,应该是老朱讲课,可天这么晚了,他还没有来,他一向是非常准时的呀!莫非……

提起夜校,这里有一段艰难曲折的故事。

张家泉村祖祖辈辈没有文化人,没有文化就被人看不起,以致有人给村里编出这样一个笑话:说是张家泉村的某人家里有几棵香椿树,春天鲜香椿下来了,自己吃不了,便绑成一把一把的,到大集上去卖。人家问他:"多少钱一斤?"他说:"不论斤,论把。"买者笑了笑:"真新鲜,还没听说过卖香椿论把不论斤的呢!""俺就是论把卖。买就买,不买散伙!"原来这人没文化,根本不会看秤,只好论把卖了。买者看这人挺实在,货也好,就说:"好,买你一把。"说着就付给他五毛钱。谁知他却说:"你这不是五毛钱,这是一分钱。你糊弄俺老百姓不识字咋的?"买者火了:"咋不是,你看这不明明写着五角吗?""俺知道,五毛不是这颜色的。""唉,老乡,这是新版的五角钱,不能光看颜色……"

之后,有人便将这事编成了顺口溜:

张家泉人真是笨,

香椿论把不论斤,

拿着五毛当一分……

这笑话是不是真的暂且不说,但它至少从一个侧面说明张家泉人缺少文化的事实。

朱彦夫回村后,看到村里人缺少文化,心里很着急。几年的部队锻炼使他得知,没有文化就不能掌握科学知识,就不能发展生产,就不能建设社会主义,要改变村里的面貌,首先必须学文化,治穷先治愚。

有一天中午,人们吃罢午饭后,每人拖一张破席子,来到村头一棵大树下,边乘凉边午睡。朱彦夫也随着人们来到了树下。大家躺在地上闲拉,不知是谁把话题扯到了学文化上面。朱彦夫一看是个好机会,便抓住话题因势利导:

"是啊,没有文化,一辈子受穷啊!"

另一个老人接上了话茬:"一出这个村,没有文化一步也走不动。去年我去县城,实在憋得没办法,看见一个茅房便进去了。谁知刚一出门口就被一个老头抓住了衣领子,说我流氓。搞了半天才知道,城里的茅房分男女,而且都写在墙上。这两个字我都见过,可不知道哪个是哪个了。"

大家一阵大笑后,朱彦夫说:"咱们能不能办一个学校,让大家学学文化?"

"办学好是好，可咱村穷得叮当响，哪里来钱？再说，咱这年过半百的大老爷们，能和小毛孩子坐在一起读书？"

朱彦夫说："没钱不要紧，咱可以先办一个扫盲夜校，男女老少都可以去学习，咋样？"

人们一听高兴了，都"呼"地从席子上爬起来，凑到朱彦夫跟前，问他咋办。

"我先住着旧房子，把家里新盖的那两间房子当教室，学员每人提一盏煤油灯就行。用我的残废金，明天派人去城里买夜校课本，后天咱就开学咋样？"

朱彦夫说完，大家一哄而散，抢着将这好消息向全村人通报去了。

第二天，经过大家选举，朱彦夫成为该校的名誉校长兼政治教员。

当天晚上，张家泉村开始出现了一个新景观：

每当夜幕降临之后，便从每家门口走出一盏盏或明或暗的小灯笼，整个山村的街巷里，像有无数星星在眨眼，在游动，然后都汇集在夜校里。夜校，成了全村最明亮的地方，随着窗口透出的灯光，传出一阵阵或清脆或沉闷的读书声……

朱彦夫依靠在部队上和回村后自学的知识，兴致勃勃地为大家上课。每天晚上，来得最早的是朱彦夫，走得最晚的也是他，从不落一次课。可今天是咋回事？

天已十点半多，雨比刚才小了许多，雷声也轰隆着远去了，可是还不见朱彦夫的面。一位年龄大些的学员把自己不祥的猜想说出来了：

"是不是朱书记路上出了事？"

这一说不要紧，学员们都坐不住了，他们打着灯笼夺门而出。山路上，寻找朱彦夫的灯笼汇成了一条火龙。

人们猜得一点不差，朱彦夫是出事了。

今天晚饭后，他和往常一样，拄着双拐沿着山路向夜校走去。还没到半路，天下起了倾盆大雨。攀登坎坷泥泞的山路，对一个四肢健全的人来说也不是件容易事情，何况朱彦夫呢？

他走着走着，突然脚下一滑，一下子摔倒在山路上。从山上下来的一股水，将他的拐杖冲到了一边。他想站起来，可失去了拐杖，想站起来是不可能的。他想，学员们等着我呢，我可不能耽误他们的课程，今晚就是爬也要爬到夜校去。他支撑起残缺的四肢，在不断流水的石板上，在泥泞不堪的山路上，在倾盆大雨的抽打下，一步步向夜校爬去……

不知爬了多长时间，四肢磨出了血水，右腿的一只假肢也不知丢在了什么地方。残肢的截面被雨一浇，又被石头刮过，一阵阵钻心般的疼痛，他昏迷了。

他一动不动地趴在山路上，任凭大雨冲刷，一点知觉也没有了。

当大雨变小的时候，他醒过来了。正在这时，学员们找到了他，大家漫山遍野地找到他的假肢，替他绑上，又把被水冲到路沟里的双拐递给他。

大家流着泪对他说："朱书记，我们学了文化，你可遭罪了。我们轮流背你回家歇着吧！"

说着大家背起他就走。"向后转！"朱彦夫见大家要背他回家，大喊了一声，挣扎着从一个小伙子的背上下来，向着夜校的方向一拐一拐地走去。

大家没话说了，都知道他脾气倔，只好又跟他回到夜校。大家坐好后，朱彦夫站在讲台上，深情地说："是我耽误了大家，请原谅……"

课堂上早已泣不成声了……

屋檐上的雨水，不断溜儿地滴在地上，滴在石缝里硕大的蒲公英叶子上，发出"吧嗒吧嗒"的音乐般的声音。朱彦夫给大家讲的道理，更像一阵阵春雨，无声地滋润着乡亲们的心田。而从心田里长出的，成熟的，收获的，就不只是庄稼了。

特殊的图书室

上世纪五十年代,山村里的人孤陋寡闻,有点什么新鲜事,传得比风还快。这不,新鲜事又来了!

"哎,你们快来听!真神了,是个女人,说话跟唱歌一样……"

第一个在朱彦夫家听了收音机的人,极不情愿地摘下耳机,用极度兴奋的近乎广告的语言向大家讲述着。

的确,在五十年代的沂蒙山区,除了县城以外,山里人谁见过收音机?朱彦夫这台矿石收音机,成了张家泉村的稀罕物。谁不想听一听,过一下瘾?

但是,这样的收音机只有戴耳机才能听,往往是一人听,大家等。听的人眉飞色舞,等的人急得直跺脚。朱彦夫便定了个规矩,每人只能听五分钟。大家听着收音机,朱彦夫心里却盘算开了:大家这么想知道山外的事情,我为何不办个图书室呢?我什么也不能干,办图书室也算为村里做了贡献。

然后,他瞒着大家,将伤后的全部积蓄一百七十二元钱汇给了他的老战友,并嘱咐他全部买成书。十多天后,他收到了从邮局寄来的两百多册书。他高兴得不得了,他用两只残臂夹、用嘴咬,将书摆在屋里的桌子上、床上、凳子上……门里门外全是书,还是没摆完。村里人得知后,帮他把墙外的一棵槐树砍倒,扒了皮,制作了一个简单的书架,将书摆在架上。

就这样,一个简易的山村免费图书室开张了。

渐渐地,村里的年轻人茶余饭后、刮风下雨时再也不躲在家里讲那些陈谷子烂芝麻的故事,而是聚拢到朱彦夫的小图书室里,或抱着孩子,或拿着活儿,来这里听听广播,看看报刊,又了解了信息,又增长了知识。

有一天晚上,一个青年人急匆匆敲开朱彦夫的门,着急地问朱彦夫:

"不知为啥,我家种的白菜,今天上午突然黄了叶子,下午就有些死的了。我请教了好几个人,都搞不清是咋回事,队长说你这里书很多,有许多是关于农业知识方面的,你能不能帮着查一下……"

朱彦夫马上点起煤油灯,由小伙子端着,在书架上来回巡视起来,终于,一本薄薄的小书跳入了他们的眼帘:《农作物的病虫害与防治》。

第二天,这个青年照书上说的法子,买了药施到地里,白菜穿"黄大褂子"的病奇迹般地好了。

这消息一传开,朱彦夫的小图书室更红火了。年老的、年轻的,天天挤破门。来查书询问的问题越来越多,越来越广,从农业知识到生儿育女,从天文地理到穿衣吃饭,从保尔·柯察金到鲁迅……图书室还真为人们解决了不少问题。村里的十几个小青年也非常热心,把自己买烟的钱掏出来,到城里买了些书画报刊摆到了书架上。时间不长,图书发展到五百多册。

朱彦夫办图书馆的消息也传到了外村。有一天,朱彦夫正在整理图书,一个外村的青年闯了进来。这人进门后什么也没说,一把抓住朱彦夫的残臂，恳求说：

"朱大叔，我有一个要求，你答应不？"

"你说吧，我听听再说。"因为这几年找朱彦夫帮忙的人太多了，有经济的、生活的，还有别的方面的事，只要能办到的，他都尽力去办，从不推辞。

青年人说："你办的图书室，俺村里的人都知道了，都说这东西作用大，对生产还挺管用。你能不能帮俺村也办一个？"

朱彦夫一听这事放了心，然后详细地和他说了目前农村缺的是什么书，这些书从哪里买，以及图书管理方面应该注意的问题等，那青年人听了后千恩万谢地走了。

5月初的一天，朱彦夫正在欣赏着院子里的洋槐花，一个青年拿着一张报纸来到他面前，大声说：

"大哥，你看，你的事迹上报纸了。我看不懂，这是村小学的老师告诉我的。"

说着，他用手指了指报纸的左上角，朱彦夫回过头去，只见左上角的文章是《奇人奇迹》，介绍的是朱彦夫办图书室为乡亲们服务的事。他问：

"这是咋回事？谁搞到报纸上去的？"

那青年帮他找了一阵子，最后在文章的末尾看到三个字，便说："这可能是人名，我认不下来。"

朱彦夫仔细一看：新华社记者张敬春。

他心里老大不高兴，为乡亲们办事，这还没有什么成绩，就到处登报宣扬，不叫人家笑话吗？

但不论朱彦夫怎么想，他的事迹在全国引起了反响。每天都有大批全国各地的来信汇集张家泉村,除了赞赏朱彦夫外,都有一个共同的要求,就是要求他亲笔回信。

面对这些,朱彦夫心里总是这样想:我一定好好干,等干好了再说吧!

从此,他的图书室更红火了。知情的人都清楚,朱彦夫为此付出的代价太大了,仅每天大家走后,他用残臂夹笤帚、用嘴咬书打扫卫生和整理图书就需要三个小时!

其实,经历了战场上的生死之后,又经历了医院里的炼狱般的痛苦,苦和累,朱彦夫已经没有什么概念了。只要是为乡亲们服务的事,只要是对村里有利的事,他就会冲到前边去做,这似乎已经成为他的本能了。

外甥街头奇遇记

为了村里，为了村民，朱彦夫经常干出让人难以置信的事情来。你虽然解释不通，但他就是真真实实地做出来了。

朱彦夫与外甥的一次奇遇，是一个令人心酸不已的故事。

朱彦夫为张家泉村耗费过多少心血，流了多少血汗，办过多少事，连他自己也说不清楚了。

为结束张家泉村不通电的历史，朱彦夫绞尽了脑汁，费尽了心思，演绎出一些令一般人难以相信的故事。

那时候，"文革"进行正酣，极"左"口号撑破天，经济发展却十分落后，由于企业生产不正常，架电用的材料奇缺，但这并未难倒朱彦夫。他一方面利用被邀请出去作传统报告的机会向人家提要求，一方面打听到自己的老战友再去联系。打听到哪里有料，他就赶到哪里。那时是计划经济，哪有多出的东西给他？他便求情托面子，遭到人家白眼只是笑笑，根本不往心里去。一个身体正常的人，如果独自挤火车，爬汽车，排队买票，找旅馆，千里迢迢求人办事，也是件从身体到精神都很疲惫的事，朱彦夫作为一个四肢残缺的特残人，他要经过多少艰难呢？

在酷暑如蒸的夏日，朱彦夫身上的汗流下来，将假肢下的解放鞋都湿透了；在寒风刺骨的冬天，他的残腿一次次失去了知觉。在一个个城市的马路上，在一座座高楼的阶梯上，在一趟趟列车的通道上，朱彦夫拖着那与身体极不协调的假肢，摇摇晃晃地奔波着……

到底摔了多少个跟头？他不记得了；到底磨破了多少次腿？他不记得了；到底摔伤过多少地方？他不记得了。为了拉电，他总是这样地跑、跑、跑……

有一次，由于路上误了车，加上他又患着重感冒，直到半夜才赶到一个单位的办公楼前。他倚着双拐坐在人家办公室门口，直到第二天十点还没有人来，他忽然想起，这日是星期天。

高烧、头晕加上饥饿，下楼梯的时候，身子一下失去了平衡，从十几级楼梯上滚了下来。待他清醒过来时，发现一根拐杖和一只假肢甩在了楼梯上边。没办法，他抹了一把脸上的血，忍着剧痛，四肢着地一步步爬上去，拿上拐杖、假肢后又一步步爬下来。待他绑上假肢支撑着走出来时，已是下午两点多钟了。

有的人对他不理解："身子残成这样，还去受那个罪干啥？你看老朱办的那事，是人遭的罪吗？"

还有人说："他就像个铁打的人似的，枪子打炮弹炸，无数次地摔，可身子还是硬邦邦的，脸上总是笑呵呵的。"

朱彦夫说："只要你想到这是尽一个共产党员的义务，多大困难也不怕；只要你是为老百姓办好事，心里总是甜滋滋的！"

朱彦夫出发的程序是这样的：村里人把他放到手推车上，推到十几里外的车站，他再绑上假肢，让别人扶上车，在外边的事别人就别管了。回家时，他先打个电话，村里人再去车站把他推回来。只要他出去五天以上，推他的人会明显感觉到他身子比走时轻得多了。单凭这一点，朱彦夫在外受的辛苦、受的劳累就可想而知了。

每次送他走的时候，推车的人总有点不放心，但朱彦夫总是笑着挥一下残臂说：

"回去吧！不用牵挂我，大难不死的人，走到哪里都会福星高照的。"

朱彦夫就是这样，先后去过省城、青岛、东北、陕西、上海……谁也想象不到，像他这样一个四肢皆无的人，一路上会遇到什么样的困难。但他却从没向村里人和家里人谈起过在外边受的罪。当人们关切地问起来时，他总是一句话：

"没啥，很好。"

"你这样的身体出远发，难道就不受罪？"

"血里火里泡过一次，枪林弹雨走过一遭，这点苦累算什么？"

不论什么时候，谈起苦和累，朱彦夫总是淡淡的。

有一年夏天，朱彦夫到博山城里采购电料。他想，到博山才一百多里路，晚去一会儿也不要紧，所以，他先去果园看了一下灭虫的情况，然后才启程。谁知车在松仙岭坏了，一修就是几个小时，赶到博山时，已经是夜间了。

他挂着双拐，在街上来回走了几趟，有数的几个旅店早已住满了人，最后，他来到一个小旅店前站住了。

"同志，还有房间吗？"

值班的人一看这个满脸汗水又挂着双拐的人，竟怀疑起他的身份来："你是干啥的？"

"为村里搞采购的。"

"我们这里住宿需要介绍信。"

"同志，我走得急，没带上，让我住一宿吧，我是残废军人。"

"不行不行，没地方了！"说着，连推带搡，把他赶了出来。

朱彦夫出来后，又饿又累，实在走不动了。他艰难地挪到路边的一个屋檐下，躺在水泥台阶上，解下假肢枕在头下，用残臂挑开包袱，拿出煎饼吃了起来，吃着吃着，竟迷迷糊糊睡了过去。

忽然，他闻到一股腥味，当他睁开眼睛时，发现一只野狗站在他身边，用爪子扒着他包煎饼的包袱，龇牙咧嘴地看着他。

朱彦夫吓得出了一身冷汗，挥动着残臂，好不容易才将野狗赶走。

晚上，散步归来的市民们经过朱彦夫身边时，差不多都要说几句感叹的话。

有的说："看这个要饭的，真可怜人哪！"

有的说："这肯定是个无儿无女的老绝户！"

可又有谁知道，这位蜷缩在路边、忍受着蚊虫叮咬的"可怜人"，竟是我们曾经热烈崇拜过的"最可爱的人"，竟是我们共和国的功臣，竟是我们人民心目中的英雄，竟是一位为群众采购光明的农村党支部书记啊！

这时，有一位匆匆经过朱彦夫身旁的人，走过去以后，突然又折回身来仔细端详起他来。朱彦夫下意识地摸了摸盛煎饼的包袱。这时，他突然发现面前的人有点眼熟，定睛一看，原来是他的外甥。

外甥不解地问："舅，你这是咋了？是不是……"

外甥怀疑是朱彦夫家里闹矛盾了，或者是和村里人闹矛盾了，要不，他躺到百十里外的大街上干啥？朱彦夫也看出了外甥的疑惑，笑了笑说："没啥，我为村里采购东西来了。"

外甥埋怨他："像你这样缺胳膊少腿的残疾人，不在家里好好待着，出来受这份罪干啥？"

"我不受这份罪,群众就享不上福啊!"

朱彦夫一句话说得外甥差点掉下泪来。他看到朱彦夫残肢上被蚊子咬了一层疙瘩,就一边为他赶蚊子,一边将他搀起来,扶着他一步步向家中走去,第二天又帮他买齐了所要的材料,并亲自把他送回村里。

说出来也许有人不相信,朱彦夫就是这样挂着双拐,拖着假肢,前后跑了七年时间,行程达两万公里,十公里的架电材料终于备齐了,张家泉村终于出现了光明。同时,沿线的十几个行政村,也通过这条干线结束了无电的历史。

村里人们说,朱彦夫为村里架电,经历了唐僧取经的九九八十一难。

朱彦夫却说:"只要能为大伙办点好事,再经一次八十一难我也在所不辞!"

在一个家家户户灯火通明的晚上,村里许多人都看奇事似的望着电灯泡不睡觉,老人们怎么也搞不清电灯泡是怎么点着的。许多人拥进朱彦夫家里,向他表示感谢。可是,朱彦夫哪里去了?

妻子陈希永摆摆手,让大家小声点,顺手指了一下黑洞洞的里屋,只听里面传出一阵阵如雷的鼾声。

人们明白了,朱彦夫太累了,为了全村用电,他已经很长时间没睡上这样一个好觉了。

第二天一起床,朱彦夫把他的外甥叫了来,给他斟上一壶酒,着实地感谢了他一番。

外甥临走时,把妗子陈希永拉到一边,悄悄地说:"以后一定要把舅舅看好了,不要让他出去乱跑。他身体那样,一旦再有个三长两短,谁担当得起呢?外边跑的事儿,只要我有空,都交给我就是了!"

朱彦夫还是听见了,只是"嘿嘿"笑了笑。

犟牛钻进了赶牛沟

一连几天以来,朱彦夫都在盘算着,激动着,并且暗暗地为他的打算做着准备。

大清早,村口上走出一个人影,一闪不见了。

山里的黎明是寂静的,万物似乎醒得特别晚。山村里,树叶掉到地上的声音,老牛翻身或甩尾巴抽打身上的声音,都听得非常清楚,偶尔传来的懒洋洋的鸡啼,更反衬出山村充满温馨的宁静。

那人影就是朱彦夫。

鸡叫头遍他就睡不着了,他一边想着村里的山水,一边用残臂在被里上写着"赶牛沟——金地沟——腊条沟"这些地名。他在想,张家泉村的地太少了,地片也太小了。有的一块地只有巴掌大,种几棵高粱就满了。能不能像大寨人那样,造点成片的土地呢?想着想着,他竟然兴奋起来。他悄悄爬起身,绑上假肢,轻轻地出了大门。

黎明前的山路灰蒙蒙的,像一条藏在草丛里的绳子,朱彦夫仔细辨别着路上的石坎和沟沟,又在"笃笃"声的伴奏下向南山走去。走到半山腰时,路更陡了,假肢没有感觉,着力不均匀,每迈出一步都很难,断肢处也被磨破，每一步撞击，都疼得心里一抖一抖的。

实在走不动了，他便坐在地上，干脆卸下假肢挂在脖子上，然后四肢并用，一步一个血印地往山上爬去。

太阳跃出地平线的时候，朱彦夫刚好爬上山顶，他用残臂抹抹汗，坐在地上直喘粗气。看到胳膊肘和两膝上渗出血水，他便趴下身，粘上些干土吸一下，以减少鲜血流出。

借着早晨的霞光，朱彦夫巡视着张家泉的山水。由于有三条大沟穿过村庄，因此农田被分割得七零八落。由于地块小，坡度大，土层又浅，贫瘠得实在不能再贫瘠了，只能种些单季作物。因地块小没有水浇条件，只能靠天吃饭，产量低而不稳，有时连种子也收不回来。乡亲们年年吃不饱肚子，细粮就吃得更少了，有时连请客也吃不到细粮，歉收的年份，队上分细粮时只好用瓢量开。

凉风吹干了汗水之后，朱彦夫把目光盯在村东边的"赶牛沟"上。这条沟其实是条季节河，夏日里大雨走山洪，小雨走流水，其他季节则是牛羊专用道了。一千多米的"赶牛沟"，两边是高高的大岭。朱彦夫由此想到了鸭绿江大桥，想到了朝鲜长津湖边的一些小桥……

能不能利用这一原理，把"赶牛沟"全部棚起来？

想到这里，他高兴起来，他要马上下山，把这想法告诉村里的领导。为了加快下山的速度，他还是把假肢挂在脖子上，坐在路边的草丛里，用双拐点着地，向村里滑了下去。

小村的上空笼罩着炊烟，家家户户飘出新粮食的香味。当别村的人们还在早饭桌上抽烟的时候，张家泉村的全体邻居和村民已经聚集在会议室里了。

朱彦夫看看人来齐了，在桌子腿上捻死烟头，在桌上摊开他刚才等

人时画的草图,向大家一五一十地讲起他的方案来:

"'赶牛沟'是块好地方,两边有取不尽的土层。我们能不能用石条将沟棚起来,上面垫上大半米厚的土,变成粮田。上边种地,雨季水从下边流。这样,咱村可就有块最大的地了……"

还没等他说完,下边就嚷嚷开了:

"这下咱村粮食产量可大翻身了!"

"我看是麻雀叼蒜臼子——头沉!"

"事是好事,可咱村就这百十号劳力,工程量又这么大,能干得了吗?"

朱彦夫给大家鼓劲说:"你们想想,就是咱这些人,能打出三眼大口井,外村的人也不相信,咱不是干出来了吗?我看,关键是咱们当官的有没有为人民服务的信念,我们的老百姓有没有为子孙造福的信心!"

这时,不同意的人少了,可担心的却大有人在。有人小声嘀咕:"跟着朱书记,上山下海咱都敢,要万一干不好,岂不是劳民伤财?"

朱彦夫听了这话很不高兴,他拄着双拐站起来说:

"怕什么?我这个缺胳膊少腿的残废都不怕,你们怕什么?天塌下来有地接着,地长上来有天挡着!"

当最后一场秋霜下过之后,张家泉村整治"赶牛沟"的队伍出发了。朱彦夫拄着拐杖走在前头,后面是村里男女老少组成的队伍,一个小队一杆旗,鲜红的旗上写着金黄的大字:"愚公移山,改造中国。"

沟底棚顶的那天,忽然下起了大雪,气温骤然降了下来。雪落到脖子里,化成水又流到棉袄里,里外都冷得要命。

朱彦夫拄着双拐在雪地里指挥着。当他清点人数时,竟发现少了几个人。经人四处寻找,终于从刚砌好的山洞里,找出三个正在避风取暖的小青年。朱彦夫气不打一处来，点着他们的头数落开了：

"你们睁开眼看看，工地上有比你们老的，也有比你们小的，就数你们心眼多？就数你们身子骨娇贵？他们为了谁？我为了谁？要是为了自己，我早回休养院享清福去了。好，今天你们不愿干，我自己干！"

说着，他竟然将双拐一扔，跟跄着脚步，用残臂搬起块几十斤重的大石头，摇晃着向沟底走去。

几个青年人一看慌了神，纷纷跑过去拉住朱彦夫，让他休息，然后每人扛起块百十斤重的石头，"咚咚"地走向沟底。

可朱彦夫并没休息，一直到残臂被石头磨出血来，他才在乡亲们的劝说下拄上了双拐。

那时，有句口号是这样的：

拼拼拼，干干干，

干到腊月三十不歇班，

初一吃了饺子接着干！

张家泉村的人将这句口号变成了行动。搬动两万土石方，一千三百多米的暗渠硬是这样砌起来了。

第三年6月，在"赶牛沟"上面，四十多亩平展展的良田里，金黄色的麦浪随风起伏，一阵阵动听的歌声，从护麦人的口中流出：

人人（那个）都说哎，

沂蒙（那个）山好，

沂蒙（那个）山上哎，

好风光啊——

乡亲们指着这大片麦浪说："'赶牛沟'里要不是有朱彦夫这头犟牛，这里不知还要荒几辈子呢！"

队上分新麦的第二天晚上,朱彦夫家收到一篮子雪白的馍馍……

看看这篮子白馒头,朱彦夫眼眶湿润了。他知道,他为村民们呕心沥血,村民们并没有忘记他,这让他心里觉得踏实。但是,这点可怜的土地,又能打多少粮食呢?分到每家每户,又能分到多少呢?一下子就给我送来这么多,人家吃什么呢?

他挎起篮子,向大门外走去……

梭背岭翻车

朱彦夫是个闲不住的人,新点子总是在他心里层出不穷。要不然,村里怎么一年比一年好呢?

夕阳落山已经好久了。

暮霭渐渐从山中升起,笼罩了村庄、山峦和田野,天地万物都融在一种虚无缥缈的境界里了。归栏的老牛"哞哞"地叫着,收工的手推车"吱呀呀"地响着,爹娘唤孩儿回家吃饭的声音长长地飘出村外。

在"腊条沟"上边的小山坡上,有一个暗红色的火点在一明一暗地扑闪着。那是朱彦夫蹲在堰边上抽烟。

他已经在这里蹲了十几次了。他像泥胎似的,待在那里一动不动,一蹲就是大半天。家里或队里的人只要找不到他,来这里肯定一找一个准。

很多人不解,有人想问,更多的人是不想问,因为朱彦夫的新道道太多了,问了自己也记不住。

那么,朱彦夫在这里干什么呢?

这个不安分的人,肚子里又有新点子了。

张家泉村是个处在沂蒙山深处的小山村，周围群山环抱，前有南珠山，后靠红崮山，东临油篓崮，西接石草关，远不足十里，近不到百步，却有近千亩的荒山。有的山头光秃秃的，有的山头野草成片，有的山头荆棘丛丛，可就是没有几棵正儿八经的树木。老辈里人说，张家泉村的地脉不好，周围的山上不长树，甚至有人指名道姓地讲了一个多少年来流传在这里的故事：

早年间，有个秀才赶考经过张家泉村，贫病交加，奄奄一息，便住在了村西南的龙王庙里。山村的人淳朴厚道，将他接回家来精心调养，不几日就好了病。后来，这人考中并当了高官，发誓一定要报答张家泉村的人。可村里人生性慷慨，坚决不接受别人的馈赠。后来，实在推辞不下了，村上族长说，你在村周围的山上给我们种上树吧！这样我们村上的子子孙孙都能记住你的恩典。这人一听大喜，即命手下召集人马，一时间便在山上栽满了树。谁知第二年开春时，山上的树一棵也没活，只有山下沟边遗落的一棵树苗成活了，到现在长成了一棵大树。

但朱彦夫不信这个邪。山上的荆棘和野草都呼呼地长，为啥不能长树呢？传说终归是传说，科学毕竟是科学，我们是唯物主义者，信的是科学！

聪明的朱彦夫并不蛮干。有一天，他来到山下人们传说的那棵大树旁，挂着双拐围树干转悠起来。这棵树长在三面有坡的一块凹地里，山上的雨水流下来都汇集在这里，使这棵树有了得天独厚的水分，才长成了参天大树。

噢，诀窍原来在这里！

如果那个古老的传说是确有其事的话，那么山上树苗死亡的原因并不是地脉不好，而是管理不好，缺乏水分所致。

得到结论后，朱彦夫高兴得差点跳起来。第二天，他就迫不及待地让人用三轮车拉着，到外村绿化得比较好的山头上转悠去了。半个月以后，比原来黑了瘦了许多的朱彦夫，又把自己关在屋里，用残臂夹着笔在一张烟盒皮上写写画画开了。

几天后的一次村民大会上，他宣布成立林业生产专业队，他要让荒山变成宝山，让穷山变成富山。

当天晚上，有一位和他沾点亲戚关系的老人敲开了他的门。那人开门见山地说：

"彦夫啊，不是我给你泼冷水，栽树这活儿太冒险了！你打井你治地，我都是举双手赞成的，可这栽树，我怕打不着狐狸惹一腚骚，坏了你的好名声啊！"

说着，他还举出了例子：刚建国那几年，政府也发动过上山栽树，树苗不要钱，张家泉村的几个山头上也栽了几大片，可是没等开春就全死了，被人们拔回家当柴火烧了。

朱彦夫说："谢谢你的关心。可你知道过去栽树为什么不活吗？"

"还……还不是地脉不好？"

"你错了。那是管理不好。咱们村人的脑袋，该用科学武装武装了。"

林业专业队按着朱彦夫的规划，本着合理规划、科学治理的原则，用了十几年的时间，山顶上全部栽上有利于水土保持的松树，山腰里种满了花椒等经济林，将漫山遍野疯长的酸枣树嫁接成大枣，所有的堰边都栽上了桑树。

如今，张家泉村的山上，松柏树翻着墨绿色波涛，花椒树清香四溢，鹅黄的枣叶里摇曳着红枣点点，用青翠欲滴的桑叶喂的桑蚕，蚕茧早已销到国外……

村上的人说："不是山脉不好，是咱们头脑不灵，技术不精，还是彦夫行啊！"

朱彦夫的特点就是：不能满足于小胜，而要追求成绩卓著的大胜。

他有他自己的想法。他说，植树造林，绿化祖国，造福后代，这是我们应该干的，可咱们也不能傻乎乎地等啊！等到猴年马月，还有咱们的事吗？我们要注重当前的收益，要不然，大家没了劲，植树造林会变成一句空话的。这天，为了规划村北小山上的四十亩果园，他又和大家一起向山头爬去。刚爬到山腰时，一丛荆棘挂住了他的裤脚，他使劲一扯没能抬起腿来，身子一歪倒在了荆棘丛里，就势顺坡滚了下去。

待大家拉住他时，他的衣裤全部被棘针挂破了，脸上和头发里渗出一层血珠，帽子和墨镜早已不知甩到哪里去了。

大家把他抬到一块平地上，一边给他擦着血，一边帮他解假肢。他喘着粗气翻过身来说：

"不能解！"

"你还想上山？"

"我们为什么来的？不上山干啥？"

有位村干部知道朱彦夫脾气倔，劝说根本没有用，便和他商量说："这样吧，你实在愿意上，俺们也不强拦你，不过，你得让俺背你上。"

朱彦夫笑了笑说："本来我是和你们一起为民造福的，我咋能不干活还当你们的累赘？"

大家稍休息了一会儿，又继续上山了。

一个初春的早晨，朱彦夫又要出远门了。

他借了一辆脚蹬三轮车，让人拉着上了路。因为他要去的地方是山里的一些苗圃，那里又不通汽车。他想多转几家苗圃，拣最便宜的树苗买，能给村里省几个算几个；他要挑最好的品种买，让村里的男女老少吃到最好的苹果。

下午，买树苗回来时，蹬车的人让朱彦夫坐在车厢前边，树苗放到后边。可朱彦夫怕把村里人血汗钱买来的树苗磨坏，执意要将树苗放在前边，他自己坐在车厢的最后边。

山路崎岖，陡坡又多，每当车子颠簸或拐弯时，朱彦夫就下意识地用残臂将树苗护住，生怕损坏半棵。

当车子走到梭背岭时，路更险了。

突然，散落在路上的石头使车子狠狠颠了一下，还没等他们弄清怎么回事，连人带车和树苗，一下子翻到两米多深的沟里了。

骑车的小伙子这下可吓坏了，他什么也不顾，从地上爬起来，一步蹿到朱彦夫身边，两手紧紧将朱彦夫抱起来问道：

"都怨我，都怨我，不要紧吧？"

朱彦夫火了，他用拐杖"啪啪"地敲着车子说：

"你这个笨蛋，管我干啥？一个大活人还能摔死？快去看树苗！要是折断一棵，看我怎么和你算账！"

小伙子慌忙翻过车子，他在上边拉，朱彦夫在沟里用拐杖撑，好不容易将车弄到路上，然后又一把把将树苗抱上车子。

朱彦夫上车后，没看自己的伤，也没擦脸上的土，而是用残臂拨拉着树苗，一棵棵地仔细察看。当他看到树苗一棵也没折断时，自己才"嘿嘿"地笑了起来，然后歉意地对青年人说：

"小伙子，原谅我刚才的态度，这树苗是用咱村人的血汗钱买的，我是心疼啊！"

小伙子说："大叔，我理解你，等咱吃上了苹果，再想想今天，会咋样?"

说罢,两个人哈哈大笑起来,笑声惊飞了路边枝头的小鸟……

当满山的苹果花白得像雪片似的时候,当满山的红苹果像娃娃的笑脸一样的时候,朱彦夫的身体却更差了,视力也更弱了……

用生命换来的水井

张家泉是一个十年九旱的地方。用滴水贵如油来形容，一点也不过份。村里祖祖辈辈盼水，却是年年月月缺水。

那年的天太旱了。

一连几个月不下雨，坡地里扒下半尺深还不见湿土。地里的玉米叶子拧成了绳，谷苗早就被晒干了，一点火就会着起来。树上的知了连一口露水也喝不上，有气无力的叫声比原来小多了。原来能多少见点水的"赶牛沟"，连沟底里的石头也被太阳晒得热辣辣的。

庄稼眼看就要绝产了，连人畜吃水也发生了困难。

朱彦夫看在眼里，急在心里，他下决心要带领全村人打井，解决这个千万年来没解决的问题。

恰恰是这眼井，又引出了一串串动人的故事来。

在张家泉村西南方向的山坡上，有一座不知建于哪个朝代的小庙，人们说是龙王庙。传说龙王是管水的，这话似乎不假，就在这座龙王庙的旁边，有一个不大不小的泉眼，别看这股泉水不大，可一年四季没有干的时候。朱彦夫来这里转悠了多次，有时在泉水旁一坐就是大半天，人们知道，他又在打这泉水的主意了。

有一天，朱彦夫起了个大早，招呼也没打便挂着双拐出门了。他艰难地翻过几道山梁，往返十几里路，请来了一位水利专家，要人家在这里实地勘察一下。经过专家测定，泉水附近可以打井。之后，他又让村上人用小推车将他推到汽车站，他坐上汽车奔波百余里，去县水利局请技术员来定了位。

张家泉要打井了！

消息传出后，有人支持，有人反对，有人说风凉话：

"咱村里只要有了水，就快富起来了！"

"祖祖辈辈不都是这样过来的？冒这个险，出这个风头干啥？"

"无所谓，有水就喝，没水就散。"

这些议论，朱彦夫听了从不往心里去。他想，听到蝼蛄叫还能不种豆子了？再说，农民是不见棺材不落泪，不见兔子不撒鹰。等打出水来，他们受益了，也就支持了。

可是，有一种议论引起了朱彦夫的警惕。

有一天，他听到村上两个老婆在树下议论，

"龙王庙可是咱村的风水。那年躲土匪，咱村一个人没死，听说就是龙王爷显了灵。"

"要在龙王庙旁打井，不就破了风水吗？"

"人家朱彦夫是党员，还怕这些？"

"他没胳膊没腿的怕啥？可不能害了咱们！"

朱彦夫听到这些话后，挂着双拐来到龙王庙。他发现龙王庙也变样了，最近以来烧香烧纸的特别多，甚至有人来磕头，嘴里还念叨着什么。

晚饭时，朱彦夫还没吃完，妻子陈希永便笑着问他：

"龙王庙的事你听说了吗？"

"啥事？"

"前村的一个风水先生前天晚上亲眼看见的，说龙王爷每天晚上显灵，说张家泉村要是掘了他的宝泉，全村就要遭灾，带头的人不得好死！"

"你听谁说的？"

"满街上都传遍了，你当书记，别人不敢让你知道。"

朱彦夫听罢，心里打开了小鼓：在这深山的小村里，迷信思想不可低估，如不及时戳穿坏人的把戏，打通群众的思想，这井可不好打下去。沉思再三，他决定夜访龙王庙。

恰好这是个月明星稀的夜晚。由于干旱的淫威，淡淡的月光也显得燥热，令人心烦意乱。尽管晚上凉了些，可庄稼叶子依然拧着，摸一把热乎乎的。

朱彦夫拄着双拐一步步挪到龙王庙里，一屁股坐到石供桌上，点着烟抽了起来。他天生不信邪，今晚他倒要看看，龙王爷到底什么样，究竟显了什么灵。

月儿正南的时候，他真有点忍不住了，小庙里的闷热还不要紧，关键是闻风而来的蚊子。山里的蚊子个儿特别大，飞得特别快，而且特别多。刚轰走一群又飞来一群，趴到身上就咬，一口一个大疙瘩。叮到别的地方还能忍得住，一旦叮到截肢的伤口上，钻心般疼痛。

为群众找水的目标鼓舞着他，战场上铸就的钢铁般的意志支撑着他，朱彦夫毫不退却，困了就枕着双拐迷糊一会儿，蚊子咬得厉害了就拄着拐杖走一圈。

月儿偏西了，浓重的露水使他感到了清凉，他的心情为之一振：哪有龙王的影子？

第二天的群众大会上,他以亲身经历揭穿了坏人的把戏,群众的情绪被鼓动起来,纷纷报名参加打井队。

龙王没显灵,张家泉的人们却要显灵了。

朱彦夫的两只伤腿,由于截肢的缘故,一直是软软的,可在这年深冬的某一天,竟突然硬了起来。这是为什么?这里有一段令人柔肠百转的故事。

这是一个大雪纷飞、滴水成冰的冬日,刚被抬回家的朱彦夫,硬是撞开门,又一拐一拐地赶到了打井工地。

这可是个要命的节骨眼儿了。如果这口井今冬打不完,明年开春一冻一化,非坍下来不行,张家泉村的家底可就砸进去了一半。

井里出水了,乡亲们两脚踩在泥里挖着。水越来越多,但村里没有抽水机,朱彦夫二话没说,拄着拐杖去了邻村。望着山路上他那一蹿一蹿的身影,乡亲们心里一阵阵难受。

抽水机终于借来了,朱彦夫安排人装好,自己便毅然顺着斜坡下到了井底。在井底里,他用一双残臂夹着一把草秆,每上一筐泥,他就放下一根。攒到一定数量后,他便招呼着大家换班。看到朱彦夫这样的残疾人站在泥水淋淋的井底下,乡亲们忍不住了,但又都知道他脾气倔,你要说照顾他,叫他上来,他非和你急了不可。于是,大家商量了一下,决定把他骗上来。生产队的队长说:

"朱书记,公社里叫你去开会!"

"什么会?"

"好像……大概……是什么会来?"

"骗鬼去吧!整理不完井底,谁也别想让我上去,除非我不行了被抬上去。"

大伙没辙了，只好更加起劲地干。

朱彦夫一边数着草秆，一边调度着人马，还一边处理着出现的突然情况。他挪动着双拐，挥动着残臂，在井底下来回走个不停。数九严寒，哈口气胡子上都结霜，朱彦夫双腿的截肢处磨得生疼，又冻得生疼。可不一会儿便由疼变麻，逐渐没什么感觉了。

趁着换班的时候，朱彦夫想卸下假肢休息一会儿。他的假肢每隔两小时就要卸下休息，否则残肢的创面与假肢相磨，一会儿便鲜血淋漓。可是，今天他绑着假肢已近十个小时了。

他躲在一旁解着假肢，往常十来分钟就解下来，今天是咋了？假肢硬邦邦的，和残肢连在了一块，任他用牙咬，用残臂砸，甚至使劲往井壁上磕，假肢就像长住了一样，怎么也卸不开。

乡亲们发现了，纷纷围上去帮忙。待仔细一看，大家都惊呆了：原来，井底溅起的泥水，加上腿上冒出的汗气，混合了断肢创面上磨出的血水，把假肢和断肢冻在一起了。

朱彦夫，又经历了一次250高地。

乡亲们流泪了。一位老人抱着朱彦夫的双腿放在自己的胸膛上，哭着说：

"你回家不行吗？这寒冬腊月的，棒小伙子也撑不住冻啊，何况你这重残在身的人？你坐在炕头上，由我们来回跑着，给你说说，通通气，你在家里指挥不就是了。求求你，听俺这一次吧！"

看着这位为保家卫国失去了四肢的功臣，为乡亲们造福而遭罪的支书，人们纷纷脱下棉袄，盖在朱彦夫的腿上。

朱彦夫说："你们这是干啥？我病了，不能干活，你们再冻坏了，这井还打不打？"

几位老人在一旁老泪横流：都到这分上，朱彦夫想的还是村上的事情，竟一丝一毫不想自己……

朱彦夫使劲砸了一下自己的腿，叹了口气说："唉，我这不争气的腿！其实，我心里也不好受。我说大伙，咱还是少流点泪水，甩开膀子加劲干，争取多出点泉水吧！"

这时，几个青年冲下井来，没等朱彦夫反应过来，背起他便向村里跑去。

太阳快要落山了，天色渐渐暗了下来。

在院外忙活了一天的鸡们，因大雪盖地而没刨到多少食，怀着沮丧的心情归巢了。叽叽喳喳的麻雀们，在树枝上议论着一天的饥饿，还不时地蹬下一团团雪块。

朱彦夫的妻子陈希永，也把锅里的水烧开了。当她刚要下米时，大门"呼隆"一声被人撞开了，人们背进了疲倦不堪的朱彦夫。

陈希永暗吃一惊：这老朱，准是又摔伤了！

在外边还勉强撑着的朱彦夫，这会儿精神一放松，一下子瘫倒在床上。

陈希永兑了一盆温水端到床前，用温水浸了一阵之后，才慢慢为他解开绑在身上的假肢。绑腿的绷带早已变成红色的了，血水顺着假肢已经流到了鞋里，断肢的截面更是血肉模糊。

陈希永一边流着眼泪，一边为他清洗残肢。她暗暗寻思：这次一定要让他休息几天了，要不，他这条命再也经不住折腾了。但他的脾气太倔，劝少了不管用，劝多了又惹他发火，她一时想不出好主意。

当天夜里，朱彦夫折腾了一宿。妻子也没睡着觉，与丈夫相反，一夜间朱彦夫想的是如何再回到工地，她却想的是如何阻止他回工地。

这个黑夜没白熬，陈希永终于有了好办法。

早饭后，陈希永对丈夫说：

"我今天出去有点事，你自己在家休息吧！"

这正中朱彦夫的下怀。他刚才还怕妻子把他管起来，不让他回工地呢！妻子一走，他就自由了。但他口中却说：

"你可早点回来啊！"

妻子点点头就走了。

暗中高兴的朱彦夫，这回可没算计过妻子。当妻子出门后，他便穿好衣服，准备绑上假肢去工地。这时他才发现，假肢找不到了。经过多少次战斗的朱彦夫马上意识到，肯定是妻子做了文章。

他在屋里爬了三圈，凡是能藏东西的地方都找了个遍，连床上的被窝也让他翻了两次，实在找不到了，朱彦夫沮丧地躺在了床上，用断臂砸着被子发急。

他这一躺不要紧，正好发现了秘密。

他两眼死死盯着房梁，两只假肢在房梁上搁着呢！他想，妻子可真有办法，如果放在别的地方，他一定会找到，可放在房梁上，你就是找得到，可你能拿得到吗？假肢被妻子"军管"了。

朱彦夫马上意识到，妻子并没出门，她肯定躲在院子里。他用商量的口气说：

"希永，给我拿下来吧！我不去工地了。"外边一点声音也没有。他又提高嗓门：

"你听到没有？我依你还不行吗？"

当他再次听不到反应时，一股火气忽地从心里蹿上来：

"希永你啥意思？你以为这就是疼我吗？这是什么时候，你知道吗？大井要是出了问题，你这不是往山沟里推我吗？你让我说啥好呢！"

听听外面还没有动静,朱彦夫抡起残臂,将一个碗推到地上摔碎了。他气愤愤地说:

"你不给我假腿,我今天就绝食!"

窗外的陈希永早已把朱彦夫的一举一动看在眼里,记在心里。但她今天狠了心,一定要让丈夫休息几天。看着丈夫发脾气的样子,她急爱交加,眼泪流了下来。刚想进门拿假肢,她又一狠心,一跺脚,双手捂着泪眼跑了出去。

朱彦夫彻底绝望了。他"扑通"一声倒在床上,心却早已回到工地上:水势怎么样?进度快不快?能不能在大封冻之前砌好井壁?

突然,他翻身而起,爬到墙角里,用残臂夹过一根蚊帐竿子,向屋梁上拨拉起来。

当假肢掉下来的时候,朱彦夫躲闪不及,一下子砸到头上,一会儿就起了一个大血包,但朱彦夫已顾不上这些了。他以最快的速度绑上假肢,又一拐一拐地出门了。

工地上,人们透过纷飞的大雪,又看到了朱彦夫那坚韧不拔的身影……

今天,是张家泉村的喜庆日子。

一大早,朱彦夫让妻子找出一身干净衣服给他换上,对着小镜子照了照昨天刚理过的发,戴上自己只有出门做客才戴的蓝布帽,又一拐一拐地出门了。

街巷里,男女老少的脸上都洋溢着欢乐的笑容,连村上的小学也放了假。人们在兴奋地说着什么,等待着什么。

外村人搞不明白:不年不节的,张家泉村是啥日子?

原来,经过一个冬天的苦干,一口深六米、宽二十四米、长三十三米的大口井终于竣工了。井里的水清澈见底,凉丝丝、甜滋滋的,让人一看就心里高兴。

村里人陆陆续续来到井边,挑水桶的,提小罐的,端盆子的……

一位老人双手捧起井水,颤颤抖抖地喝了一口,仰天大叫:"要是早有这么一口井,咱张家泉村还能穷成这样?老天有眼啊,让咱村里出了个朱彦夫……"

朱彦夫看人来得差不多了,便一挥残臂,高声对大家说:"乡亲们,不容易啊……"刚说了半句话,朱彦夫就哽咽了,可能是他想得太多了,想起了艰难,想起了泪水……

"咱们能打出井,说明咱张家泉人能干,说明咱张家泉人有信心,说明咱张家泉人能拧成一股绳儿……咱们还要打第二眼、第三眼这样的井。要吃饭,不靠老天爷,不靠龙王爷,全靠我们自己!靠我们的手,靠我们的心……"

从来不会鼓掌的人们,纷纷放下手中的家什,为朱彦夫鼓起掌来。

过了一会儿,人们纷纷散去了。他们提着水回家,或做稀饭,或沏茶,要亲口尝一下自己村里的井水。

朱彦夫坐在井边,呆呆地望着井水出神。他太疲倦了,他真想睡上三天三夜,可是他不能……

当他回到村头时,路边传来一阵哭泣声。他转头一看,原来是村上一位多年患病的老奶奶,对着石头上放着一碗冒着热气的水在独自落泪。朱彦夫上前问道:

"大娘,你咋了?"

"彦夫啊,我等你哪!"

"有啥事你尽管说吧!"

"彦夫啊!你拖着残废的身体,为咱村里舍命地干,大娘心里清楚啊！大娘穷，也没啥能给你补养身子的。这是我烧的第一碗水，端在这里等你，你一定喝下去，这是大娘的一番心意啊！"

说着，她颤抖着手，端起那碗开水，凑到朱彦夫嘴边。

朱彦夫说："大娘，你还记得吗？那一年你感冒发烧，嘴唇上起满了燎泡，可你却爬到沟边用碗舀沟里的雨水喝，这是我的工作没做好啊！我作为一个党员，从心里欠着你的，欠着大家的。今天，咱有水了，你先喝第一口吧！"

老奶奶端着碗回过头去，望着村边的坟茔，自言自语地说："先祖们，我替彦夫敬你们了……"

说着，她将水慢慢地洒在了地下。她哭了，哭得好恸。

那天夜里，张家泉的乡亲们都没有睡觉。他们在高兴，为这清清的甘泉高兴；他们在盘算，有了水之后日子应该怎样过？他们在猜测，他们的老书记朱彦夫又在想什么了？

奇怪的拜年队伍

俗话说,年年难过年年过,如今张家泉人的日子好了,人们过起年来更是有滋有味了。

沂蒙山人过春节的气氛,就像山里汉子一样热烈,一样朴实,一样味道醇厚。

家家门前披红挂绿,最耐人寻味的是那大红的春联。有的寄托了一种企盼:"忠厚传家远,诗书继世长";有的说出一种吉祥:"一夜连双岁,五更分二年";有的道出一种热烈:"家家辞旧岁,户户乐新春"……其次是空气里那种炸年货的香味,弥漫在山村上空,确确实实给人一种"年"的感觉。

大年初一,刚刚放过鞭炮,朱彦夫家来了一支奇特的拜年队伍。

这支队伍中,有男有女,有老年人,有青年人,还有互相不认识的人,他们是怎么走到一起的?

原来,这些人都是受过朱彦夫周济和帮助的人。

前些年,朱彦夫家人口多,上有老,下有小,负担重,日子过得很紧巴。可他不但从不向组织伸手要照顾,反而处处帮助困难群众。有的农户粮食不够吃，他就把自己的粮食借出去，说是借，却不让人家还。国家每月供给他一斤白糖、一斤红糖，村上生孩子的、头疼脑热的，他都送去了。国家供给他的白面，他都接济了烈军属和五保户。

一天夜里，被失眠困扰的朱彦夫，服上安眠药后刚刚入睡，就被一阵急促的"嘭嘭"的敲门声惊醒了。他大声问道：

"谁敲门？"

"是我，村南二里的老寇。老朱，救命啊！我家要出人命了！"

原来，老寇家的儿子们因家庭问题打起了仗，老两口尽管气得两眼冒火，但还是极力劝架。看看实在劝不下了,老太太抓过一瓶农药就要喝。老头一看没了主意，便来找他的主心骨——朱彦夫拿主意。

朱彦夫听罢，二话没说，马上绑好假腿，拄上双拐，摸黑就往寇家赶去。路上被石头绊倒，左脸颊上破了一层皮，鲜血直流。

赶到寇家后，只见他们家里剑拔弩张，两个儿子一个操着铁锨，一个提着板凳，四只发红的眼睛对视着；母亲躺在地上，滚得满身是土，口中连声说着"不活了"。朱彦夫问明情况后，给他们讲明了道理，又亲眼看着他们一家人各自作了自我检讨，并向对方赔礼道歉，使家庭矛盾迎刃而解了。

这时，这家人没等朱彦夫反应过来，已经杀了一只鸡，把酒也提上桌来，说老朱你如果不在这里吃饭就是看不起我们。

老朱说："只要你们家庭和睦，我比什么都高兴。好了，大家睡吧！"

这时，天已过半夜，谢绝了他们的再三挽留，朱彦夫拄着双拐一头扎进夜幕里。

朱彦夫关怀村里王张氏老人的事，也一直在沂蒙山里传为佳话。

王张氏是一个不幸人。她中年丧夫，老年丧子，饱受了人间的孤独与不幸。为了使老人晚年有个好心境,朱彦夫每过几天就去看望一次,嘘寒问暖,关怀备至。有时送点面条,有时送包红糖,老人一直活到九十七岁。

老人病重之时,捎信给朱彦夫,说无论如何要见他一面。这时,朱彦夫已搬到县城荣军休养所去住了。他得到消息后,马上赶到汽车站,坐车回到张家泉村。

弥留之际的王张氏老人,已经几天不吃不喝,躺在床上不能动了。听说朱彦夫回来看她了,竟忽地从床上坐了起来,双手抱住朱彦夫的残臂,流着泪说:

"好人,好人啊!没有你,俺活不到今天啊……我活着不能报答你,死后……"

朱彦夫让她缓缓躺下,深情地说:"别谢我,谁让我是党员来?"

朱彦夫对薛文花老人的帮助,被人们誉为是"舍了肚子顾脊梁"的举动。

薛文花老人生活困难,身体也很不好。朱彦夫便经常送些钱、茶叶、粮食等帮助她。有一次,天下着小雨,朱彦夫又去看望她。到屋里刚坐下,便发现她家的房子漏雨。他马上叫人从他自己家里搬来麦秸,又请工匠为她修好。老人见朱彦夫家老小穿的都是补丁摞补丁的衣服,吃的也是地瓜面粥,禁不住热泪浸湿了衣襟。"老朱……"一句话没说出来便泣不成声了。

这时,一位修房子的工匠在屋上大声说:

"朱书记,你家的两间房子从去年就漏雨了,今天一块修修吧!"

朱彦夫隔着雨雾大声说:"少啰唆!抓紧修好下来,和我一起到全村转转,看还有没有漏雨的人家,抓紧修!"

朱彦夫关心群众出了名，甚至有口好吃的东西，他也是全村分一遍。

大女儿参加工作了，第一次领工资回家，买了一大串香蕉孝敬父母。

朱彦夫看着香蕉说："这东西好，咱村有许多人还没见过呢！你把它一个个掰开，到那几户五保老人家一人分两个，分不完咱不能吃。"

两个大一点的孩子便提着香蕉，走街串巷地分去了。

三女儿看着那串越来越少的香蕉，一口口地直咽口水，可看看爸爸那严肃得不能商量的神情，她一句话也不敢说。直到老人们分完以后，她才分得三个，没顾得扒皮便狼吞虎咽地吃起来……

朱彦夫的妻子陈希永的娘家在日照海边上，她回家探亲时，娘家人知道朱彦夫好吃咸鱼，就给攒了百十斤。陈希永回沂源时，手提肩扛地全部弄回来了。

朱彦夫一见，眉开眼笑地说："咱这里离海远，山里人都稀罕这个。给乡亲们每家都送点去，让大家尝尝。"

于是，孩子们便每人一个篮子，分片包干，给乡亲们送开了咸鱼。送完后，朱彦夫让妻子煎了一大锅咸鱼，准备让孩子们美美吃一顿。正当大家拿起筷子要夹鱼时，朱彦夫突然想起了什么，说：

"先别吃！蔡明现家谁去送的？"

孩子们放下筷子，你看我，我看你，谁也没有去送，看来是落下了这一户。

朱彦夫马上让妻子从自家的一份中拿出三条大的，让孩子给蔡明现家送去，然后才放心地和大家一起吃了起来。

朱彦夫关心群众的事太多了，他关心群众的心太细了，一点一滴，群众都记在心上。想请他吃顿饭，他根本不吃；想送他点什么稀罕东西，他更是不收。没办法，大家在一块凑了凑头，想出了这样一个主意：集合起来给朱彦夫拜年。

面对这特殊的拜年，朱彦夫很感动，他招呼大家坐下，一边让孩子给大家端茶倒水，一边笑着说：

"正好大家都来了，给我提提意见，说说明年的工作怎么干，我心里也有个数。"

大家你看我，我看你，大眼瞪小眼。这时，一个年长的老人站起来，不紧不慢地说：

"彦夫啊，你把命一半留在了战场，一半献给了村上，咱们还有啥话可说呢？"

朱彦夫感激地对大家说：

"感谢乡亲们看得起我，关心群众是党的教导，只要我们团结起来同心干，明年准比今年强。为感谢大家对我的信任，我给你们鞠躬了！"

他拄着双拐，艰难地为大家鞠了个躬。

大家的眼睛湿润了：这才是真正的共产党员！

这时，一个须发皆白的老人朝着拜年的队伍咋呼起来：

"孩子们，把带来的鞭炮全拿出来吧！咱们在朱书记的院子里把鞭炮全点上，让它能有多响就多响，我们一起为明年的日子开了好头儿吧！"

"噼噼……"

"啪啪……"

热烈的、带着喜悦的鞭炮声，在大山里久久地回荡着……

"老子打的是联合国军"

当刚听到"红卫兵"这三个字的时候,朱彦夫还着实郁闷了一阵子:这是支什么部队呢?我咋从来没见过呢?

这一年,沂蒙山里的冬天来得特别早,才刚到立冬的节气,背阴的山坳里已结了冰。"呼呼"的西北风一天接着一天,一阵紧似一阵。但是,许多人那种带着邪劲的热情,却在这个寒冷的冬天里高度地膨胀起来……

傍晚,在省城参加先进农村党支部书记会议的朱彦夫一进家门,便看到一幅奇特的景象:

屋门上、墙头上、窗户上,到处贴满了大字报。写着黑字、打着红叉的白纸,在北风吹拂下"呼啦啦"飘起来,如同坟头上的白幡,给人一种毛骨悚然的感觉。

朱彦夫走进屋里,只见屋里冷锅冷灶,一家人围着母亲在唉声叹气。朱彦夫明白了:在省城他听人说过,说是要搞"文化大革命",当官儿的要统统过一遍筛,这些,都由一种叫红什么兵的人来干。没想到,科学技术传到山村里来那么慢,可这"文化大革命"却来得这么快。真邪乎了。

"咋了？天塌了还是地陷了？别自己搞得这么紧张好不好？"朱彦夫故作轻松地说。

母亲从没当着媳妇数落过儿子，今天却忍不住了："彦夫啊！我看这势头有点不对劲，你还是别干了吧！咱们家祖祖辈辈没有当官的，你当这个土地爷官有啥好处？你这个官把全家都赔进去了，一点好处没得到，还让人家写到纸上一张张地骂你……"

"娘，我一生像孝顺父母那样孝顺国家，这个书记干了这些年，我一分钱报酬都不要，为人不做亏心事，半夜叫门心不惊，咱怕啥？"

经朱彦夫这么一说，全家人觉得轻松多了，马上张罗着烧水做饭。引火的柴火不够了，朱彦夫走到门口，用残臂夹来几张大字报递给了媳妇。他又让娘解开他的包袱，拿出他在省城买的糖块来，让孩子们到村里那些五保户老人家里去送……

夜里，朱彦夫失眠了。整整一宿，他翻来覆去，压得床板"吱吱嘎嘎"直响。他从瞒着母亲参军想到渡江、淮海、解放上海等战役，从朝鲜250高地的血战想到为村里打井、治水、治山。想了一圈，没有干过一件对不起党和人民的事，他坦然了：我上对得起天，下对得起地，中间对得起乡亲们。我朱彦夫站着是冲锋战士，躺下是铺路的石头，你们想怎么样就怎么样吧！

天刚露明儿，朱彦夫就被架在树上的大喇叭吵醒了。喇叭里重复着朱彦夫家那些大字报上的内容，这倒省下朱彦夫再费心劳神地去看大字报了，最后还喊了几句"砸烂狗头"之类的话。朱彦夫冷笑了声，心里想：有理不在声高，出水才看两腿泥，谁砸烂谁的狗头还说不定呢！我不能听见蝼蛄叫就不种豆子了。去，到果园里看看，看看越冬小果树上的稻草捆好了没有。

踏着满地寒霜，朱彦夫拄着拐杖刚到门口，两个胳膊上箍着"红卫兵"臂章的人，举起手里的红缨枪挡住了去路。

朱彦夫笑了笑说："哟，怎么打土豪时的武器也拿出来了？我又不是啥了不起的人物，还用两个卫兵给站岗？"

"走资派，你严肃点，不许乱说乱动！"

"我到村上研究工作还不行？"

"现在是'反到底'兵团掌权，没你的事了！"

朱彦夫心里好笑：臭毛孩子，你们知道一个兵团有多大？张家泉村全加起来才多少人？君子不和牛生气，好鞋不踏臭屎。朱彦夫知道和他们纠缠也没用，便退回了屋里。

干惯了活的朱彦夫实在闲不住，干点啥呢？他像一头困在笼子里的狮子，拄着双拐在屋里来回走动着，喉咙里还不时发出"呜呜"的声音。走着走着，他忽然想起了指导员，想起了指导员临死时对他的嘱托，对，现在就开始写。不开会了，不让上山察看苗情了，也不让出去访贫问苦了，正好利用这段时间写书。叫什么题目好呢？朱彦夫用残臂搓着头皮，急得长吁短叹起来。

妻子陈希永想了想说："不是有个电影叫什么《永不消逝的电波》吗？你就叫《永不消逝的磷光》、《最后死去的烈士》，或者叫《异常生命的余热》。你不是说这叫什么自传吗？这'自转'不正是说明你自己还能转动吗？"

妻子的话使朱彦夫大笑不止，这一笑，脑子一放松，一下子有词了。就写战士们在零下三十多度的战场上，怎样攻克生理极限去打击敌人，写特等残废军人在村里如何克服生理极限去带领农民们治穷致富。对，书名就叫《极限人生》吧！真想不到，一个如此有诗意的书名，竟诞生在一个正在受政治和生理打击的人的脑子里。

但是，在那场空前绝后的大浩劫中，中国任何一个角落都不是安静的绿洲。这时朱彦夫有点太天真了，因为他太相信组织了。但他却不知道，这时，上面的许多组织早已被"红卫兵"砸烂了。

一天中午，孩子放学回来，一进门便抱着朱彦夫哭了起来，他惊讶地问：

"孩子，是不是考得不好？"

"现在课都不上了，还考什么试？"

"那你哭啥？"

"学校里说你是坏蛋，同学们都不和我玩了，还骂我是小坏蛋。我放学回到家门口时，还有几个同学跟到门口吐唾沫……呜呜……"

朱彦夫的心一下子乱了，他对这场"革命"彻底不理解了。村上不生产了，来年喝西北风？学生不上课了，不又都成了文盲？好人成了坏蛋，坏蛋成了好人，这世道是咋了？

他安慰孩子说："别哭了，干屎抹不到人身上，让他们说去吧！烧了蒿子才能显出狼，谁好谁坏到时候就清楚了。来，他们不教，爸爸教你……"

朱彦夫让妻子把写的那些书稿用油布包起来，搁到屋梁上边，以防万一。因为从枪林弹雨里滚出来的朱彦夫有种预感，激烈的冲锋之前，总是有一段吓人的平静。从这天开始，他又成了孩子的教师。但他的心却始终放在村里的生产上：仓库里的粮食被老鼠咬了没有？地窖里存的地瓜坏了没有？准备来年春种的山地翻了没有……

红卫兵们知道朱彦夫是一个难剃的头。因为人们普遍对荣誉军人有一种崇敬心理，加上这些从血与火中冲出来的人，都有一股子天不怕地不怕的劲头。特别是朱彦夫，为集体差点把命都拼上了，群众很拥护他，谁也不愿意打倒他。一听说审问朱彦夫，谁也不出头。本村的红卫兵头头只好拉了外村一个头头助威，这才敢杀上门来。为此，他们开了几次会，准备了几个方案，然后才色厉内荏地向朱彦夫家杀来。为了先给朱彦夫个下马威，一进门，那个外地的头头先虚张声势地举起了拳头：

"朱彦夫你听着，你别以为你是老革命、老功臣就倚老卖老，今天先让你尝尝造反派的铁拳！"

"老子挨过地主的鞭子，尝过国民党反动派的枪子儿，吃过美国鬼子的弹皮，还就是没尝过你这造反派的铁拳。不知你的指头长齐了没有？来吧，我等着！"

说着，朱彦夫把一只残臂从胸膛上插进棉袄里，使劲一撑，扣子蹦出了老远。

这一下把来人镇住了，造反派的铁拳无力地松开了，顿时威风大减。经过短时间的慌乱之后，造反派们重整旗鼓，开始接着他们的方案审讯朱彦夫。

"朱彦夫，你到底有几条人命？"

"那年在淮海战役的战壕里，面对着蚂蚁一样拥上来的国民党兵，我扔了五颗手榴弹，又端起机枪扫了两梭子，几条人命，我没数过……"

朱彦夫说着，竟憋不住笑起来。造反派们喊了几句口号后，又审问道：

"你绝过食对不对？你这不是对抗共产党吗？"

"我是绝过食，短到两三天，长到六七天，不绝不行啊，敌人封锁得太严了。"

"你老实点！有人揭发你有反共嫌疑！"

"我反过日本的'皇军'，反过蒋介石的'国军'，还反过联合国军……"

"什么什么,你再说一遍什么联……国军?"

"联合国军!"

"好啊!朱彦夫你反动透顶!伟大的革命导师马克思教导我们,全世界无产者联合起来,你偏偏反对联合国军,凭这一条,就可逮捕你!"

朱彦夫笑笑说:"同志啊,我先给你们上堂政治常识课吧!我打的联合国军,是以美国鬼子为首的一帮残害朝鲜人民的刽子手!"

造反派们尴尬极了,喊了几句"打倒"之类的口号之后,仓皇撤退了。

晚上,女儿神秘地告诉朱彦夫:"爸爸,我听人家偷偷地说,'文化大革命'再有三天就要结束了!"

朱彦夫怅然道:"再有三年爸爸也奉陪到底!"

当时,只懂得把满腔热血洒给老百姓的朱彦夫,说什么也没想到,这场革命一"革"就是十年哪!

他一次罚站四个小时

这真是天大的奇迹！几乎所有的奇迹都是人创造出来的！

连朱彦夫自己也没想到，他装着假肢一次竟能站四个小时，令人遗憾的是，这奇迹却是在一次批判大会上创造的。

随着"文革"不断激烈，张家泉村的造反派们对朱彦夫的批判也不断提高规格，不断增加野蛮程度。

特别是外地的红卫兵，听说张家泉有个斗不服的"走资派"，竟然敢骂红卫兵，敢撕大字报，而且还有些人护着他，顿时"义愤填膺"，高唱着"砸烂一切"的歌曲纷纷赶来了。

腊月二十三，应该是过小年的日子了。由"反到底"兵团司令掌权的村子里，除了有钱买纸买笔写大字报外，哪里还有钱让老百姓过年？空气中连往年那种常有的香味都没有了。

刚刚吃过早饭，灰暗的天空中便飘起霰子，随着一阵阵的北风，霰子打在脸上生疼。但人们"革命"的热情并没有因此稍减。

在两个持枪民兵的带领下，"小将"们又来揪朱彦夫去批斗了。朱家的人看惯了这些事，也过惯了这种日子，已经见惯不惊了。妻子陈希永非常平静地给朱彦夫披上军大衣，又给他戴上棉帽，戴上墨镜，把双拐塞到他腋下时嘱咐说：

"有啥说啥，别和他们生贼气！"

朱彦夫出门时，故作轻松地对家人们说："甭担心，没啥危险，都是本乡本土的老少爷们，抬头不见低头见的，还能咋着？"

村前河边的平地上，靠街的地方临时搭起个一米多高的土台子，左右和后边用草席围了一下，上面贴满了"朱彦夫不投降就叫他灭亡"之类的血淋淋的标语，台子两边插着两杆旗，一杆上写着"革命无罪"，一杆上写着"造反有理"……

朱彦夫按照民兵的指示，坐在台角的方凳上。外地的红卫兵一下子挤过来，争着看这位威震八方的传奇般的人物，台下顿时秩序大乱。待民兵们用竹竿子敲了很多人的头之后，才稍微平静了一点。

批判大会开始了，几个红卫兵轮流念着批判朱彦夫的稿子。念了好大一阵子，除了一些吓人的帽子外，也没有什么惊人的材料可以上纲上线，人们的邪火似乎小了点。

这时，台下突然传来一阵阵激烈的跺脚声和搓手声。原来，今天天气奇冷，这些成天忙于"革命"不管生产而搞得肚里空空的造反派们，显然对这样的天气不适应，"革命"的热情又不能用来取暖，只好用这种办法来取暖了。朱彦夫坐在台上，一件绒衣、一条单裤，外加两只铁腿，尽管伤口一阵阵疼痛，却没有冷的感觉。他这个在朝鲜战场上零下三十多度里冻出来的人，这时才显出了耐寒的优势。他看看台下人们那一副副冰冷的面孔，反而觉得好笑起来：昨天还是有说有笑的庄里乡亲，今天却视若仇敌，人啊，人……

为了批判，同时也是为了取暖，造反派们喊起口号来：

"打倒叛徒特务朱彦夫！""砸烂他的关公烧饼脸！""没收他的双拐！"

严肃的"革命"的批判会成了闹剧，那些外地来串联的造反派们来了兴趣。他们早就想看看朱彦夫的"庐山真面目"，也许这就是许多造反派来的真正目的。于是有人带头喊了起来：

走资派——快卸腿！

走资派——快剥皮！

一二三——快快快！

主持会议的造反派故作姿态地征求朱彦夫的意见："你能当场卸下腿，叫外地来的革命战友参观参观吗？"

朱彦夫不屑一顾地说："如果你们感兴趣的话，你们可以拆卸任何一部分！"

这时，几个邪火中烧的造反派，猛地蹿到台子上，一把掀翻朱彦夫，把他摁到地上，又卷裤子又拉腿，摆弄了好大一阵子，有的造反派急得出了汗，可假腿还是没卸下来。

忽然，台下有人喊起来："别他娘的胡捣鼓了，革命也不能卸人家的腿！这不是糟践人吗？"

卸不动假腿的造反派们让步了："不卸假腿可以，既然它有用，必须让朱彦夫站着挨斗！"

于是，更残忍的兽行开始了。朱彦夫挺着一双铁质假腿站在了台前。外地的造反派不断拥来，各色各样的"战斗队"、"兵团"、"独立师"等组织汇集台下，真是"有枪就是草头王"。于是，批判会掀起一个个高潮。时间一直到了下午，批判会还没有结束。

朱彦夫的汗流下来了，眼睛也看不清东西了，两条残腿剧烈地颤起来，再也站不住了，终因伤口疼痛、头晕、心跳过速等症，像一堵毫无根基的土墙，一头从台上重重摔倒在台下。断了的腿又摔成了骨折！

谁也难以想象，一个没有四肢的人，靠两条假腿，能一动不动地站立四个小时，这也许就是人生的极限，也许是他多少年以后写《极限人生》的又一个动因。

这时，早就偷偷来到台下的陈希永，再也忍不下去了。她一步冲到台前，伸手把一个造反派拨拉到一边去，一边喊着，一边背起丈夫，一溜小跑地回了家。

她动作麻利地为朱彦夫卸下造反派们怎么也解不开的假腿，把他放到床上，给他盖好被子，一边给他用温水擦脸，一边嘟囔着：

"这些没人性的狗东西，就把人往死里整啊！毛主席知道了也不会让他们的！等哪天打雷，把他们一个个劈死！"这时，她发现一向非常坚强的丈夫，紧缩的眉头一直舒展不开，便问道："摔得怎么样，厉害吗？""我觉得好像腿又断了似的。"陈希永听后先是一惊，接着当机立断，用被子把朱彦夫包起来放到小车上，让二弟推着小车，她抱起出生才四个月的四女儿，向三十华里外的东里医院奔去。霰子下到地上，就像铁板上撒了钢砂子，踩上去又硬又滑，加上山路陡坡多，一不小心就会摔下沟去。他们一路上不知摔了多少跟头，才到了医院里。东里医院，他们太熟悉了，想当年他俩第一次见面就是在这里，爱情的种子也是在这里播撒的，他们至今对它还保留着温馨的回忆。可是"文革"的战火也已烧到了这里，现在已经物是人非，人地两生了。值班大夫放下正在写大字报的毛笔，接诊以后，见伤势严重，怕处理不好，自己担了风险又误了病人，就说："这里医疗条件不行，你们得去县医院。"陈希永一听脑袋就大了："去县医院？还有八十华里呢！这冰天雪地的，病人受不了啊！"

"那我们也没办法。"

"大夫，我和孩子给你跪下了！"说着，陈希永就要跪下，可那医生已被别的病人叫走了。

"走！"陈希永一咬牙，带着朱彦夫顶风冒雪向八十里外的县医院奔去。一路上的艰难自不必说，等赶到县医院时，天早已大亮了，孩子冻得在娘怀里直叫唤。

住院后，朱彦夫很憋气：我的身体，一半献给了祖国，一半留给了村里，还让我怎么样？我要是有一点私心，枪毙我也行，可他们无中生有地捏造罪名，还进行人身侮辱，上级就没人管管？说句公道话也行啊！

朱彦夫火气攻心，滴水不进。

陈希永开导他说："你是个什么人，俺心里最有数。老百姓的心是杆秤，村里人也有数。要不，造反派卸你假腿时，就有人反对吗？你不吃不喝，搞垮了身体，正得了他们的意。你打起精神，养好了身体，我和你到北京告他们去！再说，你不是经常说，村里的经济还没搞上去吗？"

妻子的一番开导，给朱彦夫泻了不少火，他开始配合治疗了。

针对朱彦夫的病情，医生给他开了泻药，上厕所的次数增多了，妻子没白没黑，一次次背着他上厕所，医生、护士和其他的病人都为之感动不已。

陪人没有床。每到晚上服侍朱彦夫睡下后，陈希永就躺在楼道里盖个破棉袄睡。就这样，她一连住了十二个晚上，直到朱彦夫出院。

又一次批判会后，朱彦夫拄着拐杖回到家，女儿关切地问他："爸爸，这次开会得了个什么奖啊？"

"爸爸得了三个头等奖！"

女儿高兴地传播去了，朱彦夫满眼泪水地看着跑出去的孩子，心情沉重地说：

"孩子……真是孩子……"

第四章　感天动地的记录者

为了战友的临终嘱托

朱彦夫是一个奇人,因为在他身上发生了许多奇事,而奇事多了,就成为奇迹了。因为他创造了太多的奇迹,所以发生在他身上的事,人们也就见奇不奇了。但是,他的确又一次让人目瞪口呆、瞠目结舌了!

因为,他要写书!

对一个斗大的字识不了八升的人来说,写一部近四十万字的长篇小说,可是比登天还难的事。

朱彦夫是个一天学也没上的人,部队上的"速成",伤残后的自学,得到的知识毕竟有限,在山村夜校里给文盲们讲讲课还可以,但是真玩起了作家们干的事,可真是有点力不从心了。

但是,朱彦夫却这样说:"为了老将军的关心,为了老战友的嘱托,我就是再坚守三次250高地,就是再死三次,我也决不灰心!这本书我写定了。"

在写作中,为了一个字或一个词,他查字典,看注释,一折腾就是十几分钟、几十分钟甚至一个多小时。厚厚的一本字典,从中查找一个字,在常人来说实在算不了什么,可对四肢残缺的朱彦夫来说,其艰难程度不亚于在朝鲜战场上坚守250高地,等到历尽艰辛找到这个字时,稍纵即逝的灵感早已跑到爪哇岛上去了。

查字典时,刚开始用残臂翻,残臂力渐不支时,朱彦夫又将脸贴近字典,用舌头一页一页地舔。一部伴随他几十年的旧式字典,被口水浸成了古铜色,有些页码已支离破碎再难使用。

有一天,他实在坚持不下去了。他放下口中的笔,刚抬起头要休息一下,突然,墙上挂的一幅照片吸引了他,他两眼盯着照片一动不动。那是原中央军委副主席、国防部长迟浩田将军来家看望朱彦夫时与他的合影。

那是一个初夏,当时还任济南军区政委的迟浩田将军来到了沂源县城南麻。解放战争时,将军在沂蒙山区打过仗。在南麻战役的攻坚战中,他负了伤,并在老乡家里养了好长时间。这次他回来,是专门来凭吊旧战场和看望救过他的老乡的。当他得知朱彦夫的情况后,立即前去看望。

迟浩田详细地询问了朱彦夫负伤前后的情况和现在的身体状况之后,关切地问道:

"你还有什么要求和想法?"

"别的想法一点没有。我只想写本书,写我,写我的战友和首长……"

"好!"

迟浩田一个"好"字出口后,激动地站起来,后退几步,正正地站在朱彦夫对面:

"写吧!把我军英勇杀敌的壮举写出来,把我们军人坚定的政治信念和无私的奉献精神写出来,把你身残志不残、为民造福、为党争光的经历写出来,一定会成为进行革命传统教育、理想信念教育的好教材!我等待着你的好消息!"

说着，迟浩田"啪"地一个立正，给朱彦夫行了一个标准的、长时间的军礼。

朱彦夫激动万分，他立即用两只残臂夹着笔，为将军写下两行大字："衷心感谢党的关心，永远不忘革命传统。"

迟浩田双手接过这幅字，半天没有说话，然后将它小心叠好，放进自己的文件包里了。

想到这里，朱彦夫顿时精神倍增：如果写不出书来，怎么回答将军呢？

又是一个天过三更的深夜，朱彦夫还在用残臂夹着笔，继续着他的写作。不知为什么，写的速度越来越慢，最后，笔"啪嗒"一声掉到了地上，可朱彦夫的姿势却一动不动，原来他睡着了。就是好人也经不住这样没日没夜地折腾啊，何况朱彦夫是个特等残废呢！

不知过了多久，朱彦夫忽然醒来，脑子里突然跳出了朝鲜战场250高地上的一幕。

战斗打得太惨烈了。朱彦夫爬过三排的交通壕时，突然听到了呻吟声。他爬过去一看，原来是指导员满脸是血地躺在地上。

"指导员，你受伤了？"

他仔细地查看了一下指导员的伤势，只见他右大腿鲜血淋漓的，胸部的军装已被炸弹皮撕裂，殷红的血水一阵阵渗了出来。

他看到指导员的嘴角在抽动，可发不出一点声音，朱彦夫两手扳住他的双肩，将他平放在战壕的斜坡上，又从石崖上砸下一块冰，用劲捣碎，一点点填进他的嘴里。指导员缓缓地嚼着、咽着……

当他看到指导员的胸口又开始流血时，便撕下自己的裤腿捂到了指导员胸口上。指导员一把抓住朱彦夫的手：

"彦夫,我的好兄弟,别包了,用不着了!"他想坐起来,但被朱彦夫按住了。

"彦夫……"指导员继续喘息着说,"我不行了,要不是你来得快,我早就完了。临死前能见到你,就像见到了亲人,见到了祖国……"

"指导员,你想多了,我们快胜利了!"

"我有个想法……"指导员的语言已经含混不清了,朱彦夫赶紧把耳朵贴到他嘴边,"一个连的消亡,在战争史上算不了什么,可你一定要想办法……把这壮举……照实写成文字,传给后代,让他们知道咱们……"

"可是……指导员,这场战斗能剩几个人不说,可咱这玩枪杆子的,不会弄笔杆子啊!"

"不,你一定要办……那样,比咱战死的价值还大。你如能办到,我也就瞑目了……"指导员吐出最后一团血块,瞪着两只大眼,紧紧盯着朱彦夫。

指导员的最后几句话,至今回响在朱彦夫的耳边,使他不敢稍有懈怠。

朱彦夫打了个激灵,头脑立刻清醒过来。他用残臂夹起另一支笔,又一笔一画地写了起来。他心里想:老首长、老战友,你们放心吧!只要我朱彦夫还有一口气,就一定要把这本书写出来!

远处的雄鸡叫了,近处也鸡鸣声声……

谁说一心不能二用?朱彦夫就能!

他一边艰难地写着书,脑子里还在想,打从萌发出写书的念头,他就知道又步入了人生的另一个苦海了。身体全枝全叶的作家们,说起创作来大都觉得非常痛苦,而对于他来说,基本上天天处在接近灰飞烟灭的痛苦之中。单单写字这一项，就是在受刑啊！他也有动摇的时候，有时候想，这不是自作自受吗？每当此时，老战友的临终嘱托就如巨雷般地在耳边响起！

自作自受，再难也要受！

三张稿纸的风波

自从踏上写书这条路之后,朱彦夫的生活发生了天翻地覆地变化。他变得不爱动了,大部分时间在静静地发呆,有时夜里突然坐起来,从箱子里翻出看不出形状的书来读。

在朱彦夫放书的箱子里,放着一些他看过的非常奇怪的书。

说奇怪,并不是书名奇怪,也不是书的内容奇怪,而是书的残相让人感到奇怪。这些书,不是缺封面,就是少封底;有的地方少了一页,有的地方一连少了几页;书角都是圆形的……几本书放在那里,乱糟糟一团,像一堆随便扔下的柴草。

这是咋回事呢?

一部长篇小说《极限人生》的创作过程,既是朱彦夫刻苦学习的过程,也是他拼命读书、苦苦思索的过程。

文学创作是一门很高深的学问,它有着自己的内涵和规律。有多少人美好的文学梦在现实面前被击得粉碎?古今中外这样的例子不胜枚举。粗通文墨的朱彦夫走到文学的象牙之塔内,顿时眼花缭乱起来。不用说结构故事、提炼主题,单是那些抽象的名词,就使他头胀得老大。

但是,知难而退不是朱彦夫的性格。面对这些专业技术上的困难,朱彦夫抱定一个主意:读书学习,从书中来,到书中去。

对一个常人来说,读书是件惬意的事情,可对朱彦夫来说,比他拖着残肢爬山还难。仅仅翻动书页这一常人觉得再简单不过的动作,朱彦夫就觉着比登天还难。

两只残臂根本没有手的灵活性。掀书页时,用残臂划几次也翻不过来,他便在臂磕上沾点水再划。水沾少了不管用,沾多了就将书页湿透了,一划便是一个大口子。他又试着用两只残臂夹书页,可脑子里又没大有数,一使劲大了,便"哧啦"一声撕下一张来。

刚开始时,往往一本书看完,也就撕得差不多了。为了保护书籍,他只好用舌头掀书页,一本书看下来,口水泡过的书页膨胀起来,像个大馒头。

就是用这种办法,就是以这种毅力,七年的时间,朱彦夫学习了《文艺理论》、《中国小说发展史概论》等理论书籍,通读了《林海雪原》、《红岩》、《东方》、《烈火金钢》、《青春之歌》、《钢铁是怎样炼成的》、《牛虻》等名篇巨著。

他读小说,一本书总是读三遍、五遍甚至十几遍,直到把这本小说的艺术特点、构思方法、人物描写、心理描写、景物描写等手法,以及在语言方面的各种特点,一一找出来,反复琢磨明白之后,才算读完了这本小说。

所以,他把一本一本的书读成烂草一团,不但不奇怪,反而令人心酸,令人敬佩了。

朱彦夫为自己选择了一个遥远而辉煌的目标,因而在通向目标的路上,布满了一道道深沟天堑,这就需要他付出毕生的心血。

一部近四十万字的长篇小说《极限人生》，要结构一个长长的故事梗概，要设计许许多多细小的情节，还要写出更多的活动在这些情节中的人物，更要将这些人物糅合进错综复杂的相互间的关系中去……

这些东西，仅凭一个人的记忆是做不到的，只有写到哪里时，翻一下前边的情节查对一下才行。哪个人物已牺牲了？哪个情节已经用过了……这些东西随时都要翻动前面的稿子才能搞清楚，但这对朱彦夫来说实在太困难了。

为了解决这个问题，朱彦夫把总的故事梗概、主要故事情节的次序、人物的出场与消失、重要语言运用的地方等等，一一写在纸上，然后让妻子用胶水粘在一起，再像装裱字画那样，粘到一根两米多长的木轴上，最后用铁钉固定在床边的墙壁上。随着写作的进程，他在床上挪动着身体，随时按次序查对。这样，情节颠倒和人物混乱的情况就少多了，写过去的东西再返工的地方明显减少，进度也快多了。

但是，由于长时间的查对和空气、煤烟的侵蚀，挂在墙上的纸开始发黄、变脆了，有的纸张甚至渐渐干裂破碎了。

一个将要下雨的午后，窗口一阵风吹来，挂在墙上的纸"呼啦啦"飘了起来，朱彦夫一看不好，连忙用残臂夹起一床毯子，挡在了透风的窗口上。

风停了，朱彦夫仔细检查了墙上挂的纸，发现少了三张。他趴到床边一看，三张稿纸落在墙旮旯里了。

当他准备爬到地下拿起来时，突然来了创作灵感。他马上收拾停当，又伏在被子上写了起来。写啊写啊，不知写了多久，视力仅有0.3的右眼实在疼得不行，他便躺下休息了。

妻子听到屋里没动静了，便悄悄进来给他打扫卫生。因为朱彦夫讨厌他在写作时别人打扰他，所以，在他写作时，家人很少到他屋里来。妻子把地上的废纸、烟头、火柴棒等轻轻扫进簸箕里，轻手轻脚地端了出来。

下午雨停了，朱彦夫起来要写下他躺在被窝里构思的情节，在动笔前，他首先想到的是墙旮旯里的那三张稿纸。从某种程度上说，那是他在文学之路上跋涉的拐棍啊！

"老陈啊，把地上那三张纸给我拾起来！"

妻子陈希永闻声进来，找了一阵没找到，认为是朱彦夫记错了。

可朱彦夫认真地说："明明是下雨之前风刮下来的，我还亲眼看见了，咋能记错呢？"

这时，妻子忽然想到她打扫卫生时扫出去的那些东西。她几步来到大门外，朝上午倒垃圾的地方跑去。可是刚才那场大雨，早将街上冲刷得干干净净了。

这下她可吓坏了，回家不好说，不回家也不行，朱彦夫肯定要发火的。她想，也说不定是落在屋里的哪个地方了。

回家后，发现朱彦夫头发直竖着，急得在床上一跳老高。她抱着最后一线希望，带领全家人从桌上找到床底，从屋内找到屋外，甚至把每本书都翻了一遍，最后什么也没找到。

朱彦夫，这个钢铁般的汉子，竟一下子瘫在了床上，一头拱进棉被里，"呜呜"地大哭起来。

妻子陈希永见朱彦夫这么伤心，一阵愧疚，只觉得泪水在眼眶里打转。她一边撩起衣襟使劲地揉着双眼，一边轻声地说：

"老朱啊，你这哪里是写书哇，你这是在摧残自己的生命啊！"

朱彦夫哭着哭着，竟憋得喘不过气来。妻子一边帮他揉胸膛，一边说：

"你哭吧!把肚子里的委屈全哭出来也许好受些。"

从此,朱彦夫屋里的垃圾中,凡是带字的纸片,不论大小,全家人都要检查一遍。

久而久之,连关心朱彦夫的邻居也开始有些奇怪的癖好了。大风刮来的时候,只要看到朱彦夫家门前刮过块破纸,他们马上捡起来,恭恭敬敬地送到朱彦夫家,问他是否有用。有时候,竟是从山上坟茔刮来的压坟头的黄表纸。

最难也难不过写书

知道朱彦夫写书的人越来越多了!

朱彦夫写长篇小说的事情传出去以后,有人说,天下的事情再难,也难不过朱彦夫写书。这话有一定道理。

朱彦夫常说:"对一个死过几次的人来说,什么困难也觉不出来了。"

他就是以这样的精神状态向人生的极限发起一次次的冲锋。

朱彦夫那狭窄的小屋里,灶中那点可怜的炉火早已熄灭,屋里仅存的一点热乎气,早让北风从门缝里掠走了。放在桌子上的那块朱彦夫擦伤腿的湿纱布,早已冻成硬石头片似的了。朱彦夫用残臂夹着笔,认真地写作着。一会儿,双臂开始瑟瑟发抖,随着抖动,写到纸上的字早已不成样子了,但他硬撑着不放下笔。随着气温的下降,他的双臂麻木了,没有任何感觉,却仍在纸上机械地滑动着。大半天之后,朱彦夫才发觉纸上没有一点字迹。这时,他便将两只残臂互相摩擦,待生出点温热来之后,再夹起笔来。实在冻得不行了,他就将两条残腿伸进被窝里,把枕头放在腿上,再把写字夹放到枕头上,不停地写、写、写……

有一天,他竟一连写了五个小时没停笔。因两臂夹笔时间太长,截面处磨得生疼，还流出了一些血汁，可他全不在乎。最后，实在疼痛难忍了，他才放下笔，把桌上的消炎药倒出两片来，再夹着茶杯将药片砸碎，然后把两臂的截面在药片的碎屑里蘸一蘸，用绷带缠上几圈后，又继续夹起了笔。

夏季来临了，小屋里连个电风扇也没有，热得像蒸笼，什么也不干坐一会儿便汗流浃背，更不用说写东西了。人们劝朱彦夫停一下，等天气转凉时再写，可他却说："时间耽误不起啊！早写完一天，我就早了却一桩心事，就少欠战友们一点感情债……"

刚刚进入三伏的头一天，喇叭里广播说今天最高温度三十八度，可朱彦夫还是钻在屋里不出来，任凭你怎么说都无济于事。

朱彦夫用残臂夹着笔，写了不到十分钟，汗水就像小溪一样，顺着胳膊淌下来了。汗水一渍，残臂创面上也渗出了血水，两股水合起来，滴滴答答，纸面上像开了花，刚写好的几行字被水一浸，什么也看不清了，可朱彦夫不急不躁，他自言自语地说：

"这半天的工夫又报销了！"接着又换上一张纸，坚持着写了下去。

这回，他换了个姿势。他先用几块毛巾裹在头和残臂上，防止汗水再流到纸上，又在笔杆上缠了一块破布，然后用口衔笔，又写了起来。一会儿口水浸透了笔杆上的破布，还没等流到纸上，朱彦夫又换成了双臂夹笔的姿势。

妻子陈希永心疼得不得了，便站在他身后给他扇蒲扇，可朱彦夫又嫌弄出的声音干扰了他，妻子只好作罢。

春去秋来，寒暑更替，朱彦夫不知换过多少次笔，不知擦过多少次汗水，不知忍受过多少次疼痛，不知包扎过多少次伤口，不知受过多少常人难以忍受的苦和累。可他总是无怨无悔。他以超常的毅力，用超人的代价，书写着这部英雄人生的大书——《极限人生》。

知识还不丰富的朱彦夫，一边吮吸着文学营养，一边进行写作。用他自己的话说：人家是春天种了秋天收，我是一边种一边收。

在他的房间里，摆设十分简单，除了一张放稿纸、茶具和药品的桌子外，还有一张床，一个书架。人在床上写作，书就放在书架上。虽然不足一米五远，但每次取资料、拿书稿，他都要装卸一次假肢，行动十分困难。为了加快写作进度，他干脆不用假肢，用双膝行走或者四肢着地爬过去。

一天夜里，朱彦夫写到两点多的时候，突然有个字不会写了。他本想明天再查字典，可有这个字挡着，下边说什么也写不下去。他便爬到书架下，伸了两次臂，还是摸不到字典。他挪过身边的一个小方凳，将它放在书架前，然后扶着书架爬到方凳上找字典。

在他刚刚拿到字典的一刹那，由于身体失衡，加上水泥地面太滑，一下子摔了下来，"稀里哗啦"的声音，将在外屋睡觉的家人惊了起来，他们一下子拥进来。

这次可摔得不轻，胳膊腿上都出了血，而且两个门牙也松动了。

大家七手八脚地把朱彦夫抬到床上，他却咬着牙一句话不说，牙缝里一丝丝地往里吸凉气。要不是疼得难忍，他是不会这样的。

"爸，你咋了？咱去医院吧？"

"我就那么娇贵？"

朱彦夫张口吐出的这句话，像一把石子一样打得女儿们目瞪口呆，一句话也说不出来。

"快给我拿过字典来！"

朱彦夫命令着。女儿一边拿字典，一边在心里打着主意：爸爸这样太累了，弄不好，连命也会搭上的，怎样才能减轻一下他的劳累呢？

姊妹几人来到外屋，喊喊喳喳商量一阵之后，又转身进了里屋。

"你们又回来干啥？"

"爸，你就别再折磨自己了！"女儿们流着泪对他说，"我们想了个办法，既能写得快，又能让你少受罪……"

"笑话，你们还都成了仙女不成？"

"爸，你口述，我们帮你记录行不行？"

朱彦夫摇摇头，心想，代替是万万不能的，难道烈士的牺牲也可以让人代替吗？

女儿们看出了他的心思，心直口快的小女儿说："爸，人家奥斯特洛夫斯基写出了《钢铁是怎样炼成的》，人家是不是英雄？"

朱彦夫下意识地点点头。

"那好，他的书就是由他口述，别人记录的。"

"我和人家不一样，人家是双目失明，而我，虽然只有一只眼，这只眼虽然只有0.3的视力，可我毕竟是有眼嘛……"

没等他说完，女儿们便拥上来帮他收拾东西，准备强迫他同意。

"你们都给我放下！"朱彦夫大吼一声，"你们以为我是在写书吗？我是在重新经历一下那些艰难的岁月，重新会一会那些死去的战友。写书是烈士的遗嘱，是老首长的嘱托，只有自己亲手写，才能表达出自己的感情，这是我的另一个战场。你们想，在战场上，冲锋能让别人代替吗？"

爸爸流着泪，女儿们也流泪了。

从那天开始，朱家的灯亮得更早了，息得更晚了，有时基本是彻夜长明。也是从那时起，朱彦夫越来越瘦了，睡觉也越来越少了……

用心将笔藏起来

朱彦夫的身体状况越来越差了。

由于他长期趴着写字,腰部的承受能力越来越不行了。他常常感到腰背麻木,隐隐作痛。每写一页纸,所承受的压力不亚于挑着百斤重担翻越一座高山。可朱彦夫从来没有退却,从来没有丝毫的胆怯。他说:"想当初准备写小说的时候,这些困难早考虑过了。要怕,还能等到现在?"

可是,不管怎么说,现实总归是现实。由于残肢的影响,他患上了高血压、心脏病、动脉硬化等。而他文化底子本来就薄,思考问题多了,头就痛得要胀裂似的,本想加快写作进度,心里一急,连想好的东西都忘光了。

创作进入后半期后,他的身体力渐不支。不是今天心脏病发作,就是明天血压升高。刚开始写时,每天只能写两百来字;中间最快的时候,每天可写六百字;可现在又回到每天两百字的进度了。

由于常年卧床写字,双腿和双臂的截肢处,常常向外流着血汁。那个伤残的左眼里,向外流的脓水也越来越多了。

有一天,家人正在院子里乘凉,忽然听见屋里"咕咚"一声响,等大家跑到屋里来一看，见朱彦夫四仰八叉地躺在地上，口里吐着白沫，嘴唇憋得发紫，仅剩的一只眼睛也没了光芒。

干过护士的妻子知道，朱彦夫又犯了心脏病。她马上招呼孩子们去邻居家借来地排车，慢慢将朱彦夫抬上去，一家人急火火地赶到了医院。

医院的特护室里，医护人员挂吊瓶输水，插管子输氧，多普勒检测心动，有条不紊地抢救着。三个小时后，朱彦夫才从昏迷中醒了过来。但是，极度的虚弱使他说不出话来。

主治大夫边治疗边对朱彦夫的妻子陈希永说："幸亏你们来得早，抢救得及时，再过半个小时，这人的生命就难说了。"

好悬！陈希永出了一身冷汗。

朱彦夫醒来后，说的第一句话就是："我摔下来时，刚写好的那张纸飘到床底下了，你们先回去捡起来，别让老鼠咬了。"

三天后，朱彦夫觉得病情好多了，浑身有一种轻松的感觉，他马上向医生提出出院的要求。医生耐心向他解释说："你的病刚出危险期，一旦反复，后果将不堪设想。"

"医生，我心里太急了，越急病会越重，你们快放我回去吧！"

说着，他真的急出了一身汗。可医生是对病人负责的，说啥也不让朱彦夫出院。朱彦夫终于使出了撒手锏：拒绝吃药。

第二天，当医生查房的时候，发现朱彦夫的病床上空空的，假肢和双拐也没有了。他们吓坏了，这么个残疾人，夜里黑灯瞎火的，万一有个好歹，怎么向病人家属交代呢？他们马上派人去朱彦夫家里打听，才知道他在快明天的时候赶回家去了。

回到家后，朱彦夫没说一句话，又坐在床上写了起来。

三天后的一个晚上，陈希永又发现朱彦夫不对劲，浑身颤抖不停，嘴唇上烧起一串大燎泡，嘴里还含混不清地说着谁也听不懂的话。她给他夹上体温表一试：高烧三十九度。整整一天加一夜，朱彦夫一直在昏迷状态中。

没办法，家里人又把他送到医院。大夫查完病情后，悄悄地对陈希永说：

"病人的双腿又感染了，如果再不注意好好治疗，就有再次截肢的危险。"

尽管声音很低，但朱彦夫还是听见了。他心里一"咯噔"：要是再次截肢我倒不怕，已经截成这样子了，还能截什么？可是，时间我可就耽误不起了。

这次出院后，朱彦夫的确老实了几天。他明知妻子给他把笔藏起来了，也不硬去要。他心里想，暂时的休整，是为了更猛烈地冲锋。

长期的战斗生活，使朱彦夫得了一种怪病，有时夜里睡着觉，不知怎的，就爬到院子里睡了。醒过来后，自己还不知咋回事。

这天夜里，睡梦中的朱彦夫，又爬到了院子里，在丝瓜架下的石桌上睡着了。

快明天时，妻子听到院子里有异样的动静，出门一看，只见朱彦夫蜷缩在石桌上，残臂不断地挥动着，像和谁在推心置腹地拉呱。

妻子慌忙把他推醒，朱彦夫告诉她说，他刚才做了个梦，梦见了他在朝鲜250高地上牺牲的指导员。他和指导员叙了一阵子旧之后，指导员忽然问他，我说的事你办了没有？他问什么事，指导员说，就是让你把咱们的战斗记下来写成书的事。他说我做了，还没做完，指导员说，你这个朱彦夫啊，不是个好兵！

朱彦夫说着，眼里竟流下泪来。梦中挨了指导员的批评，他太伤心了。

他认为，他没有完成首长交给的任务，没有尽到一个战士的责任。

妻子扶他坐到床上后，他又向妻子要笔，准备继续中断了四天的写作。

妻子说："你就不能歇两天？医生对你说的话，两天就忘了？"

"这次谁的话我也不听了。要是今天头疼就放下笔，明天脑热又歇两天，啥时候才能写完呢？牺牲的老首长、老战友们死不瞑目啊！咱们的国防部长还在北京等着看书呢！"

不管朱彦夫怎么说，陈希永就是不把藏起来的笔拿出来。朱彦夫急眼了，一骨碌从床上滚了下来，跪在了陈希永面前：

"求你开恩了！"

结婚几十年来，陈希永第一次见丈夫求自己，第一次见丈夫给自己下跪，她慌了，也急忙对着朱彦夫跪下来，双手扶住朱彦夫摇晃不稳的身体，哭着说：

"虽说我是个妇道人家，可我也掂得出哪头轻哪头重。难道我不盼着你早把书写出来？我是怕你一下子累倒了，反而影响了进度。你拿着自己的命不当回事，俺心里却难受着呢……"

朱彦夫的眼睛里也潮湿了，结婚这么多年来，妻子第一次对他说了这么多话。他深情地对妻子说：

"晒地瓜干的时候，你给我藏了双拐；打井的时候，你给我藏了假肢；现在写书，你又给我藏了笔。藏来藏去藏什么，不就是藏你那颗热乎乎的心吗？"

老夫妻两个跪着，相互倾诉起衷肠来。

最后，还是陈希永被朱彦夫说服了。她把他扶到床上，帮他垫好写字夹，又把藏起来的笔给他拿了出来。

朱彦夫说:"老陈啊!你看那些好胳膊好腿的人,哪个不是在拼命地干事?我这个没胳膊没腿的'肉轱辘',要是不自己紧自己,还能干成啥事?"

说着,两只残臂夹着的笔,又在稿纸上吃力地移动开了。

多少天来,朱彦夫也不知道自己是醒着还是睡着,睁开眼就写,写累了就睡,基本连茶饭也不思了。家里人害怕了,可又有谁能劝得了他呢?

陈希永只好暗暗流泪。

被吓哭的外孙女

外孙女被吓哭了，当然是朱彦夫干的事儿，一向把她当作心头肉的朱彦夫，怎么会这样呢？当然事出有因。

俗话说："隔代亲，隔代亲，打断骨头连着筋。"朱彦夫对外甥女小艺卓的感情就是这样。

朱彦夫对孩子要求严格是远近闻名的，以致有人说他不近情理。可对外甥女小艺卓却就例外了。小艺卓想要啥，他就给她啥；她要是想要天上的星星，朱彦夫也会扛着梯子给她摘下几个来。

朱彦夫最怕听到小艺卓的哭声。只要听到她的哭声，他一定要追问出个青红皂白来，然后对别人大加训斥，致使小艺卓的父母几乎不敢带她回姥姥家，怕姥爷宠坏了她。

小艺卓最爱听姥爷讲战斗故事。有一次，朱彦夫给她讲淮海战役时，说敌人的一颗子弹钻到了他腿肚子里，在当时战场上没有麻药的情况下，他硬是让卫生员在腿上豁了一道口子，将子弹拔了出来。听到这里，小艺卓吓得"哇哇"大哭起来，朱彦夫慌忙给她赔不是。

"小艺卓，姥爷对不起你，不该给你讲这吓人的故事，你打我吧！"

几年来，朱彦夫向谁赔过不是来？只有外甥女小艺卓一个人。可就是这样的心头肉，也被朱彦夫吓哭过。

事情是这样的。

朱彦夫的写作累极了，其艰苦程度让常人难以想象。

有时为了构思一个情节，他能直挺挺地躺在床上，一天不吃不喝，谁劝也不管用；有时为找一个恰当的形容词，他能一边嘟囔着什么，一边憋得两腮通红；有时为了琢磨一个人物的动作，他又会手舞足蹈地比画半天。

用他自己的话说："我的小说中，故事是我自己干出来的，语言是我憋出来的，人物是他们自己走出来的。因为只要一提笔，我的首长，我的战友，就会纷纷走到我面前……"

由于朱彦夫长期写作，极度的劳累和睡眠的不足，使他的身体像一架带伤超负荷运行的老机器，每个部件都有了毛病。特别是那只受伤后失去眼珠的眼睛，经常流着血汁。去医院上药包扎过，不久后仍然流淌不止。为了不耽误写作，朱彦夫不顾别人的劝阻，再也不管它。他说，随它流吧，流完了就不流了。

中秋节的时候，小艺卓来看望姥爷，因姥爷在房间里写作，一家人不便打扰他，都在另一间屋里说话。小艺卓想姥爷心切，总是想到姥爷屋里看一看。

过了一会儿，姥姥说："艺卓，给你姥爷送杯茶水去。"小艺卓终于得到了一个好机会，她高兴极了，端着茶水一溜小跑直奔姥爷房间。在她的印象中，姥爷总是戴着一副墨镜，花白的头发整齐地朝后梳着，下巴总是刮得铁青，很像电视里的大首长。可今天一推门时，她却惊呆了：只见屋子里一片狼藉，床上胡乱摊着稿纸，地上也扔满了揉皱的稿纸。

姥爷那灰白的头发像团乱草似的直竖着,而且胡子拉碴,脸色黄得像玉米饼子,两腮也明显地塌陷了下去。

小艺卓战战兢兢地放下茶水,当她再次盯住姥爷时,只见他正用残臂从脸上往下摘扎布。这哪里是什么扎布,由于脓汁的浸染,早已成为一块黏糊糊的黄饼子了。

她再看姥爷受伤的左眼,只见眼窝里蓄满了又黏又黄的流质,眼圈已开始溃烂,眼眶周围的一大块皮肤也变了颜色。小艺卓心疼地仰着脸,望着姥爷那痴呆呆的样子,泪珠"扑簌簌"地掉了下来。懂事的孩子说:

"姥爷——"一句话没说出来,便"哇"的一声大哭起来,而且哭得上气不接下气。

她这一哭不要紧,全家人都跟着掉了泪。妻子陈希永怕朱彦夫看见不高兴,马上把大家往另一间屋子轰。

这时,小艺卓拿着自己的小手绢边给姥爷擦眼,边问姥爷:

"姥爷,你不写不行吗?"

"傻孩子,如果遇到困难就不干事情了,那这个世界还会进步和发展吗?"

小艺卓眨巴着还带着泪的双眼,使劲地想了好长时间,还是似懂非懂,但她却使劲地点了点头。因为,她知道,姥爷总是对的。

小兵的标准军礼

时令已经把春的气息送来了,但是,寒冬却顽固地盘踞在山里,迟迟不肯退去。两者便在这里开始了拉锯战。

这是山里乍暖还寒的时候。

沂源县城里的柳树、法桐、国槐等绿化树上,枝头刚绽开的一抹嫩青,在寒风中展示着无限生机,路边的冬青树丛,也由冬天的墨绿渐渐变为初春的翠绿,阳坡上的野草已是"草色遥看近却无"了。沂源汽车站里,人来人往,熙熙攘攘。猫了一冬天的山民们,或打工,或做生意,要到山外挣钱去了。大包袱、小提溜,挂在肩上,提在手里,一个个挤向自己要坐的车次。

车站里的广播声,旅客们的呼喊声,路旁小店里近似噪音的流行歌曲声,使站内的气氛让人烦躁不安。

去济南的汽车一会儿便坐满了人,司机关上车门,拿着大夹子,吹着口哨去站上填路单了。

这时,一位挂着双拐的老人,在一位个头高大的妇女和一个青年的陪同下,步履蹒跚地向车站内走来。

青年人让两位老年人站在一边,自己跑着去询问车次,买票,检票,然后又领着两位老人朝去济南的汽车走去……

这便是朱彦夫在妻子陈希永和儿子小峰的陪同下,要去济南黄河出版社送他三十多万字的自传体小说《极限人生》的手稿。

他们来到通往济南的班车下,任他们怎么叫喊,怎么拍门,车门还是关得紧紧的。这时,车上一位乘客拉开玻璃对他们说:

"车上已经坐满了,坐下班车吧!"

可朱彦夫心里想,已经与出版社的人定好了时间,咋能随便失约呢?在战场上这样可是要吃败仗的。

他和儿子轻声商量着什么,只见儿子直摇头不同意,可他在尽力地说服着儿子。一会儿,朱彦夫他们三人转到驾驶室旁边,先把拐杖递到车上,然后,让妻子托着他,让儿子拉着他,经几次反复,终于艰难地爬上了汽车。连急带累,朱彦夫有些体力不支了,他把包书稿的包袱交给妻子,又把双拐一并放在一边,自己气喘吁吁地趴在了发动机盖上。

乘客们看见了刚才发生的一幕,因事不关己,也就无人吭声了。可常坐车的旅客知道,那地方是不能坐人的,司机回来肯定发火。

司机吹着口哨回来后,刚要发动车,一眼瞥见发动机盖上趴着一个没胳膊没腿的人,顿时心里火辣辣的:这些日子,什么怪事都有。有些人越有钱越算计,坑国家、肥自己,逃票的、赖票的天天不断,特别是有些残疾人,更是不和你讲理,赖在车上就是不下,看你咋办,反正你一个壮小伙子不好和他们一般见识。想到这里,司机发话了:

"哎——哎,我说,你这位大爷咋回事?还讲不讲理了?没票就别坐车。"

朱彦夫没有生气,只是用恳求的目光望着司机。司机这下更来气了:

"没理你别光瞪眼,咱可不能光干坑国家的事……"说着便捋了下袖子，准备将朱彦夫推下车去。

这时，朱彦夫的妻子陈希永说话了：

"师傅，他是我的老伴，是特等残废军人。你别看他没手，可他用双臂夹笔，用了七年时间，写出了一本长篇小说。今天，他是去济南军区的黄河出版社，给编辑老师送书稿的……"

司机疑惑地瞪大了眼睛，旅客们也惊讶地向车厢前边拥来。

小峰怕司机不信，从母亲手里接过包袱，放在车厢里的地板上，解开一层层布的、塑料的、纸的包裹后，一摞厚厚的书稿呈现在人们面前。

司机和车上的乘客们禁不住"啊"了一声，纷纷向朱彦夫投来敬佩的目光。

旅客们纷纷议论开了：

"这一包袱书稿，有十来斤呢！实在是不简单！"

"看不出这老头还真有点本事！"

"写书可不是件容易事，这老头负伤前，很可能是个大学生……"

这时，司机也转怒为喜，大声地对朱彦夫说：

"原来是咱们的老英雄！好，今天我犯一次纪律，你们三人的票我全免了。"

旅客们有的叫好，有的为司机的仗义鼓起了掌。

谁知这时又出现了戏剧性变化。刚才还透着恳求目光、趴在车上不起的朱彦夫，一听要给他免票，竟使劲挺了挺身子，一脸严肃地说：

"小峰，扶起我，下车，这种照顾咱不要！"

说罢，摸过拐杖就要站起来。这下，司机和乘客都有点紧张，谁也不知道咋办好。

顿时，车厢内乱糟糟的，乘客们七嘴八舌，说什么的都有。

"像你这样的功臣,国家得派车送你。"

"这人自觉得也有点过头了!"

"这才是党员,咱佩服!"

听到这些议论,陈希永马上解释说:

"你们大家不知道,为上这趟济南,县里找了俺老朱好几趟,非要送他去不可。可这老头子脾气倔,说办私事不用公车……县里领导说啥也不让他这样走,他就和人家撒了个谎,说明天送我去济南吧!可今天就悄悄走了……"

司机无奈,只好办理了三个人的补票手续。

这时,车上的人纷纷给朱彦夫让座,连许多老人和孩子都站起来了,可朱彦夫就是不肯坐。

忽然,车厢后头走过一个小个子战士来,给朱彦夫行了一个标准的军礼说:

"老兵,请接受一个小兵的请求,坐到我的座位上去吧!"

朱彦夫用残臂做了个还礼的姿势说:

"小兵,你还肩负着保卫国家的重任,休息不好可不行。我是没用的人了,累点没啥。立正——向后转——齐步走——坐下……"

就这样,朱彦夫坐在汽车发动机盖上,一气坐到了一百多公里之外的济南。

一路上,车上的话题一直围绕着朱彦夫,围绕着共产党员谈个不停。临下车时,一位老者走到朱彦夫跟前,深情地看了看他,感慨地说:

"咱们的党员要是都和你这样……"

朱彦夫说:"党员不就是应该这样吗?这有啥稀奇的?反过来说,不这样做,还叫党员吗?翻开党章看看,我做得还很不够呢!"

老兵的眼泪

书终于要写完了!

"如果写出来不够出版的水平,就当家史;不够当家史的水平,就当遗嘱!"

这句话,是朱彦夫刚开始向这部近四十万字的长篇小说《极限人生》冲刺时说的一句话,也是他后来经常重复的一句话。

凡是亲眼见过朱彦夫写作的人都知道,朱彦夫的写作是艰苦的,甚至可以说是残酷的。

断肢创面经常发作的折磨,高血压、冠心病等多种疾病不时地侵袭,常常分散他的精力,精力集中的时候越来越少。偶尔集中起精力来,便显得特别宝贵。这时,他最怕人打搅了。

有一次,妻子陈希永到朱彦夫的屋里拿被子,看见他倚在床上,一只眼睛瞪得圆圆的,眼神直愣愣的,一动不动地盯着屋顶。妻子和他说话,他一点反应也没有,妻子又把手在他眼前晃了晃,还是没有反应,妻子吓坏了,连忙凑到他耳朵上喊:

"老朱哎,老朱!"

这一声不要紧，朱彦夫大吃一惊，半截身子在床上弹得老高。还没等妻子回过神来，朱彦夫的残臂一挥，"哐啷"一声，钢笔、书和写字板早划拉到地下去了。原来，他是在集中精力构思一个情节，刚入佳境的构思，被妻子这一声喊全打乱了。

妻子看了看朱彦夫，噙着泪水跑出房外……

以后，妻子瞒着朱彦夫给儿女们开了个会，凡是在他写作时，任何人不准进入他的房间。

隔了不长时间的一天下午，从早上八点一直到下午四点，朱彦夫的房间里没有一点动静，家里人以为他在写作，虽说他自己关在屋里这么长时间别人有点不放心，可谁也不敢进去惊动他。

到了该吃晚饭的时候了，小女儿叫了几声，屋里没人吭声。她推门一看，呀！爸爸口里衔着笔，早趴在被褥上睡着了……

朱彦夫就是这样在通往文学殿堂的崇山峻岭中跋涉着，在生存与死亡的边缘上苦苦探求着。

整整七年了。

七年，用嘴衔笔、残臂夹笔的七年；七年，历尽磨难、含辛茹苦的七年；七年，七易其稿、痴心不改的七年；七年，两千多个日日夜夜，反复修改七次，写了近两百万字的七年。

终于，朱彦夫写的近四十万字的长篇小说《极限人生》脱稿了。他的周围，伸出了一双双热情的手。

沂源县委、县政府专门安排人员，帮助他整理书稿，联系出版；济南军区政治部给予了热情的支持；黄河出版社接到书稿后，反复研究，精心编审……

国防部长迟浩田将军，得知朱彦夫的长篇小说《极限人生》脱稿的消息后,欣喜万分,心潮澎湃地为他题写了书名,还专门给他写了个条幅,上书10个大字:"铁骨扬正气,热血书春秋。"

《极限人生》的样书送到朱彦夫家的第一天,孩子们一边贪婪地闻着书中的墨香,一边一遍一遍地翻动着书页,并争先恐后地向爸爸祝贺:

"爸爸,明天我请你吃饭!"

"爸爸,明天我给你买一套西装!"

"爸爸,我给你买一个立体声收音机!"

但孩子们惊奇地发现,朱彦夫不但没有表现出极大的兴奋,而且一直非常平静,平静中透出郁郁的沉闷,沉闷中还有一丝深深的忧伤。

妻子为了祝贺《极限人生》的出版,特意做了一桌好菜,买了两瓶大家最爱喝的家乡酒"鲁源特曲",打电话把在外地工作的孩子们都叫回来,要好好吃一顿饭。

可是,朱彦夫一口也没吃,只是呆呆地坐在那里出神。

晚饭后,孩子们都走了,朱彦夫对妻子说:

"拿出我的写字板和笔……"

"书都出来了,你还写什么?"

"你别管了!"朱彦夫有点不耐烦地说。妻子乖乖地为他准备好了写字的东西,按常规,又悄悄地躲到外屋去了。

朱彦夫拿过一本散发着墨香的《极限人生》,用两只残臂翻了又翻,捧在鼻子上闻了又闻,拥在心口上贴了又贴,然后,他翻开书的扉页,夹着笔在上面写了起来……

"陈永烈、鲁配根、李志成、萧秉坤、高新坡、杜玉民、万中祥、徐明……"在朝鲜战场的250高地上,在解放上海的战役中,在渡江作战中,在淮海战役中……在一次次战斗中牺牲的他的老首长、老战友,凡是能记得住名字的,他都写在了上边,扉页上写不开了,他又转到"内容简介"一页上……

写完名字后,他又将身子挪到书架边上,从里边翻出几年前的一些陈旧得发了黄的书稿来,放在地板上的搪瓷脸盆里。

然后,他用残臂夹过刚出版的《极限人生》一书,举过头顶,双膝跪倒在地,面对着当年战斗的方向,跪了好长好长的时间,以此告慰长眠在地下的保家卫国的英魂。

过了一会儿,他用火柴点着了脸盆里的手稿,又用残臂将书一页页地撕着,投到一闪一跳的火苗中。一边烧,朱彦夫一边低声念叨着:

"老首长们,老战友们,我朱彦夫没辜负你们的希望,我还是一个好兵。今天,我是向你们还账来了……

他那早已经流干了眼泪的眼里,又奇迹般地流出了眼泪。他还是跪在冰冷的地上,使劲地磕着头:一个、两个、三个……直到前额磕出了血……

第五章　言传身教的好父亲

"不要啥事都麻烦组织"

自从那年在硝烟中面对着党旗宣誓以后,朱彦夫就坚守了一个信念,既然自己是党的人了,就只能做对党有益的事。只要对党好,怎么做也行,只要对党不好,半点也不能做!

"不要啥事都麻烦组织",这是朱彦夫的口头禅,也是他作为一个党员为人处事的原则。

有一天,朱彦夫被儿子小峰摔伤了。到底怨朱彦夫还是怨儿子呢?谁也说不清。

朱彦夫的旧伤经常发炎,而且长期的操心劳累,又使他患上了心脏病、肝病、胃病、脑血管病。新病旧伤交加,常常折磨得他死去活来,需经常住院治疗。张家泉村离县城四十多公里,离村最近的医院也有十多公里。县里早就有安排:朱彦夫看病、住院时,县里优先调派车辆。县民政局有关人员还经常打电话,询问朱彦夫的病情或有什么难处和要求。

可朱彦夫却不这样做。他说:"我是老毛病了,又不是什么急症,要车干啥?再说,领导那么忙,咱咋好再添麻烦呢?坐班车就行啊!"

就这样，每次看病或住院，上车送和下车接，全是几个女婿和儿子用自行车接送，他从来不向县里要车。

但是，对朱彦夫这样一个四肢只有半截的残疾人来说，坐自行车是一件非常危险的事，坐不稳也抓不住，稍有不慎就很容易出事。他的儿子和几个女婿，都曾经有和他一起摔倒在地上的历史，一起滚到沟里的事也不少见。他们自己劳累都不在乎，怕的是爸爸有个三长两短。

1986年的一天，儿子小峰用自行车带着朱彦夫，去十公里以外的走马坪医院看病。下坡时，对面驶来了一辆大货车，由于路窄车速又快，小峰只好将自行车紧贴到路边去，不料，路边的石头一下别住了朱彦夫的双拐，他的残臂又难以撬动双拐，他一下子被别了下来，骨碌碌滚到了布满乱石的路沟里。

小峰当时只是精神非常紧张地骑车前行，父亲跌到沟里他全然不知，还边走边与父亲拉呱：

"爸，这次你可要住院好好治一下病了。再这样没白没黑地干，你这本钱可要拼光了。"

下到坡底了，小峰听不到父亲搭腔，回头一看，哪里还有父亲的影子？他突然想起在坡顶时车子突然一抖，肯定是将爸爸摔在坡顶上了。他一扔自行车，拼命往坡顶跑去。

朱彦夫躺在路沟的乱石里，鼻青脸肿，截过肢的旧伤口又渗出了血水，两只拐杖甩得老远。钻心的疼痛，使他的脸扭曲得厉害，嘴里不住地吸着凉气。小峰越看越心疼，竟流着泪对父亲发起火来：

"你身体都这样子了，为啥不要车？国家又不是没有规定。你这样的身体，还能经得住折腾吗？你想要命，我们就要车；要是不要车，我看你这命也保不住了！"

说着说着，小峰抱住父亲大哭起来。

这时，朱彦夫也火了，他爬过去捡起双拐，挣扎着从地上站起来，一边用一只拐杖敲得石头"当当"响，一边数落着儿子：

"啥事都问县里要车，县里还干不干正事？县里的车是专门为咱准备的？我不就是打了几天仗吗？不就是立了几次功吗？有啥了不起？再说，县里总共才几辆车？能忙过来吗？不错，我是为国致残，可比比死去的战友，我算个啥？如果啥事也麻烦组织，我还算个党员吗？"

说完，他竟自己挂着双拐，蹒跚地爬上了公路。小峰一甩袖子擦干眼泪，慢慢地扶父亲坐到自行车上。父子二人又慢慢上路了，两人谁也不说话，但心里都充满着对对方的歉意。

不用说麻烦组织，就是正常的照顾，朱彦夫也坚决不要。上世纪七十年代，为了联系方便，上级特意为朱彦夫装了部摇把子电话，让他有急事时告诉组织一声，可他从没有用这电话说过半句麻烦组织的话。

还有一次，小峰用自行车带着父亲去看病，因为路太远了，遭受着几种病痛折磨的朱彦夫坐在自行车上实在支持不住了，竟自己从车子上跌了下来，连拐杖也别断了，朱彦夫躺在地上失去了知觉。

这下可把小峰吓坏了。

他放下自行车，一只胳膊抱住父亲，一只手又是给父亲掐人中，又是给父亲揉胸膛，待父亲缓过气来后，他摸着父亲脸上和残肢上刚被摔出的几道血印，哭着对父亲说：

"爸爸，儿子无能，又把你摔伤了。爸爸，儿子实在对不起你啊！"

朱彦夫看看瘦小的儿子，用残臂为他抹了一下脸上的泪水，微笑着说：

"峰儿，这不怨你，是我没有坐好。擦破点皮不要紧，待会儿到了医院，让大夫抹点紫药水就好了。"

看着父亲又开始抽搐，嘴里大口地喘着粗气，小峰一迭声地安慰父亲：

"爸爸，等将来儿子有本事了，一定用汽车送你去医院，用好汽车……"

"孩子，领导这么关心我，不是没有车用，是爸爸不让你去找啊！孩子，爸爸连累了你，爸爸也对不起你啊！"

听了父亲的话，小峰心里就像针扎一样难受，他怕父亲伤心，硬将泪水忍回去了。

但是，小峰再也没有骑自行车，他一直把父亲推到医院，看完病后又推了回来。

到家的时候，日头已落在了西山沟里。

这天，正好县民政局的一位领导来到朱彦夫家了解情况，朱彦夫怕自己摔伤的事让领导知道，便一再给小峰使眼色，让他替爸爸保密。小峰鼓了好几次嘴，但看见爸爸的脸色，还是忍下了。

这时，那位眼尖的领导发现了朱彦夫的异样：

"怎么，你哪里不舒服？"

"没……没有……"朱彦夫支吾着。

这位领导太了解朱彦夫了，个人的事，就是塌下天来他也不会去找组织。说着，他走到朱彦夫跟前，大夫似地浑身上下打量起朱彦夫来，当他发现朱彦夫身上的伤后，生气地问：

"这是怎么回事？"

"刚才不小心在床上碰的！"

"刚从医院看病回来，哪里来的床？"

"也许是……"

"别也许了,醉死不认半壶酒钱,以后再有这样的情况,就定你个违反纪律!"

"我是想,领导忙,县里又穷……"

"再忙再穷还差你这一点,老朱啊,你受罪,就是我失职啊!"

这位干部说着说着,竟自己哭了起来……

像这样的事情,朱彦夫做得多得数不过来,久而久之,"不给组织上添麻烦"成了他的一种生活习惯,成了他血液中的一种成分,成了他思维中的一种定势。遇事不用大脑反应,只是凭本能去对待,在行动上就是维护组织了。

又一次欺骗孩子们

朱彦夫为孩子们制订了家训，首要的一条就是做人要诚实，但是，在一个夏日的中午，他自己却做了一件很不诚实的事儿，连孩子们当时也认为老爸有点不厚道了。

夏日的中午是最难熬的。

风是热的，地是热的，连喘到鼻子里的空气都烫人。人们在屋里汗流浃背地午睡，知了在树上热得直叫，树荫里的狗也伸着舌头喘着粗气。大街上没有一个人影儿，整个村庄沉睡了似的，甚至透出了夜的寂静。

朱彦夫的三个女儿，戴着草帽，提着镰刀，拿着绳子，脚步匆匆地向村外走去。

邻家的人都知道，姊妹三个又打猪草去了。

别人家都在休息，她姊妹三个为什么冒着酷热上山打猪草呢？这事来自朱彦夫对女儿们的许诺。虽然他的这些许诺每次都兑现不了，孩子们却从不怨恨爸爸。

朱彦夫对孩子们的要求是严格的，有时甚至不近人情，让人受不了。他经常对孩子们说：

"在生活上要和最差的同学比,在学习上要和最好的同学比。比学习的好坏,是有出息的孩子;比吃比穿,是连猪狗都不如的窝囊废!"

有一天,女儿们放学回家了,一个个咕嘟着嘴不说话,脸色也阴阴的。朱彦夫正在练习写字,当他察觉出气氛不对时,便放下笔问道:

"今天咋了?一个个耷拉着脸,像谁欠你们二百块钱似的?"

女儿们有的揉衣襟,有的玩辫梢,都"吭吭哧哧"不说话。

朱彦夫急了:"对爸爸还有什么难开口的事?说就说,不说就散!"

这时,年龄最小的女儿憋不住了,她抬头看了看朱彦夫的脸色,怯声怯气地说:

"明天学校要举行庆祝活动,老师要求同学们都穿新衣服,可我们……"

女儿虽然不说了,朱彦夫的心里却翻腾开了:张家泉村直至现在没有用上电,村里又穷,为了给村里办电,这几年来,他只好在自己家里打主意。政府每月发的残废金搭进去了,妻子喂肥猪卖的钱搭进去了,妻子卖鸡蛋收入的几个小钱也搭进去了,哪里还顾得上给女儿们买衣裳呢?可他又不忍心让女儿失望。他笑着对女儿们说:

"这样吧!你们几个好好打猪草,等到冬天把猪喂肥了,卖回钱来以后,爸爸一定给你们买铅笔、本子和衣服。咱一定买全村最好的,让你们好好露一下脸!"

女儿们高兴了,不论中午还是下午放学以后,一放下书包便操起镰刀出去打猪草。山沟里,山梁上,石堰边,都留下了她们的笑声。因为她们坚信,冬天卖了肥猪,自己的穿和用就大变样了,再也不用在同学面前不好意思了。

有一个目标鼓舞着,她们割草的速度特别快。有天下午割草时,大女儿心一急,镰刀割破了手,一道口子有半寸长,鲜血直往下滴。

年龄小的女儿吓坏了:"哎呀,吓煞人了!咱们赶快回家告诉爸爸,看怎么办。"

于是,姊妹俩帮着老大把草捆好,三人背上草一溜小跑向山下奔去。跑着跑着,大女儿忽然停了下来,另外两个不解地看着她。

大女儿说:"咱们这样回家,爸爸妈妈看了会心疼的,肯定不让咱们再打猪草了,那咋办?"

"可也是啊!"另外两人异口同声地说。

三个人坐在路边商量起来,最后一致决定将这事向爸妈保密。以后照样出来打猪草,小姊妹俩割草,由大姐姐敛堆打捆。

主意已定,三人四处拔起青青菜来。然后,她们将青青菜放在石头上捣碎,挤出绿绿的汁来滴在伤口上。血止住了,小姊妹仨装出若无其事的样子进了家门。

冬天来了,腊月二十一,学校放了寒假,女儿们企盼的心情越来越急迫,随着寒假的到来达到了顶峰。夜里,她们听到爸妈在说话,好像是说明天把猪卖了的事。小姊妹仨互相捅一下,传递着这令人振奋的消息,一夜也没有睡好。

天明了,小姊妹仨拿起了小孩的自尊,故意装出没事的样子,一蹦一跳地到街上玩去了。

回家时,她们悄悄到猪圈里看了一眼,大肥猪没有了,三人便争先恐后地跑到屋里。

朱彦夫坐在桌前,桌上放着刚才卖猪收入的钱。小姊妹仨看到爸爸严肃中又有点呆滞的面孔,谁也不说话,纷纷搬着小板凳坐在了爸爸跟前。

朱彦夫回过神来，看看女儿们为打猪草弄得伤痕累累的小手，看看她们补丁摞补丁的衣裳，又看看桌上放的女儿们代替本子练习的石板，看看孩子们那短得捏不住却还在继续用的铅笔头，他心里太难受了。

突然，他看见大女儿手上有道疤痕，便让她伸过手来，他指着这道疤痕问：

"这是怎么回事？"

大女儿一句话不说，只是两眼盯着桌上的钱。在朱彦夫的一再追问下，小女儿沉不住气了，她没好气地说：

"还能干什么，打猪草割破的呗！"

朱彦夫听罢身子一抖，久久说不出一句话。在这点上，女儿们越懂事，他就越心疼。俗话说，穷人的孩子早当家，这话一点不假。看着女儿们期待的目光，他多么想把钱拿出来，满足女儿们这一并不算过分而且小得可怜的愿望啊！他觉着作为一个父亲，欠孩子们的太多太多了。

但是，他又想到，村上一分钱也没有了，年后出发采购拉电用的材料，这钱正好做盘缠。为了大家，这可又要亏了女儿们了。他狠狠心，歉意地望着女儿们，用低得不能再低的声音说：

"孩子们，对不起了。爹这一辈子从来没骗过人，这次就算当爹的骗了你们吧！"

懂事的女儿们还能说什么呢？

热闹的春节来到了，这是放鞭炮的春节，这是穿新衣服的春节。人家的女儿，一个个穿得花蝴蝶似的，这家串了那家串。而朱彦夫女儿们的衣服，只是妈妈又给她们洗了一遍，在破了的地方又补了几个新补丁。

大年初一，孩子们在街上做着自己的游戏。因为朱彦夫的女儿穿得太差，谁也不愿意和她们一帮。孩子们最怕的就是被同伴们瞧不起。小

女儿实在忍不住了,捂着脸跑回家,含着眼泪对朱彦夫说:

"爸爸,你看呀,咱哪点比人家差?就因为我是你的女儿!"

朱彦夫的眼睛湿润了。是啊,谁家的孩子不是孩子?孩子都是父母的心头肉,可我这个当爸爸的,却连孩子自己挣的这点钱也抠走了。女儿走后,朱彦夫偷偷掉下了眼泪。

一开春,朱彦夫家又买了两头小猪,朱家的孩子又上山打猪草了。尽管朱彦夫一再说今年卖了钱一定给女儿们买东西,但女儿们谁也不信了。

虽然不信,她们依然天天上山,因为她们知道爸爸是为了什么。

每当看到孩子们背着满满的草筐回来,每当看到孩子们满脸汗水、一身泥土地回来,每当看到孩子们包着割破的手和龇牙咧嘴地回来,每当看到孩子们满怀希望、高高兴兴地回来,朱彦夫总是在心里流着泪说:

"我一定兑现诺言!"

晒了一万多斤地瓜干

转眼间,张家泉的秋天又来到了!朱彦夫最喜欢秋天,因为秋天是收获的季节。

秋天,是山里色彩变幻最强烈的季节。刚才还绿油油一片的地瓜叶,被秋风一吹,似乎是刹那间就变成了黄色。一夜秋霜过后,又染成深深的褐色了。等地瓜一刨出来,便呈现出大片大片的粉红色。最后,当切好的地瓜干晾满地里时,漫山遍野似乎下了一场薄薄的雪,又成为一片片白色了。

这时,晒地瓜干便成为山里人最苦最累的活儿了。

朱彦夫的女儿朱向欣说,俺家为集体晒地瓜干,有多少地瓜干,就有多少汗水和泪水合成的故事。的确,这故事实在让人落泪。

还是生产队的时候,朱彦夫家每年要为集体收一万多斤地瓜。这些地瓜,只有切成片晒干才能交给集体贮存。仅仅晒地瓜干这一项劳动,便会使壮实汉子脱一层皮。

朱彦夫经常教育孩子们说,咱是劳动人民出身,劳动是咱的本分。他这样说,而且自己首先这样做了。劳动,对一个四肢全无的人来说,艰难程度实在难以想象，其中的艰辛更是不言而喻。常人看来举手之劳的事情，但对朱彦夫来说，又是多么不容易。

寒露过了，霜降即将来临，张家泉村的山山岭岭上，堆满了刚刨下的地瓜。朱彦夫也领着全家人搬运、切割、晾晒。每天早上，他总是第一个用残臂撑着双拐赶到山上。母亲和妻子领着孩子们搬运、切割，他就用残臂夹着切好的鲜地瓜干往堰上摆晒。实在摆不及了，朱彦夫便扔掉双拐，用两只残臂夹起半筐地瓜干，一步一个跟头地满地里撒。

有一次，他正夹着半筐地瓜干爬着，刚刨过地瓜的地里高低不平，一不小心他便翻身跌到了堰下，啃了一嘴土，吐出来时土已经和血混到了一起。妻子陈希永一边往上拉，一边心疼地数落他：

"前几年孩子们小，我忙不过来，你帮忙晒点也可以。可眼下孩子们都大了，你光动动嘴指挥一下就行了，别为那一筐半筐难为自己了，再说，咱家也不缺你这个劳力……"

"你以为我单纯是为了帮忙吗？这样理解你就大错而特错了！"

"那你是为了什么？"

"我为什么，你心里最清楚了，还不是为了那件事？"

朱彦夫硬撑着双拐站起来，看看坡地里晒满雪一样的地瓜干，又看看远处山坡上被割了穗子的谷草，语重心长地对妻子说：

"这些年来，我千方百计地锻炼，就是为了恢复我的劳动能力，锻炼我的自理能力。不错，我是为国家做过贡献，但我不能让国家养我一辈子啊！地瓜干晒多晒少不是主要问题，我是想，正常人能干的，我一定能干；正常人不能干的，我也要学着干。我就不信，一个大活人……"

朱彦夫换了个姿势，一边用拐杖撑着腿，一边感叹着："唉，我这不争气的腿……咱光对孩子说热爱劳动、热爱劳动，咱不做出个样子，孩子能服咱？"

妻子鼻子一酸，扶住朱彦夫，一句话也说不出来了。

休息时，朱彦夫招呼孩子们坐到身边，给她们讲了一个笑话。

他说，过去猿和猴子是好朋友，但猿热爱劳动，猴子又馋又懒。猴子经常讥笑吃苦耐劳的猿脑子笨，夸自己多么聪明。时间长了，猿终于因为劳动变成了人，发明了很多科学技术，而猴子却成了被人耍弄的小动物。孩子们听后都开心地大笑，她们太明白父亲的用意了。

朱彦夫就是这样，以生命的代价为集体做贡献，也是以生命的代价，让孩子们知道什么是劳动人民，什么是劳动人民的本色。

有一年的秋天，朱彦夫的母亲和妻子领着孩子们在山上晒地瓜干，而把他锁在家里休息。朱彦夫干惯了活，一刻也闲不住，竟自己在院子里晒起了地瓜干，切割、搬运、晾晒……忙忙活活，早已忘记了时间。

太阳落山的时候，一家人回到了家里，家里怎么一点声音也没有？朱彦夫也不知道哪里去了。一家人急三火四地找了一圈才发现，朱彦夫一动不动地躺在东墙根下，一只假肢仍插在晒地瓜干的凳子边上。

顿时，朱家院子里慌作一团。

"爸爸！爸爸——"

孩子们抱着朱彦夫，大声地哭喊着。一直非常镇静并且有点护理经验的陈希永也一时慌得不知怎么办好。

等到大家镇定下来后，才七手八脚地把他抬到床上，卸去剩下的那只假肢，又是请医生，又是灌水，又是灌药，折腾到半夜，朱彦夫才慢慢醒过来。他看了看周围的人，突然睁大眼睛，挥舞着残臂说：

"我那一筐地瓜干还没晒完，快叫小欣帮我搬过来，晒好交到队上去，不能耽误了队上收啊！"

当时，站在朱彦夫床边的朱向欣，听了爸爸的话，咬着嘴唇，使劲地点点头，眼泪止不住流了下来。原来，那是朱彦夫在晒地瓜干时，突然犯了心脏病，要不是家人回来得早，可就性命难保了。

那一夜，朱向欣姐妹们谁也没有吃饭，谁也没有合眼，她们想了很多，也明白了许多。

那一夜，朱向欣做了很多梦。梦境很乱，有好梦，也有不好的梦。有时她把自己笑醒了，有时又把自己哭醒了。虽然没有睡好，但是她却有了新的发现。当她醒来时，听到鼾声如雷的父亲突然说了一句含糊不清的梦话：

"快把……地瓜干……"

"你收下钱,咱就烧"

这是一个为了一吨煤的故事。

这是一个让人难以理解的故事。

这是一个催人泪下的故事。

朱彦夫的老家张家泉村,地处沂蒙山深处。这里的冬天来得特别早,走得特别晚,而且特别冷,几乎是每个冬天都让大雪掩埋着。山里的农民也因此养成了习惯,只要没有活干,就钻在被窝里不出来。

朱彦夫的四肢,是在朝鲜战场负伤后,在零下三十多度的气温下冻得坏死才截去的。所以,他对寒冷有着特殊的敏感,抗寒能力也很差。往往是别人家还过深秋的时候,他已经点上柴火烤火了。

还是在人民公社的年代,山里的越冬烤火煤很难买,除了吃商品粮的干部们,一般老百姓是见不到煤的。对朱彦夫来说,过冬天就像过关一样,用他自己的话说,我是过一个冬天脱一层皮啊!

这年,公社里的领导考虑到朱彦夫的身体状况,在冬天到来之前,买了一吨煤,专门派人送到朱彦夫家里。

当时,正巧朱彦夫自己在家,他看到公社里的同志送来了煤,便问:

"这是多少煤?"

送煤的同志说:"一吨。"

"一吨煤多少钱?运费多少钱?请你把钱带走吧!"

送煤的同志说:"领导说了,这是照顾你这位大功臣的,不要钱。"

朱彦夫坚决不同意,等他绑上假肢,拿着钱赶出家门时,送煤的同志早已无影无踪了。他试着挪了几步,情急中摔倒了,他只好爬回家,想等孩子回来后再去给人家送钱。

傍晚,大女儿回来了。朱彦夫对她说:

"孩子,这里有两份钱,一份是煤钱,一份是运费,你今晚上就把它送到公社去。"

女儿知道爹的脾气,今天不送钱去,今天夜里他是不会睡觉的,一家人也不会安稳的。女儿便不顾一天劳作的疲劳,接过钱装好,抬腿出门,向十几里外的公社走去。

天黑了,公社的领导王锡仁正在灯下看文件,突然闯进一个风尘仆仆的女孩子来。他定睛一看,原来是朱彦夫的女儿。他想,天这么晚了,她急匆匆来干啥?是不是朱彦夫又病了?

"孩子,看你跑得这身汗,家里出了啥事?"

"叔叔,我爹让我送煤钱来了。"

"不是说好不要钱了吗?"老王心里一块石头落了地。

"可俺爹不依。"

"他这犟脾气,啥时才能改呢?"老王自言自语着。

"叔叔,收下吧,要不,俺爹急了会打我的……"说着,她流着泪水,把钱放在桌子上。

王锡仁一看急了,他捻小油灯,合上文件,一把拉住她的手说:

"走，我和你一块回去，看看我和老朱谁犟过谁！"他一把抓起桌上的钱，胡乱往衣兜里一塞，拉着孩子扑进了夜幕中。

王锡仁边走边想，这个朱彦夫，脾气倔也不是坏事，可不能拿着身子开玩笑啊！公社是一级组织嘛！我就不信说不动他，实在不行，我就拿组织压他。

面对着王锡仁扔在床上的钱，朱彦夫坚定地说："从入党那天起，我就打定主意，决不能沾组织的光！"

"送你煤不要钱，这也是组织决定的，服从不服从组织，你看着办吧！"一看朱彦夫来硬的，老王也不软和，他也硬邦邦地扔下一句话，气呼呼地走了。

第二天，朱彦夫又让女儿带着钱去了公社，王锡仁还是坚决不收。当第三天朱彦夫的小女儿带钱来时，王锡仁干脆连面也不见了。

第三次送钱送不下的时候，朱彦夫发火了。他两眼呆呆地望着窗外，竟然一天没吃饭。

转眼到了春节，这是一个大雪纷飞、滴水成冰的春节。王锡仁和公社的干部们按惯例走访当地的老革命、老功臣们。王锡仁一边走一边招呼大家："走，朱彦夫家有煤，到他家烤火去！"当他们来到朱彦夫家时，刚一推开门就被看到的景象惊呆了：

在他简陋的小屋里，脸盆里、水缸里、水罐里，都结着一层厚厚的冰。屋里的温度和院子里差不许多。一家人围着一堆将要熄灭的草木灰，最小的孩子冻得钻在娘怀里直吸溜鼻子。

难道那车煤已经烧完了？王锡仁在院子里转悠了一圈儿，发现送来的煤一点不少地堆在墙角，用草苫子盖得严严实实。

王锡仁"咚咚咚"走到屋里，又心疼，又生气，又无可奈何，他拉着朱彦夫说:"老朱啊!你不顾自己的身体,可你也得为孩子们想想啊!你这是和谁赌气?你这样就说明你风格高了?"

这时,朱彦夫的女儿说:"前几天下大雪,爹冻得浑身发抖,嘴里直喘粗气,我怕他冻出病来,便悄悄提进一篮子煤来,准备和上黄土生火。谁知让爹发现了,硬逼着我提了出去,还没让我吃晚饭,他说:'在公社里没收钱之前,这煤就是公家的。谁要是烧了,就是占了公家的便宜,就算不是坏人,起码也不是好人。'他还说,最冷的节气快过去了,再坚持几天,这煤就用不着了。"

王锡仁听后百感交集,抓着朱彦夫的残臂说:"老朱啊,为了我,为了组织,咱从今天开始烧吧!"

"慢!"朱彦夫重重地说了一声,然后,用残臂艰难地揭开褥子,颤颤抖抖地夹出一个油布包,递到王锡仁手里说:

"这是煤钱和运费,你收下,咱就烧!"

王锡仁接过钱后说:"你让我说啥好呢?我的好老朱!"

王锡仁流着泪离开了朱彦夫家。在崎岖的山路上,想想工作中的困难,再想想朱彦夫的举动,他忍不住感慨万千。他突然孩子似的捡起路边一块挡道的石头,用尽全力将它推出山沟里,边推边自言自语地说:

"要是他们的党员都像朱彦夫这样,那……"

四个青玉米

日月如梭,时光如水。就是这么不紧不慢地走着,但是,故事却每天都是新的。

又是一个金色的秋天,张家泉村又迎来一个让人高兴的好收成。

漫山遍野的庄稼一片翠绿。特别是"赶牛沟"、"腊条沟"的庄稼更是喜人。玉米的个头像长长的牛角,顶上冒着红红的花线;大豆荚子鼓鼓的,亮亮的;狼尾巴似的谷穗,压得谷秸弯弯的。

堰边乘凉的老汉吸着旱烟袋说:"这好收成,全是老朱领着我们干出来的啊!"

这天早上,朱彦夫的母亲领着孙女儿向欣到地边玩。正在地里干活的大婶,看着活泼可爱的小欣欣,想想没白没黑地为村里拼命的朱彦夫,便顺手掰下四个青玉米,硬塞到朱彦夫母亲的怀里。想到吃集体的东西不合适,想到儿子的倔脾气,她连连摆手说不要,可推辞不下,又怕被别人看到不好,便一溜儿小跑回到家里。

她刚把玉米放进锅里,小欣欣就搬了个小板凳坐在灶边,馋得吸吮手指头了。

当她添上水,刚点着第一把火的时候,朱彦夫拄着拐杖进门了。他一闻到空气里弥漫的清香味，便警惕地问道：

"锅里煮的什么？"

母亲语塞了。

"快告诉我，锅里煮的什么？"

"人家给了几个青玉米……"

"谁给的？哪里的？为啥给咱？"

一连串的发问，吓得母亲和小欣欣躲在灶边不敢说话了。

这时，朱彦夫放下双拐，艰难地坐下，把小欣欣叫到跟前问：

"欣欣，青玉米好吃不好吃？"

"好吃。"

"想不想吃？"

"想吃。"

"别人想不想吃？"

小欣欣想了想说："别人也想吃。"

"那么，为什么别人家没人送？"

小欣欣不知如何回答了。

"因为我是书记，人家才这样。爸爸入党、当支书，为的是老百姓，为的是庄里乡亲，咋好为自己呢？快送回去吧！等以后分下来，咱和大家一块吃。"

母亲说："彦夫啊，孩子小不懂事，又嘴馋，你就让她吃一个吧！"朱彦夫严肃起来："谁的嘴不馋？你一口，他一口，不早把集体吃光了？娘，你咋越老越糊涂呢？今天不把玉米送回去，我就把它扔出去！"

这时，收工回村的生产队长褚万福，正好路过朱彦夫的家门，他听到这话后，一步迈进来，急急地向朱彦夫解释：

"朱书记，俺早想叫人掰几个青玉米给你尝尝鲜，一直忙得没时间，正巧今天碰见大娘在那里看孩子，是我让她们掰的。"

"集体的东西你就随手送人？谁给你的权力？"

"哎，朱书记，你身体成了这个样子，还没白没黑地为我们操心劳神，乡亲们心里难受啊！吃个玉米算啥？甭说才掰了四个，就是四十个、四百个也不算多。我敢保证，没有一个社员有意见……"

褚万福队长的话还没说完，朱彦夫的脸色就大变了。他把队长叫到跟前，语重心长地说：

"万福啊！单看这几个玉米，实在算不了什么。可是，村上那么多社员，就只有我家这几口人有嘴吗？大家都来吃集体，像老蚕吃桑叶一样，集体不就成了空架子了吗？"

"可是……你是特等残废……"

朱彦夫的声音高了八度："不错，我家有特等残废，但不允许出特等公民。如果我家出了特等公民，我哪里还有脸管别人？今后村里的工作咋开展？咱的话还有什么说服力？别人不懂，作为生产队长，你还不懂吗？今天，你不拿走这四个青玉米，我就撤了你的职！"褚万福队长挠了挠头皮，无可奈何地笑了笑，只好从锅里捞出四个湿漉漉的玉米走了。

看着小欣欣眼里的泪花，朱彦夫心疼地说："欣欣，别着急，等队上分下玉米来，爸爸给你煮一大锅，让你吃个肚儿圆！"

欣欣抱着爸爸的残腿笑了。

但是，小欣欣却从此得了个毛病，只要一吃青玉米，马上会想起爸爸那严肃的脸。久而久之，她对青玉米逐渐不感兴趣了。

多少年之后，她终于理解了爸爸的良苦用心，她终于明白，虽然爸爸的方式有些不近人情，但爸爸关心集体、爱护集体的那颗拳拳之心，真是比金子还贵啊！

捡到的芥菜苗

朱彦夫对孩子们的要求，有时候不近人情，有时候更近乎苛刻，不但孩子有时候难以接受，别人看起来也有些过分。

因为朱彦夫的身体越来越差了，他怕放松了对孩子的教育，会害了孩子。

除了截肢的创面不断向外渗血汁以外，头部和肩部残留的弹片，也使头和肩隐隐作痛起来。最要命的是眼睛，这唯一的一只视力只有 0.3 的眼睛看东西越来越模糊了。

今天是星期日。早上，女儿朱向华起床后，匆匆洗了把脸就要到队上去干活。正在床前忙活着绑假腿的朱彦夫看见将要走出院门的儿女，忽然大声地叫起来：

"向华，你回来！"

"爸爸，你叫我做啥？"

"你知道今天队上干啥活？"

"刨花生。"

"你不能去！"

"星期天到队上干活不是你给我规定的？"

"是我规定的，可这活儿你不能去干。"

朱彦夫一边说着，一边接过妻子递过来的双拐，戴上那常年不离眼的墨镜，又戴上一顶四周早已散了边的草帽，看了一眼正在莫名其妙中发愣的朱向华，就要朝外走。

"爸爸，你说这是为什么？"朱向华问。

"爸爸……是想……是想让你休息一天……"朱彦夫一边闪烁其词地回答着女儿，一边加快朝外走的速度。

可女儿心里却直犯嘀咕：让孩子们利用星期天参加集体劳动，这是爸爸为她们定的规矩，而且不许以任何理由请假。有一次自己发烧，头烧得晕晕乎乎，硬是让爸爸拉到队场上打玉米，为这，奶奶还和爸爸吵了一架。爸爸不依不饶地说，劳动人民的孩子就得参加劳动，咱不是大户人家的阔小姐，身子哪有那么娇贵？一句话把奶奶噎住，气得奶奶一天没吃饭。可今天是咋了？为啥支支吾吾地要让我休息一天呢？

向华觉得这里面有蹊跷，便扔下手中的镢头，赶到门外的石板路上截住了爸爸。

"爸爸，你得给我说清楚，为什么不让我去刨花生？难道真是怕我累？"

"咳！爸爸是……"在孩子面前一直保持绝对权威的朱彦夫，今天竟突然语塞了。其实，他要想表达的意思很明白，可又怕直说出来伤了孩子的自尊心。看看女儿打破砂锅纹（问）到底的样子，他只好如实说了出来：

"爸爸是怕你们自制能力差，刨花生的时候忍不住吃几颗，占了集体的便宜。"

"嗨，原来是为这呀！没事，爸爸，你放心，女儿决不吃半颗花生。"说着，向华就要回家去扛镢。

朱彦夫用一支拐杖撑着地，举起另一支拐杖拦住了女儿："孩子，爸爸不是不相信你，而是你年龄太小，自制力差，万一吃了花生，占了集体的便宜，一是惯坏了你的思想，二是让爸爸没脸去批评别人。"

从此后，朱彦夫家的孩子，什么活都可以去队里干，但唯有刨花生时，一个孩子也不去。为这，乡亲们有许多不同的议论，有的说朱彦夫做得太绝，有的说朱彦夫做得很对。可朱彦夫听了，只是一笑了之。

望着爸爸远去的背影，小向华心里很不是滋味：我的严厉的爸爸啊！为了保护集体的一草一木，你啥办法都想出来了。你不相信女儿，女儿也不怪你，谁让你在村里负责来？为了村里，为了孩子，你比平常人多操了多少心啊！

想到这里，小向华看看天色不早，反正作业已经做完，再去山上打猪草吧！她背起草筐，拿起镰刀，一蹦一跳地朝山上走去。

秋天的野草已经老得发黄，这样的草猪是不爱吃的。为了能割到又嫩又绿的猪草，小向华翻山越岭地找，有时是一丛丛地割，有时只是一棵棵地选，好不容易割满了竹筐，她便放下镰刀逮起蚂蚱来。

她想，爸爸的身体越来越差，国家补助的糖和油他都送给了村里人，有时连钱也送给那些五保户，有时几天吃不到一点荤腥，今天逮些蚂蚱回去，也好给爸爸补养一下身体。秋天的蚂蚱肚里子多，身子笨，飞得很慢，小向华一会儿就逮了一串，便背着草筐下山了。

她正在急匆匆走着，突然发现路旁的堰边上，胡乱放着一把芥菜苗。她往地里一看，见芥菜刚被间过苗，这肯定是人家间苗时采下的一把，扔在这里不要了。她便高兴地捡起来，边走边在心里想，今天，可以给爸爸做一荤一素两个菜了。

走进家门,小向华先抽出些猪草扔进猪圈,然后满心欢喜地拿着蚂蚱和芥菜苗向爸爸报功:

"爸爸,今天给你改善生活!"

朱彦夫看了看那一大串蚂蚱,刚要笑着夸奖小向华懂事,忽然瞥见了那把芥菜苗:

"这是从哪里拔来的?"

"不是拔的,这是人家间苗不要了的。"小向华笑着向爸爸解释道。

"我不信!这么好的芥菜苗人家能不要了?"

"爸爸,是真的,是我在堰边捡来的,不信你可找人问问。"小向华急得流出了委屈的泪水。

"不准撒谎!从哪里拔的,赶快给我栽到哪里去!栽不活你小心点儿!"朱彦夫用拐杖"啪啪"地敲着地,丝毫没有商量的余地。

小向华吓得直往奶奶身后躲。

"自家的孩子你还叫不过小名来?小向华是啥人你还不知道?你这个爆仗脾气,成天不知哪里来得那么大的火!"小向华的奶奶一边拉过向华,一边数落着儿子。

"你别护着她,惯坏了孩子你就后悔了!集体吃了亏你就高兴了?"

朱彦夫没头没脸的这一顿抢白,把老母亲惹火了:"你朝俺娘们使的啥厉害?孩子还不是为了你?好心当成驴肝肺!俺这就去给你栽上!"

说罢,她没好气地拿过芥菜苗,一把拉着孙女出了门。来到山坡的堰边上,正好收工的队长在这里看苗情,她向队长一打听,可不是,这芥菜地里是今天下午间的苗,间下来的太多了,不知是谁扔了一把。她把芥菜苗一把扔到地上,在队长还在懵懵懂懂的时候,又拉着孙女回了家。

进门后,她没好气地抢白了朱彦夫一句:"俺给你栽上了!"

朱彦夫一听更气了,刚要再发火,老母亲却不依不饶了:"你当了这么多年村干部,凡事也得讲究个调查,你凭啥怨小向华拔了集体的芥菜苗?就你爱集体,难道咱向华不爱集体吗?你出去问问队长,今天地里间苗了是不是?你怕集体吃了亏,你就不怕冤屈了孩子?"

听到这里,朱彦夫歉意地一笑:"我经常和孩子们说,集体的一根草也不能拿。今天,算我没有调查,我冤屈了孩子,我给孩子道歉。"

说着,朱彦夫就要站起来。

"爸爸,你是对的!"小向华扑过去,抱住爸爸哭了起来。

在小向华的记忆里,这个严厉得有些吓人的爸爸,这是第一次向孩子道歉,因此她的心情非常复杂,是为了爸爸的大度?是为了自己的胜利?还是为了……总之,她小小的心灵实在想不清这些事。

学雷锋能要报酬吗

俗话说,严父出孝子。

朱彦夫对孩子的"苛刻"和对别人的大方在十里八村是出了名的,这不是因为他的脾气倔,也不是因为他太富有,只是因为他有一颗滚烫的心。

女儿向欣上小学时,就经常学雷锋做好事,并受到老师和邻居的表扬。有一次,她又帮人家做好事,为了表达感激之情,人家送给了她一个本子和一支钢笔。她高兴地跑回家,一进门就向父亲报功:

"爸爸,看,我有新的本子和钢笔了。"

"谁给你的?"

"我帮人家做好事,人家奖给我的。"

"向欣,雷锋做好事留名了吗?雷锋雨夜送大嫂回家有奖励吗?"

一句话,问得向欣答不出话来了,想了好久,向欣才说:"人家愿意给的嘛,又不是我向人家要的。"

"是啊,爸爸知道,我的姑娘不会随便要别人的东西。可你想,你学雷锋,这是无私奉献,你要了人家的东西,还是无私的吗?"

"那就……不是……"

"那应该怎么办呢？"

"爸爸，我马上给人家送回去。"

"向欣，天晚了，你出去爸爸不放心，认识到就行了，明天再送也不迟。"

朱彦夫对自己孩子的要求就是这样苛刻。他认为，奉献是一种精神，是一种很高的境界，如果施恩图报，那就是斤斤计较的等价交换原则，就和时代精神差得太远了。

他一生中不知帮助了多少人，但他从来不接受别人一丝一毫的馈赠。

有一年春天，朱彦夫去沂蒙县城作革命传统报告，作完报告返回家乡的车站上，遇到了一个身患重病而无钱医治的名叫蔡淑明的姑娘。朱彦夫倾其所有，把浑身的钱都给了她，让她去医院看病。姑娘的病很快就好了，她多次来看望她的救命恩人，可朱彦夫却一分钱的东西也不要。蔡淑明牢牢地把这件事记在心里，把救命恩人记在心里。

几年后，蔡淑明找了婆家。当她把这段往事告诉未婚夫时，他也深受感动，于是，蔡淑明便和未婚夫一起，带着鸡蛋来看望朱彦夫，可朱彦夫还是说啥也不收。最后，蔡淑明说：

"大伯，哪怕你收下我一个鸡蛋，也算你领了我们两口子的心意了。"

"孩子，说得不好听一点，当初我救你，可不是为了你的鸡蛋啊！听话，快回去吧！回去好好劳动，过个好日子。"

小两口千恩万谢地走了。

有一次，蒙阴县的兄弟两人闹了矛盾。朱彦夫知道后，多次拖着残肢病体，登门为他们调解，并讲曹植的诗给他们听：

"古人说得好：'煮豆燃豆萁，豆在釜中泣。本是同根生，相煎何太急？'兄弟俩多想想父母，多想想大家，多想想别人，多想想以后。人生这么短暂，可得好好劳动，好好生活啊！"

在他的调解下，兄弟二人和好如初。为了感谢朱彦夫，兄弟二人三次登门请朱彦夫去做客，可朱彦夫坚辞不去。兄弟二人急了：

"刘备三请诸葛亮，孔明还给面子，你这点面子也不给？"

朱彦夫说："你俩和好，我就高兴了，还来那套虚的干啥？"

兄弟二人实在没辙，临走时，悄悄将一大包酒、烟、茶放在朱彦夫家的窗台上。朱彦夫第二天发现后，托了好几个人，又把东西原封不动地送了回去。

对个人的东西，他分文不取；对集体的利益，他更是丁点也不贪。朱彦夫常说："做人，就要讲究人格；入了党，就得考虑一下原则。如果有了贪心，不用说做党员，连做人的资格也丢尽了。"

朱彦夫担任了二十四年村支部书记，只吃过一次请，这就是1981年的秋天。

这天，村里欢送新兵入伍。新兵高兴，军属高兴，村里的村民们也高兴，大家一致要求举行一个送行仪式，朱彦夫同意了。

这时，村里的经济状况也好多了，比朱彦夫刚干书记时简直是一个天上，一个地下。其实，大家还有另外一层意思，就是朱书记为村里操劳了二十多年，全村人感恩戴德，村里有多少人家请过他，但他一次也没有参加。他们想借此机会好好请一下朱彦夫。

晚上，大家坐定之后，朱彦夫来了一段开场白：

"这么些年来，我是第一次和乡亲们喝酒，为啥？喝了集体的，群众会有意见；喝了个人的，可就应了'吃人家的嘴短'这句话了。也许我想多了，请大家原谅……"

他将目光转向了即将入伍的新兵："小伙子，到部队好好干，让人家看出咱沂蒙山人的骨气来，觉出咱老区人民的胸怀来！"

在大家的掌声中，朱彦夫放下一块钱的陪餐费，趁大家热闹时悄悄退场了。

后来，这件事被一位搞宣传的同志知道了，非要把他的事迹写成稿子不可，朱彦夫说：

"脚踏实地地做点工作，才是做人的本分。如果做点应该做的事就到处宣扬，唯恐天下人不知道，那肯定是有某种个人目的，那他做好事的动机就值得考虑了。"

这位搞宣传的同志说："耍了这么些年笔杆子，碰到的像朱彦夫这样的人实在太少了。"

的确是这样。在这个商品经济侵入人们的每一根神经，金钱浮躁融入人们的每一滴血液的当下社会里，像朱彦夫这样的人实在是凤毛麟角了，像朱彦夫这样的思想境界，也是我们每一个共产党员追求的目标。

爸爸妈妈的两件宝

孩子自有孩子的视角,自有孩子的世界,自有孩子的方式。

朱彦失的孩子们和爸爸妈妈开玩笑时,经常善意地调侃:

"爸爸妈妈有两件宝,小方镜和蓝布帽。"

孩子们这句善意的调侃,从一个侧面说出了朱彦夫的简朴生活。他常对孩子们说,咱是劳动人民出身,一个是劳动,一个是简朴,这两样一样也不能丢了,一样也不能忘了。一位革命领袖曾说过,忘记了过去,就意味着背叛……

前些年,村上不富裕,朱彦夫家人口又多,只靠他每月四十多元的残废金生活。吃的,穿的,用的,朱彦夫样样精打细算。尽管孩子们穿得补丁摞补丁,但要强的朱彦夫夫妇,总是把孩子们打扮得干干净净,精精神神。现在,残废金每月提到了两百多元,孩子们也都就业拿工资了,但朱彦夫还是过着简朴的生活。有时看到孩子们将饭粒掉到地上,他都要大喝一声,陈希永让他别吓着孩子,他说不这样孩子们记不住。

小方镜的故事是这样的。

朱彦夫和陈希永结婚后,一直没有镜子用,但陈希永照着水面照样把头梳得亮油油的。

当时，沂蒙山区流传着这样一个故事，说一对要结婚的年轻人，女的让男的去城里买个镜子，男的问，镜子什么样？女的说，就是一个圆圆的、能照出人影的东西。第二天，男的从城里回来了，兴冲冲地跑到女家，将一个崭新的自行车圈送给了她。一时传为笑谈。

一天，朱彦夫看到陈希永又在对着盆里的水梳头，便歉疚地说："你跟着我受穷，也真亏了你这么多年。咱也别这样节约了，你去大集上买个镜子用吧！"

陈希永更是舍不得花钱，她权衡再三，才提了一篮子鸡蛋上街，到大集上转悠了半天，最后在一个小摊上用两个鸡蛋换了一个最便宜的小方镜。

就是这个小方镜，他两口子一用竟用了三十年，说起来也真让人不可思议。由于年岁太久，镜面和镜架脱落了。朱彦夫便让妻子找了些细线，一道道缠了起来，然后又继续用上了。有一次，妻子刚洗完手，还没擦干，去拿镜子时，镜子滑落到地上，一下子摔去了一个角。两个人好一阵子心疼，这一次可不能用了吧？可朱彦夫有的是办法，他让妻子买了块胶布粘住，又继续用上了。

有位串门的邻居说，现在时兴大圆镜了，又亮又好看，你家的镜子都成文物了，还用它干啥？

朱彦夫却说："镜子就是用来照人的。只要能照出人来，再好的镜子还不是一样吗？"

就这样，那个历尽沧桑的小方镜，直到现在还摆在他们的桌子上。

蓝布帽的故事是这样的。

朱彦夫从部队上回来后，一直戴着一顶黄军帽，黄军帽破了后，妻子一直想给他买顶帽子，可他就是不让。有一天，妻子瞒着他，用自己上山采草药卖的钱，给他买了一顶蓝布帽。朱彦夫得知后，非让妻子去退掉不可。妻子说人家不让退货，无可奈何，他才戴上了新帽子。这顶普通的蓝布帽从那一直戴到现在。时间过了三十多年，蓝颜色已白得几乎看不出来了，帽顶上也磨出了几个洞。孩子们都劝他别戴了，可他坚持不换。他让妻子将那几个小洞精心补好，又继续戴上了。孩子们实在看不下去，便给他买了顶新的。朱彦夫为了不辜负孩子们的心意，痛痛快快地将帽子收下了，却将它当成了"礼"帽。偶尔出远门或有重要场合时，才戴一下新帽子，平日里还是戴那顶洗白的蓝布帽。

由于朱彦夫残疾的原因，常常坐在床上或椅子上，他裤子上屁股那一块破得特别快。补了一次之后，孩子们就想给他换条新的。他说：

"别的地方还好好的，不就是屁股上再补一次吗？换啥？"

当补到第三次时，孩子们看不下去了，就把旧裤子藏了起来，拿给他一条新的。朱彦夫发脾气了：

"你们就不是庄稼人？瞎了东西就不心疼？咱又不是大总统，要的什么派头？要的什么威风？嫌我不好看，你们就别认我这个爸爸！"

孩子们没想到他会为此发这么大的火，只好交出了他的旧裤子。这条裤子一直穿到屁股上补了九次，膝盖上补了四次，实在不能穿了，才当了抹布。

不但裤子，别的衣服也是这样，朱彦夫的一件白背心，一直洗得由眼到洞，又由洞到网了，临扔时嘴里还絮叨着："太可惜了……"

朱彦夫就是这样，自己过着简朴的生活，同时也以简朴的精神教育着孩子，给孩子养成一种崇尚勤俭的精神和良好的生活作风。在工作单位，一提朱彦夫的孩子，人们都点头称赞。

他经常说:"毛主席的一件睡衣补了十八个补丁;刘少奇是国家主席,可衬衣上还补着补丁呢!像咱这样的凡人,还能怎么样……"

朱彦夫对工作总是向高标准看齐,生活都是向低标准看齐。多少年如一日,矢志不渝啊!

儿子的食言

正如古人所说,福无双至,祸不单行。在朱彦夫身体越来越差的时候,他的母亲又病了。

朱彦夫母亲的病越来越重了,可她怕花钱不愿去医院检查。最后,朱彦夫硬是命令孩子们将她抬到医院去,检查的结果令人吃惊:

肝癌晚期!

听到这个消息以后,朱彦夫像是受了刺激,脑子里一片空白。等他平静下来时,禁不住一阵阵悲从中来。多少年的辛酸,多少年的苦累,多少年的坎坷,一下子涌上了心头:

……要饭路上,母亲为了保护他而被狗咬伤了腿;三亩山岭薄地里,相依为命的母亲像个男人那样耕耩锄耙地辛劳着;在母亲病重时,他瞒着母亲参了军;在母亲接到他的"烈士通知书"时,头发一夜白了一半;在他夜里爬进家时,母亲吓得昏倒在磨道的雪地上;在他要求回村自理自立时,母亲给他一口口喂饭并一次次帮他解便;在"文革"中他被造反派押走后,母亲披衣坐在床上,一夜夜地等着儿子归来……

为了不使母亲难受,朱彦夫蒙上被子,泪水打湿了枕头:人们说母爱是伟大的，可是我母亲的亲子之爱更伟大了几分；人们说母亲是无私的，可是我母亲的亲子之情更具有无私的奉献精神……

夜已经很深了。皎洁的月光，在悄悄移动着院里那棵洋槐树的影子。不知名的小虫的鸣叫，使这个难熬的夜晚显得更为漫长。

这时，朱彦夫家的东屋里传出一声显然是被压抑了的唉哟声。朱彦夫的母亲太坚强了，这位苦水里泡大、山路上摔打出来的普通农村妇女，尝受了太多的曲折和坎坷，什么困难也难见她皱一下眉头，什么疼痛也难听见她哼一声。肝癌的疼痛是难忍的，可她忍住了。当她哼出声来时，疼痛的程度就可想而知了。

听到母亲的唉哟声，朱彦夫一下子用残臂掀开被子，"哧溜"一下滑下床来，连假肢也顾不得装，拐杖也没拿，利用两膝和两肘，爬到院子里，又爬到母亲床边。他跪在地上，用残臂为母亲揉着，一揉揉了大半夜，直至疼痛有所减轻、母亲睡去之后才停下来。

黎明时分，疼痛又一次使母亲醒来，当她看到朱彦夫还跪在她床前时，禁不住用那双粗糙的手抚摸着他的头，声音颤抖着说：

"儿啊，你这辈子可太苦了啊……"

"娘，儿这些年重残在身，没能孝顺好你，是儿的不对，儿心里时时刻刻……"

"彦夫，你从小心好，对娘更好。你心里有，娘心里也有。那年，那碗饭……

说到这里，朱彦夫两只残臂一下子抱住娘的胳膊，将脸紧紧贴在娘的手上，母子两人一下子进入了沉重的回忆中……

那年，生活太困难了，他一家人先是吃用地瓜面加野菜蒸成的菜团子；后来，地瓜面也没有了，他们又把地瓜蔓、花生皮、玉米皮和玉米芯打碎后蒸着吃；再后来，就是吃草，吃树皮了。一家人的身体越来越差，长病生灾的事情时有发生。有一天，朱彦夫的一位老战友来看望他，拿来三个黑黑的地瓜面窝窝头。在当时来说，这实在是珍贵无比了。老战友走后，母亲将其中的两个掰成几份，让孩子们分吃了，剩下一个，放在桌子上。

晚上，朱彦夫、妻子陈希永和母亲坐在桌前，看着那个在灯影里显得更黑的窝窝头。

母亲说："希永过门这么多年来，没冬没夏，风里来，雨里去，这个家可多亏了你啊！特别是近几年来，彦夫啥也不能做，我的身体又病恹恹的，家里坡里、养猪垫圈、缝缝补补，全靠你一个人。有时候，你两个锅子同时熬药，照顾俺母子俩，你是咱家的顶梁柱啊，这窝窝头还是你吃了吧！"

妻子说："彦夫是为国家立了功的人，这些年来，尽管咱们想方设法地让他吃点好的，可由于条件所限，他没吃上多少好东西，身体时好时坏。要是他有个三长两短，我对不起国家，对不起村里，也对不起孩子们，更对不起娘您哪！我看，这窝窝头让彦夫吃了吧！"

朱彦夫说："我立了啥功？还不是为国家做了点咱该做的事？这些年来，我拖累了希永，里里外外全靠你，黑夜到山上挑地瓜，你跌到沟里满身伤回来都不说一声。娘为了我吃尽了苦，受尽了累，又担惊又受怕，我不能孝顺你，却反过来像三岁的孩子那样拖累你。这窝窝头，还是你两人一人一半吧！"

就这样，三个人推来推去，那个窝窝头还是完整地蹲在灯影里。三人车轱辘似的话转来转去，谁也不肯吃一口。

最后，母亲说：

"咱家里能不能撑下去,全靠希永了,你吃一半;彦夫的身体又残又病,需要补一下,你也吃一半。我这把老骨头硬邦,再说也干不了啥事儿了,就……"

话没说完,朱彦夫和妻子就不让了,两人异口同声地说母亲这样做不对,还没等他们说完,母亲那高了八度的声音响了起来:

"我当娘的说话还管不管用?难道啥事都让我听你们的不成?今天,我算求你们一次,你们也给我这个面子。要不,我这里给你们下跪了……"

陈希永一把抱住婆婆,将她扶到椅子上。母亲亲手掰开窝窝头,一人一半分给了他俩。两人含着眼泪吃下了窝窝头,母亲那泪水未干的脸上终于又有了笑容……

一阵病痛袭来,母亲又唉哟了一声,打断了母子两人的回忆。朱彦夫想,娘对自己太好了,自己欠娘的也太多了,当牛做马一辈子也报答不完。这时,妻子陈希永进来,替换下朱彦夫,又为婆婆揉了起来。

母亲的病越来越重,可她一直有桩心事,就是害怕死后火化。弥留之际,她时而清醒时而糊涂。清醒的时候,她就试探着问陈希永:

"向华她娘,听说上边叫火化,我老了,难道非火化不行?再说,咱庄从古至今,还没有一个火化的人……"

陈希永慌忙用谎话来安慰她:"娘,放心吧,火化场那大烟囱早歪了。"

说归说,但是陈希永知道,婆婆死后是非火化不行的,这一点,朱彦夫早已说过多次。火化是这几年推行的新鲜事,也是上头的政策。在执行政策方面,朱彦夫是从来不含糊的,而且他也早给陈希永吹了风。他说:"咱是党员,咱应该带头;咱是干部,咱也应该带头;咱是受人民尊重的荣誉军人,更应该带头。"

几天后,母亲去世了。朱彦夫趴在母亲身上哭了大半天,把他这些年来对母亲的钦佩，对母亲的歉疚，对母亲的爱怜，对母亲的亲情，一股脑儿地哭了出来。

上午，亲戚朋友来了一帮又一帮，屋里屋外都坐满了人，在大家哭哭啼啼的声音中，在大家悲悲切切的目光里，都透露出这样的意思：

难道还真火化不成？

要知道，在农村，特别是在上世纪七十年代深山里的农村，火化是一个多么可怕的字眼啊！带这个头，需要多么大的勇气啊！传统的习惯势力，守旧的迷信色彩，亲戚朋友的不理解，邻舍百家的闲话，织成一张可怕的密密麻麻的网，将朱彦夫严严实实地罩在了里面。可是，朱彦夫下定了决心，他要用对党的事业的忠诚，对人民事业的负责，去把这张网撕破、扔掉。

还没等朱彦夫说话，亲戚朋友们便又开始织网了：

"彦夫啊，你娘受了一辈子罪她这死后，难道你还想让她再受一次罪？你也太……"

"彦夫啊，你十四岁还没成人就参了军，身体不好，一辈子也没能为娘尽尽孝心。她现在去世了，只要你同意不火化，就算是尽了孝心了。"

"彦夫啊，俺虽然是农民，可也知道官身不由己的道理，端谁家的碗，受谁家的管嘛！你不好说话不要紧，你先躲出去，等俺把这事办完了你再回来，万一上边追查下来，你说不知道还不行？"

一句句话，说得朱彦夫心如刀绞；一声声劝，说得朱彦夫泪流满面。但是，你有千条妙计，他有一定之规，党的政策万万不可违背。

就这样，母亲的遗体被拉到了火化场。按规矩，作为长子的朱彦夫，是应该到火化场为母亲送行的。但是，朱彦夫在坚持党的政策时的铁石心肠，这时又变成一个孝子的忠心，他不忍心到火化场为母亲辞行，他受不了那种骨肉永别时刻的折磨，只好让弟弟去了。

他憋在屋里，在母亲睡了多少年的床前走来走去，心里有种塌了天的感觉。在250高地上有过悲痛，但那悲痛中带着与敌人拼到底的激情和慷慨赴死的悲壮；而现在的悲痛，则是在骨肉分离的痛楚中带有负疚的揪心……

当弟弟抱着母亲的骨灰盒进门时，亲戚们号啕大哭起来，一时间令朱彦夫手足无措。这时，老姐姐那哭泣中带着倾诉的声音传了过来：

"娘啊！你受了一辈子罪啊！……最后，都是因为……彦夫当了这么个官，才把你……"

朱彦夫听到这里，脑袋"轰"的一声，他大声地叫了一声"娘"，脑子里立时变成了一片空白。

深夜，朱彦夫坐在堂屋里，用两只残臂捧着母亲的骨灰盒，把头俯在上面，内疚、悲痛、辛酸、委屈一下子涌上心头，他自语道：

"娘，为了我，你吃了一辈子苦，我没能很好地为你尽孝。儿知道你生前最怕火化，可儿子是党员，移风易俗，咱就得带头啊……"

他哭了一宿，跪了一宿。

第六章 义薄云天的传道者

上千场报告的报酬

朱彦夫出名了，请他做报告的人越来越多。但是，决不占一点便宜，这是朱彦夫为自己定下的一条原则。

朱彦夫从伤愈到现在，经常有天南海北的人请他做革命传统报告。几十年来，有人粗略地算了一下，他所做的报告大约有上千场了。

每次做报告后，人家给他报酬，不要；给他纪念品，退回；有时甚至连人家一顿饭也不吃，搞得人家很难为情。

记得第一次报告是在他伤口刚刚愈合的时候。那次报告的前前后后，是他一生中最难忘的时光，也是决定他后半生人生轨迹的一个转折点。

那时，在我国东北的一家医院里，朱彦夫的情绪正在低谷里。失去了四肢，失去了左眼，以后怎么生活呢？难道就这样成为国家的累赘？难道就这样一切都靠别人护理来活着？他想到了死，他认为对他来说，死实在是太好了，既减轻了国家的负担，免除了护士们的劳累，又结束了自己的痛苦，也除去了母亲将来知道后的心病。

这是东北一个漆黑的夜。

同室的伤残战友早已睡熟，从那微微抽动的嘴角可以看出，战友可能在梦中又与敌人拼上了。月光透过窗口洒了进来，将屋里的一切都变得白惨惨的，沉重的寂静令人感到压抑和无奈。

朱彦夫在病床上翻来覆去，怎么也睡不着，从大脑到肢体，好像全都麻木了似的。伤口的疼痛他早已没有了感觉，精疲力竭的困乏更难以打扰他，只有一个怎么也赶不走的可怕的念头，越来越牢固地抓住了他：

"死！马上就死！"

人总是这样，当你要做出某一种决定的时候，总是举棋不定，辗转反侧，受尽煎熬，一旦这项决定诞生了，不论是好是坏，你反而平静了，甚至有点超然物外了。

夜已经很深了，月亮早已偏西，屋里已没有了一丝月光，变得黑暗、可怖起来。朱彦夫平静地躺在床上，眼前一幕幕地过着电影：那在秋风中飘着白发的老母，那在渡江战役中死去的战友，那在250高地上牺牲的连长、指导员和战友们……一切都已过去，甚至有种恍如隔世的感觉。我要走了，要去见连长、指导员和战友们了，尽管在祖国的土地上生长了不足二十年……

打定主意后，朱彦夫悄悄地、艰难地爬起身来，从床上慢慢向桌子上挪去。不知过了多长时间，他终于将半截身子放在了桌子上。这时他已是大汗淋漓、气喘吁吁了。伤口刚刚愈合的朱彦夫，挪过这点距离，不亚于又攻占了一次250高地。他心里明白，与上次不同的是，那是进攻，这次却是退却了。

突然，不听使唤的残臂将桌上那个印有"赠给最可爱的人"字样的搪瓷缸子拨拉下来，"当啷"一声，在夜里显得格外刺耳。朱彦夫下意识地向战友的床上看去，只见他翻了一个身，嘴里嘟囔着什么，又睡过去了。

喘息了一阵之后,朱彦夫又从桌上向窗口爬去,只要能打开窗子,一头扎下去,目的就达到了。但当他伸出残臂去推窗子时,身子突然失去平衡,一下子从桌子上跌到了地上。

沉重的落地声音惊醒了同室的战友,也惊醒了值班的医护人员,人们纷纷跑过来,七手八脚地将朱彦夫抬到了床上。大家一边为他包扎刚才摔破的伤口,一边埋怨他不应该这样做。这时,只见朱彦夫紧皱着眉头,紧咬着嘴唇,一句话也不说,他心里在想,连死的能力也没有了,我还算个啥?他的情绪低沉到了极点。

第二天,医院驻地的学校来人联系,要请一位荣军为学生做革命传统报告,医院领导决定让伤残最重的朱彦夫去。谁知朱彦夫梗着脖子吐出两个硬邦邦的字:

"不去!"

任医护人员怎么动员,任一起养伤的战友们怎么劝说,朱彦夫除了刚才那两个字以外,再也没有开口。他想我这个不是烈士的烈士,还去人前招摇过市干啥?倒不如让人们忘记更好一些。

做报告的这天,医院的医护人员和学校里来的人一起,硬是把朱彦夫抱到了台子上。面对台下那一张张真诚的笑脸,面对那一双双渴望的眼睛,朱彦夫顿时觉得热血沸腾:人们把我当成心目中的英雄,可我怎么会产生自杀这种灰色的情绪呢?朱彦夫,你算什么英雄?你怎样才能对得起死去的战友?你怎样才能完成指导员的嘱托?你想过吗?现在还不晚,从今天开始吧!

心里稳了,胆气也壮了,报告做得非常生动。

他从参军讲到渡江、解放上海、250高地……台下不时传来掌声和抽泣声。在他最后一句话刚刚落音时,台下响起长时间雷鸣般的掌声,一男一女两名戴着鲜艳的红领巾的小学生，跑上台来向他献花。被鲜花和掌声包围的朱彦夫，重新发现了自己的价值，对以后的人生之路又充满了信心。

尔后，在妻子陈希永的陪伴下，他经常应邀到各地做革命传统报告。陕西、东北、上海、山东等地，都留下了他那激昂的声音。每次报告之后，他都要用很大的精力推辞人家要赠送报酬、纪念品之类的热情。由于每次推辞太麻烦，朱彦夫便立下一条规矩：不论谁来邀请做报告，必须遵守一条原则，就是不准给报酬或纪念品，否则，一律不去。

但是，前年在一所中学里做的一场报告，对朱彦夫刺激很大。

报告会结束后，照例是听众们蜂拥而来，有的要求签名，有的提出一些问题要求解答，有的家长还专门跑来请教如何教育孩子等等，将朱彦夫围了个水泄不通。正在忙乱中的朱彦夫，突然听见一声清脆的童音：

"舅姥爷！"

朱彦夫寻声找去，只见在人群的外边，站着一个虎头虎脑的小家伙，原来是他的一个重外甥。

"你怎么来了？"

"我就在这个学校里上学！"

大家见此情景，都主动闪开一条道，重外甥慢慢走到朱彦夫面前，轻轻地说：

"我能问你一个问题吗？"

"问吧，你难不倒舅姥爷！"

"同学们说，你打仗那么勇敢，杀死那么多敌人，有报酬吗？"

"……"朱彦夫的脸色凝重了。

"同学们还说，你这么大年纪了，身体又不好，还到处做报告，肯定挣了不少钱！"

"……"朱彦夫的心痛了。

"同学们还说，有些没有文化的小歌星，出场费张口就是几万，舅姥爷可比他们强多了，要是不要钱的话，可就是太傻帽了。"

面对着天真的孩子，朱彦夫能说什么呢？他想，这几年，商品经济的确给我们带来了物质生活的满足，但是，一些不健康的思想也泛滥起来，极端个人主义、享乐主义、金钱万能的思想，对孩子们影响太大了。不错，金钱是有它不可替代的作用，但金钱却不是万能的。它能买来房子，却买不来家庭；它能买来药品，却买不来健康；它能买来物质，却买不来精神，更买不来共产党人坚定的共产主义信念和无私的奉献精神。

想到这里，他轻声问重外甥：

"你说舅姥爷有啥报酬？"

"是钱吗？"

"不是！"

"是给你买东西吗？"

"也不是！"

"那……是什么呢？"

"通过听舅姥爷的革命传统报告，人们受到了教育，树立起了坚定的信念，鼓起了更大的干劲，会把我们的祖国建设得更加美好！这就是我得到的最大的报酬！"

重外甥似懂非懂地点了点头，周围又一次响起了热烈的掌声……

看到这里，朱彦夫说："现在啊，有些人把物质生活看得太重，忽视了精神生活，认为有了钱就有了一切。毛主席早就说过，人是要有一点精神的！不追求精神生活，和猪圈里的猪有啥区别？有的人用钱买权，以权换钱，浑浑噩噩，声色犬马，哪有半点共产党员的精神？"

　　掌声更热烈了。

他在讲台上休克了

曾经休克过无数次的朱彦夫,又一次休克了。

不过,这次休克更是惊天动地!因为,他倒在了万众注目的讲台上。

1996年11月1日的下午,在一次报告会上,朱彦夫因突发脑血栓倒在了讲台上。他休克了,尽管抢救了过来,但命运再次向他发难,病魔再次夺走了他行走的权利!他没有想到,这是他四十四年间做的上千场报告中的最后一场。

"此生,我不知道还能否再次站立起来,迈开双腿,跨步在这片坚实的土地上。"

"我不知道我的生命还能走多远,也不知道这半截残躯内到底还有没有能量,供我数次在死神门前挣扎。也许我已经走到了一个特殊生命所能够走到的最遥远的地方,也许一本《极限人生》恰恰是我为自己的生命历程找到了一个极限。"

当这些念头袭上心来的时候,朱彦夫竟感到了一丝悲凉。但很快他就一遍遍地告诫自己,这些念头是万万不应该有的,因为他知道作为名战士,只要一息尚存,就不能泯灭自己始终追求更大胜利的渴望,脚下应该还有更长更远的路正等着自己去跨越，谁也没有为人生的极限界定出一个标准，人生本就不该有什么极限。只要自己竭尽全力地去搏杀，总能达到一个新的目标，跨越了极限，也就不存在什么极限了，所有的极限全都跨过之后，也许就会有一片更加崭新的天地！

从1952年做第一场报告起到1996年长达四十四年间，他做报告一千余场，听众达数百万人，且场场报告听众反响强烈，每次的会场上都有无数人被感动得热泪盈眶，哭泣声不绝。

为了做报告时不上厕所，朱彦夫不敢喝水。每一次都讲得口干舌燥，头昏眼花。讲到沉痛处，他和听众一起落泪，讲到激昂处，他恨不得和听众起呼喊。每做一场报告，朱彦夫就像又到死神门口挣扎一回，就像是和战友生离死别一次，但他觉得，为了战友的嘱托，为了让更多人理解他们的付出，珍惜他们用生命换来的和平，再苦，再累，也值！

他没有进过学堂，十四岁参军，负伤致残后行动也不方便，是一次偶然事件把他逼上了讲台，他从而也发现了自己的潜能。

那是1952年的清明节，荣军医院附近的学校到荣军医院请一名同志去给学生做报告。学校与院领导选中了伤残最重的他。没等他清醒过来，他就被抬进会场，抱上了讲台。

吵吵嚷嚷的会场一下子鸦雀无声了。望着台上没有左眼、没有四肢的"肉轱辘"，台下的学生都呆住了，有的害怕，有的吃惊，大家一时都回不过神来。他焦急地思索，第一次报告也不知道讲些什么。

面对台下黑压压的学生，他显得慌张，语无伦次："各位老师、同学们，我是大老粗，不会讲话，我给大家介绍介绍我在朝鲜参加的最后一次战斗的经过吧。"朱彦夫把烙印在头脑里的惨烈的战场实景叙述了一遍，没有拔高，没有渲染。台下学生哭泣了，悲愤了。他第一次感觉到自己可以告慰亲爱的战友烈士了。

他的报告在学生、老师中产生的震撼力可想而知，他报告的效果被认可，一传十、十传百，从此，来邀请他做报告的络绎不绝。

起初请他做报告的单位可能是赶时髦、猎奇，听了他的报告后才知道真正的价值所在被他真实的人生所感悟，被他生命的巨大能量所感染。

报告做的场次多了，他的水平也不断提高。他做报告从来不用稿，讲的事件深入浅出逻辑性很强，语言口气风趣幽默很吸引人，事件里的人物被他讲得活灵活现，不了解的听众都认为他是受过高等教育后参军负伤的。说他是没有进过一天校门的地道的农民娃，是万万没人相信的。

做报告对朱彦夫来说不是一件容易的事。行动不便利，他又不想借他人的帮助做一些活动而破坏报告的效果，从而给听众留下不完整的印象。他走上走下讲台都是不用人搀扶，他在讲台上的一切活动都是自己独立完成。每次做报告前他必须做的准备工作很多很难：节水节食以保证报告时不解便；缠腿套、装假肢用去一个多小时；穿衣、扎腰、戴帽要用半个小时；眼粘胶布、准备用具用去半小时；然后下地活动活动假肢验证准备得是否合适，不合适还得返工重来。

在常人看来，这是一些手到擒来再简单不过的事情，或者有的是根本不存在的事情，可对于他来说，每一个事情每一个环节都是至关重要，都是一个不轻快的劳作、不小的门槛。可谁曾想到，为了让听众能得到这些教育，他付出了多少血与汗，他不是为了作秀。

朱彦夫的足迹遍及企业、学校、机关、部队，远涉大江南北，没有行业之分地区之别，没有年龄之差。在听众眼里他是信念与意志的标尺，是生命与力量的象征。他重残之躯下还能磨砺出那么多的生存与生活本领，打造出那么多思想意志之壮举；身处绝境还助人为乐，还为他人为社会做那么多有益的事情；把一个村子治理得井井有条，让村民吃穿不愁；他在艰难困苦的包围中还是生活得那么有滋有味，对生活那么充满希望，那么热爱，谁能不感动？

朱彦夫的人生轨迹把人们的思想带入了一个新的境界。在那里人们的理念在升华，开始重新认识生活，认识困难、挫折、不幸，认识勇气、意志，认识力量的潜能。人是可以主宰世界的，在人面前没有克服不了的困难，没有达不到的目标。

朱彦夫的报告打动了无数的听众，使失望者看到了希望，成功者看到了不足，坠落者抓住了攀登的绳索，无所事事者身上充满了创业的动力源，使人们对未来充满更美好的信心与向往。

命运虽然给了朱彦夫太多的苦难，但所幸的是，他始终是用一种战斗的姿态去面对这些苦难。当最终一一跨越和征服这些苦难后，他庆幸自己的坚韧和顽强。能够把痛苦和磨难踩在自己的脚下，能够以胜利者的姿态去笑傲生活，还有什么能比这更令人感到骄傲和自豪的！

别人问他，除了苦难，你有幸福吗？

在许多人的眼里，都认为像朱彦夫这样超特残的生命，似乎很难有什么幸福可言，但他坚定地认为，幸福是多种多样的，从不同的角度去深究它的内涵，就会得出许多有差异甚至截然相反的幸福观。起初能走上几步而不至于摔倒，就感觉幸福得心花怒放；自己能自理吃喝拉撒了，又几乎被幸福所陶醉；在村支书的岗位上，每当为群众办成一件实事，幸福的感觉竟是那样不可名状；苦熬七年，终成一书，奉献给社会，更是一种神圣而庄严的幸福。

人活着，就得奋斗，奋斗着，就是幸福，奋斗不止，幸福就不断。

1996年,朱彦夫被评为全国优秀共产党员,1997年又被评为全国自强模范,受到了江泽民等中央领导同志的亲切接见。

面对这些荣誉,朱彦夫感到非常不安。他觉得自己只是做了一名战士应该做的,只是尽了一名共产党员应该尽到的责任。

我们听听他的内心独白:

"战争为我留下了这点躯体,战友们用自己的死换来了我的生,自己还有什么理由不让这点躯体、这点生命去燃烧、去发光发热、去报答祖国和人民呢?我惭愧的是,自己做得还很不够,离自己在党旗下的誓言还差得很远!痛苦和不安的是,病残剥夺了我太多可以为党和人民奉献的权利和能力。"

"如果说多多少少也算为社会做了一点什么的话,我想那应该是我一生坎坷的经历给予人们的一点启发。人们应该热爱生命,更应该加倍地珍惜生命,应该竭尽自己的力量,去奏响生命之歌,去揭示生命的价值,把生命的能量定格在最壮美的极限深处,那样,当告别这个世界的时候,就会少一点遗憾,多份豪迈。"

"人生一世,潇潇洒洒走一回,那是很过瘾的。人,也不应该老是抱怨人生的多舛和生存环境的恶劣。因为,只有靠自己的奋争,才能去改变一切,包括自己的命运。"

"生命的潜能是无穷无尽的,我坚信这一点。虽然,病魔正在残酷地折磨着我,但我决不会就这样倒下去的,我还要抗争,我还要发掘生命中仅存的能量,向命运做最后的挑战!即使失败,我也不会轻易地放弃。将来的某一天,我终究是要和战友们相会的,那时,假若他们问我:朱彦夫,你这就满足了?你这就算对我们有个交代了?你浑身真的再也没有一点力气了?那时,我该多么惭愧,我该何以作答?"

"凡此种种，都在激励和督促着我，我没有理由可以停下脚步，没有理由可以松懈自己，更没有理由认为自己已经达到了某种极限！"

每当夜深人静难以入眠的时候，朱彦夫总是默默地想想这些他赖以支撑下去的话语，然后看着窗棂，等待着明天，等待着新的阳光的出现。

天又亮了，是在他心里。

"你也是红嫂啊"

一个成功的男人背后都有一个伟大的女人。

在朱彦夫挑战人生极限的几十年中,有一位女性始终默默陪伴在他身边,给他操持家务,随他访贫问苦,成为他挑战人生极限的"拐杖"和最有力的支持,他就是朱彦夫的妻子,被中共中央军委原副主席迟浩田誉为"红嫂"的陈希永。

"只是因为在人群中多看了你一眼,再也没能忘掉你的容颜……"这不只是一句歌词,还是发生在六十年前的一个真实故事。

1953年,在抗美援朝战场上身负重伤、回到张家泉村的朱彦夫伤口再次复发,被人抬到了离村十五公里的东里医院。就在那里,他邂逅了来照顾姑姑的陈希永。陈希永当时只有二十岁,她是日照人,渔民的女儿,长得健壮、美丽,大海培育了她刚毅和吃苦耐劳的品格。

在医院里,没有哪个姑娘敢多看朱彦夫这个"肉轱辘"一眼,只有陈希永大着胆子看了一眼,想不到就是这一眼,让这个二十岁姑娘的人生从此改写。

当时的陈希永已经被东里医院招为护士,姑父是沂源县民政局长,她的人生之路已经很清晰地呈现在眼前，原本可以是另外一个样子。

五十多年后，陈希永跟大女儿讲起当初那一眼的感觉时说："我看了他这一眼就放不下了，我没掉泪，但心里很难受。如果我不跟着他，他就掉地上了，就不会有这个人了。"

陈希永幼年丧母，常年跟父亲讨饭生活，曾感染上了黑热病，奄奄一息时，是八路军用链霉素为她捡回了性命，因此陈希永一生都把人民军队视为恩人。

见到朱彦夫的当天夜里，陈希永这位生性倔强的姑娘失眠了。在她的脑海里，始终是朱彦夫艰难地锻炼生活自理能力的情景。"他是人民的功臣，俺有责任照顾他！"这晚，她下定了决心。

然而，父亲不无担忧地说："你嫁给他，今后咋样活？这可不是小事，你得想清楚。"陈希永动情地说："朱彦夫是功臣，这么可怜，俺心里难过啊！俺身子壮实，到生产队挣工分，能养活一个家。他为了保家卫国，把双手双脚和左眼都搭上了，为了他，俺受再多的苦又算了什么呢？爹，俺这样做，只是为了让他活得好一点啊！"

面对此情此景，忠厚老实的爹爹还能说什么呢？陈希永的姑夫、沂源县民政局局长武宪德深思良久，说："孩子，你的心思我懂，可婚姻大事不能一时冲动，要慎重啊！""姑夫，俺是反复考虑过的，俺一辈子也不后悔。""好吧，我过几天跟朱彦夫说说。"

朱彦夫一听武局长提亲的事，目光一亮，但马上又暗了下来。"武局长，俺是个废人，不能连累她。"不管武宪德怎么说，朱彦夫就是不松口，武宪德回去后把情况如实告诉了侄女。陈希永说："姑父，他怕拖累俺，俺明天到他家去亲自和他说。"

陈希永还是不由分说地来到朱彦夫的家。一到他家，陈希永一边搀扶着他练习走路，一边跟他聊天，两个人很谈得来。通过几天的接触，陈希永从他的表情中读到了他对爱情的渴望和一种深深的自卑。"你是国家的功臣，俺有责任照顾你。你怕俺受苦，可俺从小就苦惯了……""你别再傻了，俺没手没脚左眼又瞎了，你跟了俺，今后咋办啊？俺配不上你啊……"陈希永恳切地说："俺的脚就是你的脚，俺的眼就是你的眼……"

1955年农历八月十九，年轻貌美的陈希永嫁到了特残军人朱彦夫的家门，成了朱彦夫生活中的伴侣和事业上的坚强支柱。从此，朱家充满了欢乐，一个残缺的家庭焕发了生机，更使一位四肢全无、只有一只右眼的特等残废军人，扬起了理想的风帆，战胜自我，超越生命极限，谱写出辉煌的人生篇章。

从嫁到朱家那天起，每天早晨一起床，陈希永先帮朱彦夫装上假肢，扣上衣扣，把热乎乎的毛巾搭在他的残臂上，然后再把香喷喷、热腾腾的饭菜端到朱彦夫跟前。朱彦夫需要出去，陈希永左右不离地扶着他。就这样，她几十年如一日，从未间断过。

"彦夫，俺愿做你的手脚帮助你，想干什么你就放心大胆地干吧！"妻子的话给了朱彦夫巨大的鼓舞和动力。在陈希永的精心照料下，朱彦夫的身体有了明显好转，精神上有了支柱，生活的信心和勇气也更足了。

1957年，陈希永在她和朱彦夫相识的东里医院生下了他们的大女儿。

朱彦夫乐得直哼哼。忙完一天的工作，回到家第一事就是先看看女儿，用一双残臂抱抱女儿，把脸贴在女儿的脸上一个劲地亲。

"给咱女儿取个名吧。"陈希永说。

"我早想好了，就叫朱向华吧，咱朱家人心向中华。"

向华的出生，自然给朱彦夫全家又增添了几分欢乐。但也给陈希永沉重的肩上加了一些重量。

在以后的几年里，又有几个孩子相继出生，每个孩子出生前，陈希永都是拖着沉重的身子，把水缸挑满，将需要洗的衣服全部洗一遍，把吃的用的准备好。他们的六个孩子中，有三个孩子是夜里出生的。头天晚上生孩子，第二天早晨，陈希永仍然像往常一样，早早起来，挺着产后十分虚弱的身子，帮丈夫装腿，穿衣系扣，做饭，豆大的汗珠从蜡黄的脸上不住地往下滴。

一天月子捞不着坐，陈希永落下了不少病。肚子疼，就用煎饼炉子热上一块砖头，用布包了抱在怀里烙烙。腰疼，没法背朱彦夫上厕所，她一仰脖喝上一口酒，趁着麻劲，一耸身背起来就走。

对唯一的儿子朱向峰，朱彦夫视若掌上明珠。儿子在两岁那年的一天晚上。突然休克不省人事。陈希永抱起儿子，领着狗壮胆，深一脚浅一脚地向十多公里外的医院奔去。在大山沟里，陈希永从深夜走到天亮才赶到。她拿了药，抱着孩子往回走，半路上发现向峰头一歪又昏了过去，她急忙掉头赶回医院。极度的疲劳，精神的高度紧张，使陈希永刚把孩子送回医院就神经错乱了，失去理智的她四处乱跑，家人找到她时，见她正披头散发、两眼痴呆地坐在麦田里。

九口人的家庭，上有年迈的婆婆，下有一群未成人的孩子，家里的活横竖都是陈希永的。就说运地瓜吧，山村产地瓜多，生产队分地瓜大都在晚上，每次上千斤全靠她一人担、运、切、晒。黑灯瞎火的夜晚，崎岖陡峭的山路，稍不留神就会滑倒。一次，她挑着一担地瓜下山时，一脚踩空掉到堰下，骨碌碌滚下去。衣服刮破了，浑身疼痛，她爬起来定定神，想到婆婆和丈夫还要等她回去做饭，顾不上疼痛赶紧跑回家去。

有人同情地问她："你可真难啊，说你是寡妇吧，还有个男人；说你有男人吧,又不顶个男人用,你不觉得苦吗?"陈希永说:"俺再苦也不如彦夫苦,咱正常人,掐掐手指都觉得痛,可他四肢都没了,天气一变化,就痛得坐卧不安。他是为了国家受的伤,为他受点累俺心里舒坦。"

看到朱彦夫在自己的帮助下又重新站了起来,挑起了村党支部书记的担子,把全村的事料理得井井有条,受到大伙的称赞,陈希永心里感到十分欣慰,她尝到了奉献的喜悦。她常常想,自己是朱彦夫的妻子,丈夫为群众铺富路,自己要为丈夫铺平道路,保证他有健康的身体,饱满的精神,为大伙服务。

1960年前后的几年里,粮食不够吃,陈希永首先要保证婆婆和丈夫填饱肚子,每顿都做三种饭菜。婆婆不吃腥,她就用花生油炒菜,做软食;丈夫残情重,工作又劳累,她千方百计给他做点细粮饭,炒点好菜。

为了让丈夫吃上肉,她每隔几天就到五六里外的肉摊上买点回来。有一次,卖肉的到了二十多里外的黄草坪村,她一路打听着赶去把肉割来。而她和孩子,只能吃地瓜面和糠菜做成的饭。地瓜面没有了,就把地瓜秧、花生皮、玉米芯、树叶加工后做着吃。时间长了,她浑身浮肿。为了不让丈夫揪心,陈希永趁丈夫不在时再吃,结果还是被发现了。以后,朱彦夫有意识地只吃半饱,把剩饭菜留给妻子。陈希永却又悄悄地把剩饭菜放起来,下顿饭再热热给丈夫吃。

看到她脸色不好,肿得睁不开眼,朱彦夫问:"你怎么了?"陈希永装得若无其事:"俺这是胖的,你甭担心。"朱彦夫知道妻子是在说谎,更明白妻子的心,他什么也没有说。在这样的妻子面前,任何语言都是多余的。

"文革"期间,朱彦夫写回忆录,被造反派当"写黑材料"、"资产阶级毒草"批斗,右腿严重骨折,昏倒在台上。陈希永发疯般地拨开人群,背起丈夫,不知哪来的力气,脚底生风地跑回家,把丈夫放上板车,拉着就往东里医院跑。

值班大夫正忙着写大字报,不接待。陈希永磕头作揖也没用,一咬牙又向八十里开外的县医院走去,已经跑不动了,只能走。天黑路滑,刺骨的寒风卷起片片雪花扑打着她的脸,脑门的热气结成了霜,怀里的孩子冻得哇哇直哭。终于赶到了县医院,她身子一软,一头栽倒在大夫面前,两口子被双双抬上病床。

身为村党支部书记的朱彦夫,十分关心群众的冷暖疾苦,经常走家串户,经常去看望村里的军工烈属、孤寡老人,见谁家生病有灾、生活困难,回家一说,陈希永就马上去"具体落实",把自家省吃俭用节省下来的钱和其他生活物品送去。从1955年到1991年,陈希永和丈夫在张家泉村住了三十六年,全村的孤寡老人、军工烈属、困难户几乎都受到过陈希永的接济。

虽然丈夫是村支书,但是陈希永从来没想过要享受特殊待遇,除了照顾好一大家子人,她仍然坚持到生产队里干农活,担、锄、推、刨,需要什么就干什么。怀着孩子的时候也干,为的是让丈夫说话有号召力。村里修大寨田、填沟造地,她也去当劳力。他们的大女儿朱向华说,母亲是日照人,从小在海边长大,不会推车子,经常在推土的时候摔得人仰马翻,脸上、胳膊上都是伤。

朱彦夫性子倔强,脾气急,而且"公私不分"——公家的是公家的,私人的也是公家的。

他一个月四十二块钱的残疾金,经常刚到月中就被朱彦夫连花带送得分文不剩。张家泉村的所有接待,朱彦夫都要求在家里,自己出钱买饭买菜不说,还得陈希永做,对于丈夫的"公私不分",她从不计较。

有时候家里没钱买面买菜,陈希永当着丈夫的面又不好说,只好摊开双手,朱彦夫明白她的意思,却装作不懂,只是摆摆手臂,意思是让陈希永快去准备。至于怎么准备,他不管。这可为难了陈希永,只好到处赊肉赊菜,等下月残疾金下来了再去还。

朱彦夫夫妇生了五女一子,还赡养着他的老母亲。朱彦夫的精神再强大,但在现实生活中,他依旧是个"肉轱辘"。柴米油盐孩子老人,一个九口人的大家庭,陈希永只能靠自己。

村里人常说,朱彦夫心眼好,但陈希永心眼更好。

陈希永把粮食给了别人,自己就断了粮。有要饭的上门跟她商量:"你们家有残疾金,俺要的饭要是自己吃不完,你能不能买下用来喂猪?"陈希永满口答应,只要要饭的把吃剩下的饭送来,她全留下。不过,这一块块窝头、煎饼可没用来喂猪,全让陈希永给家人吃了。

朱彦夫做村支书这些年,挖井、修沟、开大寨田,都要亲力亲为,有时候怕自己在床上待的时间太长,生怕群众有意见,就天天绑上假腿拄上拐,出去查看实情。

张家泉村山多路陡,朱彦夫走不了多远就一个跟头滚出去了。到了晚上,陈希永不见朱彦夫回来,就到山里去找。有一次,她深一脚浅一脚地喊着,突然看到草堆里探出个脑袋。"你别喊啊,你喊我就暴露行踪了,我还怎么了解实际情况啊?"于是陈希永也钻到草堆里,两口子相视而笑。

有一次,朱彦夫摔了个头破血流,这在陈希永看来太平常了。这些年,丈夫绑着假肢出去,整天摔得青一块紫一块,她早已成了半个大夫,家里也成了"医务室",小病小症都处理得了。这让村里人也受了益,长了病都往她家跑。

陈希永在村里口碑极好,张家泉人记忆最深的,还是陈希永和五十八份咸鱼的故事。

陈希永娘家在日照海边,后来娘家人看闺女、女婿生活困难,就给陈希永带来两大筐咸鱼。这让朱彦夫喜出望外,快过中秋节了,村里啥都没有,正好把咸鱼分给大家过节。陈希永心里虽然也很舍不得,但还是把咸鱼分成五十八份,每份大小搭配有三条鱼,给婆婆留下一份后,其余的就和大女儿挨家挨户去送。

结果送完最后一户后,娘俩傻了眼。她们把人数给算错了,不连婆婆应该还有五十八户,少算了一户。最后万般无奈,陈希永又从婆婆那份里拿出两条送了人。

一家九个人就仅剩一条小咸鱼。圆圆的月亮从东方升起来,照得大地明晃晃的,村子里一阵阵欢声笑语掺和在咸鱼的浓浓香气中飘来飘去。朱彦夫的脸上浮出无限的欣慰,一家人过了个难忘的中秋节。

朱彦夫让人佩服的不仅是"生命不息,战斗不止",还有创造奇迹的毅力。他没上过一天学,只在部队"速成班"学了一点文化。谁都知道,用那么一点文化去搞长篇小说创作是远远不够用的。怎么办?他拜字典为师,不懂的就翻字典,往往为了一个字,他要查几十分钟甚至几个小时。为了写书,他前后翻烂了四本字典。写好情节也不是易事,他往往为了写好一个情节而苦思冥想,不吃不喝,有好几次他凝神沉思,竟因抽烟不慎烧着了被褥。有一次,他竟把衔在嘴里的钢笔当烟卷点火,还奇怪为什么吸不出烟来呢!邻居一位大妈看他写作如此艰难,忍不住劝他:"彦夫啊,无论如何别再写了。看你写字的难受劲,我好几天都睡不好觉。你这哪里是写字呀,简直是一种酷刑!"

跟朱彦夫一起受"酷刑"的还有妻子陈希永。有时写不出来,朱彦夫就烦恼，加上昼夜连轴转，写着写着右眼就看不见了，一生气他就把纸夹、钢笔全推到地上。每逢这时，陈希永都默默地将东西拾起来，为他放好，鼓励他继续写下去。在丈夫写作的过程中，陈希永几乎没睡过一个安稳觉，不时为他换稿纸，注墨水，而且不忍心让他一个人熬夜。

看到朱彦夫为写书废寝忘食、走火入魔的样子，陈希永心疼又担心，可她只能尽自己所能，在家庭经济拮据的情况下，想办法把丈夫的生活调剂好，保证身体需要。冬天，屋内没有暖气，朱彦夫写作时露在外面的四肢怕冻，陈希永就把火炉生得旺旺的；夏天，屋内闷热难耐，陈希永就坐在旁边扇扇子。写作时间一久，残臂创面磨破化脓，陈希永便小心地给他挑开，敷上药包扎好。

1996年"八一"前夕，朱彦夫的《极限人生》终于由黄河出版社出版了。中央军委副主席迟浩田亲自为该书题写书名，并写了"铁骨扬正气，热血书春秋"的字幅。山东省委的一位领导感动地说："朱彦夫是在用赤心写书，他真像我们当年崇拜学习的保尔和吴运铎。"县、市、省三级分别做出决定，号召广大党员干部、群众向朱彦夫同志学习，山东省政府授予他"模范革命伤残军人"光荣称号。

对这些荣誉，朱彦夫那因弹伤而不断抽搐的脸上露出淡然的微笑。可当他看到身边的陈希永，那一头青丝已经变白，一米七三的细高个也变成了驼背，白净的脸上已深深地刻下了为他饱经艰辛的皱纹时，他声音低沉地说："我的这一切都离不开她啊！"

陈希永曾与朱彦夫一起，受到时任中共中央军委副主席迟浩田接见，当时迟浩田给他们郑重地敬了个军礼，然后拉着陈希永的手说："彦夫同志能活到今天，你有很大的功劳，你也是个红嫂啊。"

"我就觉得他这一生不容易，为国家出了力，牺牲了他自己，我是一个手脚健全的妇女,我就心想我的青春献给他,两下里平和平和,都过个幸福的生活吧。"在生命的最后几年,陈希永曾跟人这么说过。

在陈希永最后的岁月里,她也没用儿女伺候朱彦夫,而是一个人守着这个相濡以沫半个多世纪的男人。

她经常说:"为了彦夫,我值了!"

给女儿补上的嫁妆

这是朱彦夫欠了女儿多年的一句诺言。

1996年,朱彦夫千辛万苦写的《极限人生》出版了。

当天晚上,他把六个子女叫到跟前,送给他们一人一本。灯光下,他在书的扉页上用残臂认真签下了自己的名字,还特地对几个女儿说:"当年对你们关心不够,连你们结婚都没给像样的东西,这本书算是给你们补上的嫁妆。"捧着这本书,子女们感受到了父亲对他们的良苦用心和深深的爱。

朱向华是朱彦夫的大女儿,她至今记得,自己结婚时,父亲宁可用抚恤金带头打井,也不肯给她准备嫁妆。结婚的时候,朱向华晚上呜呜地哭。母亲心疼女儿,就和丈夫朱彦夫商量,能不能给女儿一百块钱,朱彦夫考虑再三,还是摇了摇头。

当时村里正是打井的关键时刻,朱彦夫没有把自己的抚恤金从村里抽回来,村支书的闺女"带头艰苦出嫁",一时间在十里八乡传为佳话。有人开玩笑说:论大方,朱彦夫数第一;论抠门,他也数得着。

朱彦夫的四女儿朱向欣回忆说,上世纪七十年代初,为使家乡早日通上电，结束张家泉村祖祖辈辈点油灯的历史，父亲朱彦夫整天拄着双拐四处奔波，为村里架电采购原材料。当时，张家泉村家底薄，不能提供充足的资金。每次外出，差旅费都是朱彦夫自己筹备的，残废金垫上了，家里卖鸡蛋赚的钱用上了，可还是不够他外出的费用，他又打起了孩子的主意。

朱彦夫把几个女儿叫到身边，对她们说："你们好好打猪草，等猪喂肥了，换了钱，我给你们做新衣服、买新本子。"

当时朱彦夫家里正是最艰难的时候，孩子们上学用不起本子就用石板，穿的衣服是补丁摞补丁，大的换下来小的穿。新衣服、新本子，对年仅八岁的朱向欣具有很大的诱惑。

每天放学后，朱向欣都会跟着两个姐姐去打猪草，蚂蚱菜、蓬蓬菜拔了一筐又一筐，风里雨里，白天黑夜，手划破了，肩膀压肿了，几个小姑娘却干得很兴奋。

有一次，生产队分了一片玉米秸，让各家各户自己收回家，老二老四随母亲搬运玉米秸，家中只留下老三朱向丽一人去打猪草。朱向丽平时很要强，她想姐妹们没来，她更得多打一些。她一会儿用手拔，一会儿用铲挖，筐满了的时候天也快黑了，她急忙往回赶。

可是，打的猪草太多了，她根本背不动，扔掉又不舍得，她只好背一会儿歇一会儿，慢慢往家挪。家人见天黑了朱向丽还没回家，以为她出了什么事，急忙出去找，找到她的时候，她正背着满满的猪草。

就这样，秋去冬来，一头小花猪在几个小姐妹的精心喂养下，终于长成了大肥猪，姐妹几个经常趴在猪栏门口，盘算着大肥猪能卖多少钱，计算着能买多少新本子。

猪卖了，钱攥在朱彦夫手里，姐妹几个天天都在盼着父亲哪天给她们买新本子、做新衣裳。可是，直到过年，新衣服依然没见到影儿。朱向欣忍不住问母亲，才得知父亲用卖猪的钱，买了架电的材料。

朱向欣说，知道被骗后，她和姐姐都很难过，父亲也觉得对不住她们，但是依然没舍得给她们花钱。父亲安慰她们说："农村有了电，发展就快了，等以后村里富了，也有你们的功劳，因为你们为村里架电出了力，你们都是村里的小功臣呢。"

朱向欣和姐妹们最终理解了父亲，就这样，她们继续打猪草，一打就是七年，一直打到全村架上电。

童年时过的日子苦，让朱彦夫深知上学的机会来之不易。他经常说自己小的时候没有条件学习，连鞋都没得穿，整天到处去要饭。朱彦夫时常会告诫女儿朱向华要珍惜上学的机会。而除了课本上的知识，朱彦夫更不忘培养子女勤劳、奉献的精神。

"当时虽然年纪不大，但放了学以后，他总叫我们到生产队里干些力所能及的活。把地瓜上的泥擦一下,锄苗、间苗这类的活就让我们干。"朱向华懂事后才明白，父亲是想培养自己从小爱劳动的习惯。

有一次，儿时的朱向华和妹妹们到地里帮着刨地瓜，"妹妹年纪小，饿得实在不行了，就把两个地瓜偷着烤着吃了，后来让父亲知道了，狠狠训了我们一顿，还让妹妹把钱亲自送到生产队会计手里当赔偿。"朱向华回忆说。

朱向华是朱彦夫的大女儿，对父亲年轻时的记忆也是最深的。"那时候父亲在夜校当辅导员，他去上课还不让别人送，总是自己一个人去，晚上很晚才回来，很多次都把腿磕坏了，有时候跌倒了爬不起来，有人路过的时候才能把他扶起来。"朱向华说，"后来到村里当书记,村里没水，他就到处找专家打机井，冬天很冷，父亲的假肢是铁的，每次回到家父亲的截肢都是血肉模糊，甚至皮都能撕下来。"

朱向华还回忆，朱彦夫对他们非常严格。"学习方面很严，父亲当年自己没条件上学就让我们孩子好好珍惜，而且那时候我很小，父亲就让我到村大队去干力所能及的事情，还说小孩不能懒了。"但是，朱彦夫对她们的爱也是无穷的，据她回忆，小时候有一次在济南，她突然生病了，在路上昏迷了，急得朱彦夫满身都是汗，找了一辆三轮车去医院，在路上，不停地催促三轮车主加快速度。

朱向峰，朱彦夫唯一的儿子。"我是家里唯一的男孩，所以很多事情都是我陪父亲去做的，因此印象也就深一些。"朱向峰说。

朱彦夫身体不好，需要经常去医院，为了不麻烦组织，朱彦夫从来不叫车，而是让朱向峰骑自行车带他去。"那时我才十四五岁，骑车水平也很差，有一次我带着父亲去医院，有一段下坡，父亲掉下了自行车而我却不知道。当时的路面都是沙子路，后来发现的时候父亲摔得脸上胳膊上都是血。"这也成了朱向峰最过意不去的事情。

父亲朱彦夫的孝顺，也给儿子留下了深刻印象。"什么好吃的都要留给我奶奶，对老人非常孝敬。"不过孝顺的朱彦夫，也做了一件"大不孝"的事。"1976年，我奶奶查出癌症，不久就去世了。弥留之际，把我爸爸叫到身边说，我死了以后，你不能把我烧了。当时父亲也答应了，后来奶奶去世了，他就对着我奶奶说，娘，我对不住你，我是个带头人，群众都看着我。于是我奶奶就成了我们村里第一个被火化的，我们村的火化工作也从此顺利地推开了。"

大女儿朱向华说，父亲每月的伤残金，留下五六元家用，其他都接济了乡亲。父亲久病成医，母亲也练就了包扎功夫，村民遇到小病小灾，我家就成了村里的"免费卫生室"。

在饥荒肆虐的1961年春天,朱彦夫自己家里吃糠咽菜,把攒下的钱和地瓜干挨家挨户给困难户分下去。他冒着风险做主,分了储备库里的地瓜干,救活了不少乡亲;从县里贷款买来机器,磨地瓜蔓、玉米芯给村民吃;又请来大夫连夜给大伙诊治水肿。那个春天,村里没饿死一个人,没有一户外出要饭。

朱彦夫的孙子、山东理工大学在校生朱帅宗,在沂源县实验小学上三年级时,有一阵每天朝爸爸朱向峰要五块钱。问他干啥?他说买书本。朱向峰再三盘问,他才说了实话:校门口有个老人,也是没有腿,钱是给的这位老人。

"孩子随他爷爷奶奶。"朱向峰欣慰地说。朱向峰自己七八岁时,有一次从沂源县三岔乡来了四个要饭的,父母就安排他们住在家里。家里房子住不下,就让其中一个搂着他。母亲还煮面条给他们吃,不让我们动一筷子。

"父亲倔强、孝顺。只要是他自己能干的,从不让人帮忙,再困难也要硬着头皮自己来……父亲在家,都是奶奶吃完饭他才肯动筷子。"朱向峰说。

朱向欣印象中的父亲,是非常善良的。据她回忆,朱彦夫当大队书记的时候,家里总是有人在开会,而且村里的招待都在自己家里。"鸡下蛋不吃,留着招待;从日照带来的咸鱼,村里每个人分几条;村里的孤寡老人被子不行了,父母就把我们家最好的被子送过去,宁可自己挨冻,不能让老人冻着,还给老人送钱、送饭菜;家里来了拾荒者,就安排他们吃住在家里。"朱向欣说。

"我的父亲是很幽默的,而且很喜欢热闹。聊天、打牌,都很喜欢。当然,父亲也是有脾气的,他的脾气并不是很好,这和他身体的伤势有关系。"朱向华说。

在朱彦夫书写《极限人生》时,把笔咬在嘴里,稿纸上都有他的口水。他把窗前挂上竹竿,每写完一张就贴在竹竿上,按顺序排起来,一个字一个字地写出了《极限人生》。"每天夜里,父亲只要有了灵感,就会起床来写,无论多晚。为了写这本书,父亲能连着不吃饭。"朱向华说。

朱向欣回忆,朱彦夫有时候会发火。"可是我们也理解,我母亲告诉我们要理解父亲,他的伤太严重了,阴天下雨都会浑身痛,他一直忍着,忍不住才会发火,这也是一种发泄的方式吧。"

朱彦夫的家庭是和睦温馨的,早在许多年前就被评为"全国美好家庭"。他的子女以及儿媳女婿都很孝顺,只要有空就来看他,他的吃喝拉撒全由他们照料。每逢双休日或过年过节,全家二十几口人就团聚在朱彦夫的老屋里,这座平日安静的小院便充满欢声笑语。提及子女时,朱彦夫脸上就泛起由衷的微笑,因病魔缠身而带来的种种不悦,很快消散在微笑里。

在外人眼中,朱彦夫是一个"怪人",是一个奇迹。而在他的儿女眼中,他就是一个普普通通的父亲,一个严师慈父,一个从精神上和思想上影响他们一辈子的人。

孩子们常说:"下辈子,我们还做他的孩子!"

登上了泰山极顶

"岱宗夫如何,齐鲁青未了。……会当凌绝顶,一览众山小。"

唐代诗人杜甫的这首诗,千百年来曾激起多少人登临泰山的愿望。不管文人墨客还是凡夫俗子,都以登上泰山极顶为荣,因为站在泰山上,更能激发人的凌云壮志。英雄朱彦夫,从年轻时就有登泰山的愿望。然而,对一个重度残疾人来说,登泰山谈何容易!

就是这看似不可能实现的艰苦攀登,朱彦夫像创造生命奇迹一样,实现了漫步天街、登临泰山极顶的梦想。

那是1996年秋天,在沂源县委宣传部、县民政局及泰安市民政局同志的陪同下,朱彦夫以顽强的意志,特有的倔强性格,站在了泰山极顶1545米的标志牌前。放眼远眺的时候,他心潮起伏,久久不能平静。随同朱彦夫爬山的赵士军紧走几步,按下快门,捕捉到那动人的一瞬间。照片上,朱彦夫右臂挎拐,左臂上搭着他那永不离手的手巾,微昂着头,目视远方。那种骄傲、自豪的神态,那种压倒一切的气势,那种敢于向任何困难挑战的个性,表现得淋漓尽致。

朱彦夫与泰山是很有渊源的。上世纪五十年代初,朱彦夫在泰安荣军休养所疗养期间，就从医生、护士的口中，听到过许许多多有关泰山的故事和传说，使他对泰山心驰神往。但那时作为一个特残的人，连生活尚不能自理，要登泰山，他连想也没敢想。直到1955年，泰山准备修盘山道时，他才萌发了要登泰山的想法：要是公路修好了，能乘汽车上泰山，去看一看这五岳之尊，也不枉此一生。但没等盘山公路修好，他便怀着对家乡故土的热恋和对未来的憧憬，不顾领导和战友们的劝阻，毅然离开了休养所，回到了生他养他的那片土地。

1956年初春，当送他返乡的汽车行驶到泰安市郊时，他让汽车停下，要从远处看一看泰山。可是天公不作美，天空中不时飘过片片白云，泰山主峰隐匿在云雾之中，使泰山更增加了一种神秘感。朱彦夫暗自发誓：将来一定要登上泰山。

1977年，朱彦夫又来到了离别二十年的泰山脚下，他这次来泰安是应解放军某部邀请，为部队官兵做传统教育报告的。朱彦夫做完报告后，向驻军首长提出了登泰山的请求，部队专门为朱彦夫与老伴安排了一部车，由两位部队同志做向导向泰山驶去，刚到黑龙潭，不巧前面路段发生了事故，不能前往。他们只好在黑龙潭附近简单地浏览了一下，拍了几张照片，就驱车返回了。

朱彦夫此次登泰山未能如愿，一直耿耿于怀。直到十几年后，回忆起这件事，他还说："我这一辈子，总是失败的多，成功的少，终于盼到有个机会去爬泰山，还是未能成功。"

1996年秋天，朱彦夫的《极限人生》一书出版发行，社会上引起了强烈反响。到处请他做报告，上门请教、学习、看望他的人络绎不绝。泰安荣军疗养院得到消息后，专程邀请朱彦夫回院做报告，他愉快地接受了邀请。他还有个想法，就是趁这次机会，再圆他几十年前的那个梦——登上泰山极顶。

临行的前一天，朱彦夫对陪他前往的同志说："这次去泰安，我一定要登一次泰山。现在有了索道，我定要登上南天门，登上泰山极顶。"

南天门到泰山极顶，还有很长的一段距离，特别是自天街到碧霞祠，有一段很陡的两百多级台阶，朱彦夫怎能上得去呢？陪他前往的沂源县委宣传部副部长张成贵坦率地把自己的担心告诉了朱彦夫，没想到朱彦夫毫无惧色，他满脸豪情地说："没有过不了的鬼门关，这次我一定要登上泰山极顶，战胜自我，领略一下大自然的神奇造化。"怕领导担心他的身体，不让他爬山，他又近似恳求地对张部长说："我这段时间身体还好，你帮着我做做工件。"看着朱彦夫那种迫切的样子，张部长不忍扫了他的兴致，就说："朱老，你放心，只要你身体允许，我们抬也要把你抬上去。"

为了让朱彦夫浏览一下沿途风光，汽车在盘山公路上徐徐行驶着。一路上，朱彦夫的老伴显得很兴奋，一会儿指指这个山，一会儿指指那些树，不时回忆起朱彦夫讲过的一些关于泰山的故事。朱彦夫却很少讲话，不知他怕说话影响了饱览泰山风光呢，还是为几十年的夙愿将要实现而激动不已。车近中天门，缆车已在头顶，朱彦夫才开口问陪同他一起来的赵士军："士军，你能不能在我坐缆车时帮我照张相？""可以。"赵士军回答。朱彦夫接着说："你先把缆车照下来，等我坐在里头时，再给我照一张，我要留作纪念。"

到了中天门，一行人乘缆车向南天门驰去。到了南天门朱彦夫非常兴奋。几回梦里萦绕，今天终于到了眼前。他俯视着十八盘，指着游人们对大家说："登泰山十八盘，那是最艰辛的一段，也是使人最为兴奋的一段，因为通过努力与奋斗，希望就在眼前，那种期盼、那种胜利在望的心情,我们这样上来是体会不到的。"朱彦夫虽然没有登过十八盘,但他通过自身几十年的人生攀登,通过对人生哲理的深深领悟,对此是颇有感触的。

陪同的人用事先准备好的折叠式轮椅,把朱彦夫从南天门抬到天街。

在天街上,他们逗留了一段时间,朱彦夫两臂抱在胸前,两腿人字分立,仰着头久久地望着泰山极顶。"朱老,已经十一点了,我们是不是不向前走了,休息一下我们就回去?"陪同的同志说。朱彦夫嘘了一口气说:"我看咱再往前走走,什么时候上不去了,咱再回去。"大家拗不过他,只好陪着他来到碧霞祠脚下。面对眼前两百多级台阶,望着朱彦夫脸上沁出的滴滴汗水,为了他的身体,大家再一次劝他就此回去。

毕竟是年过花甲的人了,特残的身体又有许多疾病,的确令人担心。大家你一言我一语地劝说着,可朱彦夫什么也没说,默默地抽完一支烟,突然从轮椅上站了起来,挎起拐杖,独自向上登去。大家一起拥上,既然朱彦夫坚持要登上极顶,陪同的人便要求把他抬上去,可朱彦夫坚决不让:"我一定要亲自登上去。"

朱彦夫的腿脚不方便,可他的步子却是坚实的,一步一个台阶,信心十足地向上攀登着,大家几次把轮椅抬到他的面前,可他的倔脾气又上来了,就是不肯坐。这个与生命、与人生挑战了半辈子的硬汉子,是不会在高山面前低头的,他要征服它。他有他独特的英雄主义气概。他说:"我不比别人差,这一辈子遇到的困难多了,到时候他们都得我向低头。"朱彦夫就是凭着这个信念,书写自己辉煌的人生。这次登泰山,他执意要在五岳独尊的泰山面前显示一下一位特残人的勇气和力量,再一次吹响了向生命极限挑战的号角。

在回来的路上,朱彦夫的心情轻松了许多,脸上不时露出满意的笑容。

直到回家后，朱彦夫才向随行的同志透露："从碧霞祠往上登了一段，我突然感到头晕，心跳过速，胸膛发闷，我没敢告诉大家，休息了一会儿好了。"想想当时的情景，大家感到十分后怕。

凭着坚强的毅力，朱彦夫登上了泰山，登上了极顶，终于圆了他几十年的梦，这在他的人生旅途上，同样是个闪光点。在千百万登山者中，他是特殊的一员，他以他的毅力、他的顽强、他的执着，向人们展示，"世上无难事，只要肯登攀"的大无畏风采。

这就是朱彦夫，这就是硬汉子，这就是坚毅和不屈！

想和妻子说句"对不起"

"夜来幽梦忽还乡,

小轩窗,正梳妆,

相顾无言,唯有泪千行。

料得年年断肠处,

明月夜,短松冈。"

这是宋代大文豪苏东坡乙卯正月二十日深夜梦醒之后记述的情景,而朱彦夫每年多少次面对此情此景,他已经数不清了。

2014年初,走进朱彦夫家的小院,走进他的卧室。他的床头放着他和老伴的合影。"梦见她没离开,从未离开过。"老伴陈希永去世已四年了,但朱彦夫醒着、梦里,都有老伴的身影。

困守床榻的朱彦夫,几次想去想给老伴上上坟。

"这辈子我欠她的,多想当面道个歉。"担心朱彦夫的身体,没人敢答应,他给老伴上坟的愿望没实现。

陈希永去世时是2010年2月,为家庭、为丈夫、为孩子、为村民操劳了一辈子,出殡那天,很多人自发为她送行,村里上了年纪行动不便的老人，都躲在家里抹眼泪。

"她一手掌管了我整个生涯的全部，我的生命走到现在，完全是她的成绩，她的功劳。"说到陈希永，如今已经八十一岁的朱彦夫，满是感激和愧疚。

"我总是梦见她没有离开，这个感觉一直存在。"朱彦夫说，"我脾气不好，我这辈子对不住她，想和她说句道歉的话，是我这辈子的愿望。"

陈希永2008年查出肺癌，为了照顾朱彦夫，一直采取保守治疗，没住过一天院。2010年刚过完春节，照顾了朱彦夫五十七年的老伴实在坚持不住了，她为朱彦夫做好最后一顿早餐，让孩子们把自己送进了医院，与肺癌默默抗争了三年的陈希永，一辈子就只住了这十天院。弥留之际，朱彦夫到医院看她，她紧紧攥住朱彦夫的残臂叮嘱说，"老朱，别累着，快回家去……"这对患难与共、相濡以沫的恩爱夫妻，还有多少知心的话儿没有讲完！

得知妻子去世的消息，朱彦夫当场昏厥过去，醒来后不吃不喝，只是在床上坐着发呆。在受重伤截去四肢的时候，在"文革"中被批斗的时候，在修大寨田滚下山沟的时候，他没掉过一滴泪。可妻子出殡那天，面对深爱一生、操劳一生的妻子的离去，这位钢铁汉子却老泪纵横、失声痛哭："老陈啊，你一路走好，你等着我，我很快就会去陪你，我们还会幸福地在一起。"

为了报答妻子一生对他无怨无悔的付出，朱彦夫挣扎着要为陈希永披麻戴孝，可这有悖当地风俗。在孩子和乡亲们的再三劝说之下，朱彦夫虽未披麻戴孝，但仍然不顾风俗，坚持穿上白褂子，他在用农村传统的方式向妻子表达最由衷的感谢和敬意！

去世前，朱彦夫守在她跟前，陈希永摆摆手让他回去，那神态就像溺爱一个孩子:"你太累了,快回家去。"

陈希永走后,朱彦夫夜里依旧经常醒来,习惯性地摸一摸床旁边,却是冰冷冰冷,再也不会有人起来给他盖被子了。

"我这辈子对不起她,我性格不好,经常暴跳如雷,可她从不对我发火。我想给她说句道歉的话,这是我最终的目的,也是最终愿望。"妻子去世后,朱彦夫才说了这句憋在心里一辈子的道歉话。

他忘不了,因为妻子不吃饭,自己将碗筷一把摔到院子里的情景;他也忘不了,在写《极限人生》时,因为妻子进门打断了思路,他把稿子撕碎,趴在床上嗷嗷大叫的情景。

每当这时,陈希永从来不跟他急,只是站在一边,静静地看着他。

陈希永从没跟朱彦夫说过,她看他的第一眼到底是什么感受。朱彦夫这辈子也没跟子女说过,他对妻子是份什么感情。有时候跟护工张德良单独相处时,他偶尔会聊一聊"向华他妈","别对第三个人说,这可是咱俩之间的秘密呢。"

大女儿朱向华曾问过陈希永,"妈,你这辈子到底是苦多呢,还是幸福多呢?"

陈希永沉吟半天,拉着女儿的手说:"话不能这么说,我做这一切都是心甘情愿的。"

看过陈希永年轻时照片的人都知道,这个特残军人的媳妇,身高有一米七三,日照海边姑娘,长得白净漂亮。

朱彦夫曾经说过:"我朱彦夫做梦都没想到有今天的日子,要是说我干出了点事,那百分之九十的功劳是我妻子的,没有我妻子,就没有我朱彦夫!"

陈希永,一个一辈子没享过福的女人,一个为了一个伤残军人奉献了一生的女人，为了一个家庭，奉献出了自己的全部。

四年了，朱彦夫从来没有忘记妻子，他满脑子都是对妻子的思念。看着病床上朱彦夫对老伴的思念，人们很容易想起苏东坡的词作《江城子》："十年生死两茫茫。不思量，自难忘。千里孤坟、无处话凄凉。纵使相逢应不识，尘满面，鬓如霜。……"

这首词是苏东坡为怀念亡妻王弗而作，妻子去世，阴阳两世、生死相隔了茫茫十年，作者对亡妻的怀念始终没有淡化。即使不去思量，过去的一切自会浮现心头，难以忘怀，追念之情，不能自已。"相顾无言，唯有泪千行"，他该有多少要讲给自己爱妻的话啊！通过写梦见妻子的情境，真实地表现了夫妻间生死不渝的恩爱之情。同时正是梦里相见更加重了现实中的生死之隔的悲凉之感，令人不由心中憾然而至于泪下了。

朱彦夫未必知道这首词，但他对妻子的思念，与苏东坡何其相似！

老伴走了，朱彦夫变得沉默了，他时常凝视着床头与老伴的合影，夜里不知多少次梦见老伴。共同生活的半个多世纪里，岁月把他们铸成了一个人，吃喝行宿，从不分离。突然走了一个，朱彦夫觉得就像只剩下半个人，一个空壳躯体。

每天老伴的音容笑貌都在朱彦夫的脑海里反复的显现，这不是幸福的思念，而是摧心裂胆的痛苦，入夜，他在床上感到无限的空虚，往常总是老伴跟他一同坐上床上说说话，累了一起入睡，睡前老伴还要给他按摩一阵子，这一切都不存在了，留下来的只有空洞洞的房间，空洞洞的心灵。

躺在床上，睁着眼看着天花板上思念老伴的幻境，朱彦夫已经害怕这种无限的空幻。尽管失眠到深夜，可是一早五六点又醒来，现在一切都不存在了，一切成为虚空，她永远地走了，再也见不到她了。

"老伴啊，你在灵空的世界，已经感受不到人间的甘苦，而我却承受着有生以来的最大最大的心痛。"

"你狠狠心，撇下我走了，我拦不住、拽不回来，你带走了我的灵魂，带走了我的生存意义，带走了我的一切，我要去撵你，老伴，你等等我，我离你越来越近了。"朱彦夫经常这样自言自语。

思念是一条河，那排山倒海似的湍急水流，无法摆渡。思念是一种爱，憧憬着人间最美好的情感，藏在心中；思念是一种痛，经受着世上最难忍的煎熬，无法克服。

朱彦夫，对妻子的思念，更显铁汉柔情。

永远的钢铁战士

"我一生做过三件事,从军扛过枪杆子,务农拿过锄杆子,写书握过笔杆子。有人形象地叫我"没有四肢的三杆子"。其实我知道,每一件事情我虽然都是尽了最大努力去做的,结果则不尽人意。为此,我内心感到愧疚。"

"人的生命有两部分,一部分是躯体,一部分是精神。在我看来,精神才是第一自我。我虽无四肢,但务求精神健全,做一个对社会有用的人。这样活得有价值,活得像个人样。"

这是朱彦夫经常说的几句话。

如今已经八十一岁高龄的朱彦夫由于心脏病的缘故,大多数时间都只能躺在床上休养,可他每天仍坚持一个"军人"的作息。虽然他中风之后说话不再流畅,但思维依然清晰。他现在每日坚持看新闻,记笔记,未来还想再写一本书。

照顾他起居生活的护工张德良介绍说:"我年轻时就听说过他的故事,可是说要雇我来照顾朱老,还是心里没谱。开始那两天我就感觉到,朱老并不是一位普通的残疾老人,虽然年逾八旬,但他仍是一位军人。"

军人有着严格的作息时间，朱彦夫的作息时间也是极为规律，早晨七点半吃早饭，下午饭在十五点半到十六点之间吃，如果不是有特殊状况，晚一点都不行。除了作息规律外，朱彦夫的性格也十分要强，只要自己能干的，决不让别人插手。

照顾朱彦夫期间，最让张德良印象深刻的就是他身上的军人作风。"说一不二，雷厉风行。"张德良这样评价朱彦夫。对于军人来说，在穿衣时脖子下面的风纪扣是必须要时刻扣紧的。即使在炎热的夏天，朱彦夫也始终是这个传统。"夏天那么热，我就劝他别扣了。他接着说：'不行！我是军人。军人就要有个军人的样。'"

时至今日，朱彦夫还是每天坚持读报、看新闻，并做好笔记。早晨吃完饭以后再睡半小时，醒了就开始读报、看电视，看的基本上是中央电视台的新闻。中午十一点再睡一会儿，下午从十三点一直到十六点，除了吃饭的时间，还是读报、看电视。看到好的东西就记下来，每天都写。

张德良说，朱老最近最关心的就是中央和各省市开展的反腐倡廉工作，以及各类民生新闻。"特别是前不久习主席自己去快餐店吃包子的新闻，朱老看后，连着两晚都没睡好。"张德良说，朱老口中反复念叨着这样的领导人好，有这样的领导人带头节约是大好事。"也许是小时候穷怕了，朱老当时说自己吃了三次安眠药都没睡着。"

从死人堆里摸爬滚打过的朱彦夫对死亡已经没有了恐惧，可就是这样一个铁血汉子，也有害怕的时候。"土豆从来不吃，洋葱和胡萝卜也不吃。"张德良说，因为在当年朝鲜战场上，战士们都没有东西吃，只能一口雪、一口土豆地啃。"你也不能煮着吃，只能生啃，因为一点火被敌人发现了就有危险。"朱彦夫说，看见土豆就想起战场的艰苦，想起牺牲的战友，所以再也不吃土豆。

其次是洋葱，朱彦夫也不吃。他说在朝鲜战场上，有一次他和战友四五天都没吃东西，偶尔发现一片地里种着洋葱，他就和副排长趴在地里使劲吃了一肚子。这东西本来就辛辣，结果到了晚上他全吐了出来。自此，闻见洋葱味就想吐。

不吃胡萝卜，其中也有故事。也是在一次战斗中，饿急了的朱彦夫和自己的连长去地里给战友拔胡萝卜吃，结果被敌人发现了，一阵扫射，连长壮烈牺牲了。因为和连长关系要好，为了纪念连长，朱彦夫发誓一生再也不吃胡萝卜。

中国梦是当下人人都谈的话题，而对于沥血疆场、一生不怕苦、不怕死的朱彦夫来说，他心中也有自己的梦，那就是写自己的第四本书。朱彦夫写的第一本书《异人梦》在"文革"中被毁了，第二本是《极限人生》，第三本是《男儿无悔》，第四本书主要想记录现今的好生活。

前半生戎马战场，后半生带领百姓致富，早已证明了自己的朱彦夫心中最大遗憾就是没能实现自己的"好汉梦"。"不到长城非好汉"，朱彦夫跟别人谈话时说起过，自己还没去过长城，梦想有一天去登上长城。朱彦夫家现在十分知足，经常说现在各界都这么关心自己，自己一定要使劲活。

上世纪九十年代《极限人生》出版时，朱彦夫感觉完成了一项重要使命，但他还是没有停下来。许多单位邀请他去做报告，他仍然不辞辛劳，全力以赴。1996年11月1日，在临淄区一次传统教育报告会上，朱彦夫突发脑中风倒在了讲台上，经全力抢救脱险。这场病痛让在朝鲜战场上受过伤的大脑再受重创。他的思维不再连贯，他的口齿也不再清晰，而无手无脚的半截躯干，因为偏瘫只剩下左侧能活动。

但这并没有阻止朱彦夫继续写作的冲动。

1998年6月，朱彦夫在别人的帮助下，又撰写了第二部自传体小说《男儿无悔》。该书中有这样一段话："书！只有写书！把革命先烈舍生取义、前仆后继的英雄壮举写出来；把共产党人为国家为人民的利益无私奉献、甘愿奉献的凛然正气写出来；把一个特残军人自强不息、挑战生命极限的奋斗历程和精神信念写出来！愿它们真的能如春风化雨，去滋润、浇灌每一颗干涸、荒瘠的心田，让子孙后代知道，在这个世界上，曾经有一群用特殊材料制成的人，曾经有一种精神叫作生命不息，奋斗不止！"或许这就是朱彦夫写作的动力和目的。

2010年9月3日因心脏病发作，朱彦夫的心脏又被放进了五个支架。目前，疾病的折磨使朱彦夫面临重重困难。他已不能用断臂夹笔进行写作，而只能把一个金属套夹装在左残臂的前端艰难描画。

有人说，不幸是一所最好的大学。而朱彦夫，无疑是这所大学中灾难中最为深重的人，也是这所大学里最优秀的学生。

面对人生诸多的不幸，朱彦夫并没有消沉下去，他认为，生命的方式有两种，一种是腐烂，另一种是燃烧。他说："我的生命是战友们给的，是他们把生让给了我，把死留给了自己，如果没有他们的牺牲，就没有我的今天。如果不趁有生之年去追求，就对不住牺牲的战友，活着就没有什么意义了。自己宁肯将生命全部燃烧，化成灰烬。"

目前，年已八旬的朱彦夫，患有多种疾病，长期卧床，但仍牵挂着张家泉村的父老乡亲。每当张家泉村"两委"成员去县城看望他的时候，朱彦夫都会详细地向他们了解村里发展得怎么样了、有什么工程、村里苹果和桃子收入多少、村里老人什么情况、谁家还有困难等等。

朱彦夫是位普通战士、普通农民、普通党员，但又有着不平凡的传奇式的人生经历。他从死神那里挣脱出来，重新燃起生命之火，这本身就是一个奇迹。他坚定的信仰追求、强烈的历史担当、真挚的为民情怀、务实的工作作风,表现了一个在党的旗帜下成长起来的革命战士特有的生命张力。

　　正如朱彦夫所说,他把生命的能量、生命的价值定格在了最艰辛、最壮美的极限深处了。

　　朱彦夫,是你引领了时代?还是时代成就了你?我们分辨不清了。我们只知道,你和时代同样伟大,时代和你同样光荣!

　　我们终于懂得了,什么是自豪和骄傲!

图书在版编目（CIP）数据

赤诚/曹庆文著. —济南：山东文艺出版社，2014.3
ISBN 978-7-5329-4501-6

Ⅰ.①赤… Ⅱ.①曹… Ⅲ.①报告文学—中国—当代
Ⅳ.①I25

中国版本图书馆 CIP 数据核字（2014）第 053477 号

赤 诚

曹庆文 著

主管部门	山东出版传媒股份有限公司
出版发行	山东文艺出版社
社　　址	山东省济南市英雄山路 189 号
邮　　编	250002
网　　址	www.sdwypress.com

读者服务	0531-82098776（总编室）
	0531-82098775（发行部）
电子邮箱	sdwy@sdpress.com.cn

印　　刷	山东德州新华印务有限责任公司
开　　本	710 毫米×1000 毫米　1/16
印　　张	18　插页/2
字　　数	208 千字
版　　次	2014 年 3 月第 1 版
印　　次	2014 年 3 月第 1 次印刷
书　　号	ISBN 978-7-5329-4501-6
定　　价	35.00 元

版权专有，侵权必究。如有图书质量问题，请与出版社联系调换。